Shakespeare / Fried

Hamlet *Othello*

William Shakespeare / Erich Fried

Hamlet *Othello*

Verlag Klaus Wagenbach Berlin

Grundlage für diesen Abdruck ist die Gesamtausgabe der Shakespeare-Übersetzungen von Erich Fried im Verlag Klaus Wagenbach (Berlin, 1989)

Wagenbachs Taschenbuch 347

Aufführungsrechte bei Felix Bloch Erben, Berlin
Umschlaggestaltung: Groothuis & Consorten, Hamburg
Titelbild: Rolf Boysen und Doris Schade in *Othello*,
Freie Volksbühne 1964 (© Heinz Kortner, Ullstein Bilderdienst)
Das Karnickel auf Seite 1 zeichnete Horst Rudolph
Frontispiz: Titelblatt der Hamlet-Erstausgabe von 1603
Umschlagphoto von Erich Fried: Catherine Fried-Boswell
Gesetzt aus der Korpus Concorde Nova von Offizin Götz Gorissen, Berlin
Gedruckt und gebunden bei Pustet, Regensburg

ISBN-10: 3 8031 2347 X ISBN-13: 978 3 8031 2347 3

Hamlet

Personen

CLAUDIUS, König von Dänemark
HAMLET, sein Neffe, Sohn des vorigen Königs
FORTINBRAS, Prinz von Norwegen
GEIST von Hamlets Vater
HORATIO, Hamlets Freund
POLONIUS, Oberkämmerer
LAERTES, sein Sohn
VOLTIMAND, CORNELIUS } Gesandte nach Norwegen
ROSENCRANTZ, GUILDENSTERN } frühere Schulfreunde Hamlets
OSRIC, EIN EDELMANN } Hofadelige
EIN PRIESTER
MARCELLUS, BERNARDO } Offiziere der Wache
FRANCISCO, Soldat der Wache
REYNALD, Diener des Polonius
EIN HAUPTMANN
DIE GESANDTEN AUS ENGLAND
FAHRENDE SCHAUSPIELER
ZWEI TOTENGRÄBER
GERTRUDE, Königin, Hamlets Mutter
OPHELIA, Tochter des Polonius
Höflinge, Hofdamen, Offiziere, Soldaten, Matrosen, Gefolge

Ort der Handlung: Elsinore

Erster Akt

1. Szene

Elsinore. Eine Terrasse vor dem Schloß. Francisco auf dem Posten. Bernardo nähert sich ihm

BERNARDO: Wer da?
FRANCISCO: Nein, *mir* gebt Antwort: steht! Sagt, wer Ihr seid!
BERNARDO: Lang lebe der König!
FRANCISCO: Ihr, Bernardo?
BERNARDO: Ja.
FRANCISCO: Ihr kommt gewissenhaft zu Eurer Stunde.
BERNARDO: Grad schlug es zwölf; ins Bett, ins Bett, Francisco.
FRANCISCO: Für diese Ablösung schön' Dank! Eiskalt ists
Und mir ist schwer ums Herz.
BERNARDO: War Eure Wache ruhig?
FRANCISCO: Keine Maus
Hat sich gerührt.
BERNARDO: Schön. Gute Nacht.
Wenn Ihr Horatio und Marcellus trefft,
Die mit mir wachen, sagt sie sollen eilen.
FRANCISCO: Ich denk, ich höre sie. He, halt! Wer da?

Horatio und Marcellus kommen

HORATIO: Des Landes Freunde.
MARCELLUS: Und Vasalln des Dänen.
FRANCISCO: Schön gute Nacht!
MARCELLUS: Lebt wohl, braver Soldat!
Wer hat Euch abgelöst?
FRANCISCO: Mich, hier? – Bernardo.
Schön gute Nacht. *Ab*
MARCELLUS: Holla! Bernardo!
BERNARDO: Sagt,
Ist das Horatio dort?
HORATIO *(gibt ihm die Hand)*: Ein Stück von ihm.
BERNARDO: Grüß Euch, Horatio! Grüß Euch, Freund Marcellus!
MARCELLUS: Na, ist dies Ding heut nacht wieder erschienen?
BERNARDO: Ich habe nichts gesehn.
MARCELLUS: Horatio sagt, wir bildens uns nur ein
Und will sich nicht vom Glauben packen lassen

An dieses Schrecknis, das wir zweimal sahn:
Drum hab ich ihn gebeten, hier mit uns
Jede Minute dieser Nacht zu wachen,
Daß er, falls die Erscheinung wiederkommt,
Sie sehen kann wie wir, und zu ihr spricht.
HORATIO: Laßt, laßt; sie kommt nicht.
BERNARDO: Setzt Euch doch einstweilen,
Und laßt uns nochmals Euer Ohr berennen,
Das sich so sperrt vor unserem Bericht,
Was wir zwei Nächte sahn.
HORATIO: Schön, wir wolln sitzen.
Und nun, Bernardo, sagts uns!
BERNARDO: Letzte Nacht erst,
Als dieser Stern dort, westlich vom Polarstern,
In seinem Lauf in jenen Teil des Himmels
Kam, wo er jetzt brennt, sahn Marcell und ich,
Grad als die Glocke eins schlug… *Geist tritt auf*
MARCELLUS: Sei still, hör auf! – Seht hin, – dort kommt es wieder!
BERNARDO: Genau, wies war: ganz wie der tote König.
MARCELLUS: Du hast studiert; sprich du zu ihm, Horatio.
BERNARDO: Ist es nicht wie der König? Schaut, Horatio!
HORATIO: Genau! Es schüttelt mich vor Angst und Staunen.
BERNARDO: Es will, daß man es anspricht.
MARCELLUS: Frags, Horatio!
HORATIO: Wer bist du, der du dich bemächtigst dieser
Nachtstund und edlen kriegrischen Gestalt,
In der einst des begrabnen Dänenkönigs
Hoheit einherging? Ich beschwöre dich
Beim Himmel: Sprich!
MARCELLUS: Es ist beleidigt.
BERNARDO: Seht, es stapft davon.
HORATIO: Bleib! Sprich, sprich! Ich beschwör dich, sprich! *Geist ab*
MARCELLUS: ’s ist fort und will nicht Antwort geben.
BERNARDO: Horatio? Sagt, nun bebt Ihr und seid blaß.
Ist dies nicht etwas mehr als Phantasie?
Was haltet Ihr davon?
HORATIO: Bei meinem Gott, ich würde das nicht glauben,
Hätt ich es nicht jetzt deutlich selbst gesehn

Mit eignen Augen.
MARCELLUS: Gleicht es nicht dem König?
HORATIO: Wie du dir selbst.
Genau das war die Rüstung, die er trug
Im Zweikampf mit dem ehrgeizigen Norweg.
So sah er drein, als er im zornigen Streit einst
Die Polen warf aufs Eis samt ihren Schlitten.
's ist seltsam.
MARCELLUS: Schon zweimal, grad um diese Totenstunde,
Ging er so kriegerisch durch unsre Wache.
HORATIO: Im einzelnen weiß ich das nicht zu deuten.
Im großen ganzen aber, glaub ich, heißt es,
Was Seltsames bricht aus in unserm Staat.
MARCELLUS: Nun setzt euch, Herrn; und wer es weiß, der sag mir:
Was soll dies Wachehalten, streng, voll Sorgfalt,
Das Nacht für Nacht die Landeskinder plagt?
Was gießt man täglich erzene Kanonen
Und kauft auf fremden Märkten Kriegsgerät?
Was preßt man soviel Zimmerleut zum Schiffsbau
Und trennt den Sonntag nicht vom sauren Werktag?
Was steht bevor, daß diese schwitzende Hetzjagd
Die Nacht dem Tag zum Mitarbeiter aufzwingt?
Wer kann mir das erklären?
HORATIO: Ich. Zumindest,
Was man so flüstert: Unser letzter König,
Des Ebenbild uns eben erst erschien,
Wurde, ihr wißt, durch Fortinbras von Norweg,
Den Stolz und Ehrgeiz antrieben, gefordert
Zum Zweikampf, worin unser tapfrer Hamlet –
So fand ihn diese Seite unsrer Welt –
Den Fortinbras erschlug, der laut Vertrag
(Besiegelt durch Gesetz und Heroldsausruf)
Zugleich mit seinem Leben alle Länder,
Die er besaß, verwirkte an den Sieger.
Dagegen wurde ein entsprechend Teil
Von unserm König ausgesetzt zum Pfand;
Das wär dem Fortinbras anheimgefallen,
Wenn er gesiegt hätt; und nach gleichem Recht

Und Rechtsvertrag fielen nun seine Länder
An Hamlet. Nun, der *junge* Fortinbras
Hat, heiß und voll von ungebändigtem Mut,
Landauf, landab, aus ganz Norwegens Winkeln
Ein Heer von Draufgängern zusammengeschart,
Für Brot und Sold bereit zu jedem Wagnis,
Das einen guten Magen hat: Das heißt –
Wie unser Hof wohl merkt – nichts andres als um
Uns abzunehmen nun, mit starker Hand
Und mit Gewalt, dieses besagte Land, das
Sein Vater so verlor: Und das ist, glaub ich,
Die Ursach unsrer Rüstungen, der Grund
Unserer Wachen hier und auch der Hauptgrund
Der Eile und Betriebsamkeit im Land.
BERNARDO: Ich denk, es ist nichts anderes als das.
Da kanns wohl sein, daß diese Schreckgestalt
In Waffen unsre Wache heimsucht, gleich
Dem König, der der Anlaß dieses Kriegs war.
HORATIO: Ein Körnchen Staub, das trübt das Aug des Geistes. –
Als Rom am reichsten war an Siegespalmen,
Ganz knapp, bevor der mächtige Julius fiel,
Standen die Gräber leer und in Roms Straßen
Kreischten und wimmerten verhüllte Tote.
Auch feurige Kometen, blutiger Tau,
Unheil durch Sonnenflecken; und der Feuchtstern,
Des Einfluß Neptuns Reich regiert, der krankte
An Finsternis, fast wie zum Jüngsten Tag. –
Und grad so künden heut sich grause Dinge
Durch Boten, die dem Schicksal stets vorangehn,
Sichtbar im Himmel und auf Erden an
Bei unsern Landsleuten in unsern Zonen. *Geist kommt wieder*
Doch leise! Seht! – Schaut, wie es wieder herkommt! –
Ich stells, auch wenn es mich behext. – Bleib stehn, Geist!
Wenn du nicht stumm bist, sondern reden kannst,
Sprich zu mir:
Wenn irgendeine gute Tat zu tun ist,
Die Ruh bringen könnt dir und Gnade mir,
Sprich zu mir!

Wenn du etwas vom Schicksal deines Lands weißt,
Das abzuwenden wäre durch Vorhersicht,
Dann sprich!
Oder, wenn du vergrubst in deinem Leben
Erpreßte Schätze in der Erde Schoß,
Wofür ihr Geister – heißts – im Tod oft umgeht,
Sprich davon! Bleib und sprich! *Hahn kräht*
Halt es, Marcellus!

MARCELLUS: Soll ichs mit meiner Hellebarde schlagen?
HORATIO: Ja, wenns nicht stehn will!
BERNARDO: Es ist da!
HORATIO: Nein, da!
MARCELLUS: 's ist fort! *Geist ab*
Wir kränkens, da's so majestätisch ist,
Mit Anschein der Gewalt ihm zu begegnen,
Denn es ist unverwundbar wie die Luft,
Und nur ein Schattenspiel sind unsre Hiebe.
BERNARDO: Es wollte grade sprechen, als der Hahn schrie.
HORATIO: Und dann fuhrs auf, gleich einem schuldigen Wesen,
Erschreckt, wenn es gerufen wird. Ich hörte,
Der Hahn, der die Trompete ist des Morgens,
Erweckt mit seiner hellen, schrillen Kehle
Den Gott des Tages, und auf seinen Warnruf
Eilt jeder schweifende, irrende Geist
In See und Feuer, Erde oder Luft
In sein Bereich: Und daß das Wahrheit ist,
Hat die Erscheinung hier uns grad bewiesen.
MARCELLUS: Ja, sie verblaßte bei dem Hahnenschrei. –
Es sagen manche, immer wenn die Zeit kommt,
In der man die Geburt des Heilands feiert,
Da kräht der Morgenhahn die ganze Nacht lang:
Dann wagt kein Geist, sagen sie, umzugehn,
Die Nächte heilen, kein Planet kann schaden,
Nicht Gnom noch Hexe hat dann Macht, zu zaubern,
So heilig und voll Gnaden ist die Zeit.
HORATIO: Das hört auch ich und glaub es auch zum Teil.
Doch seht, der Morgen streift im roten Mantel
Den Tau des hohen Hügels dort im Osten.

Brecht ab die Wache! und mein Rat ist der,
Vertraun wir, was wir sahen diese Nacht,
Dem jungen Hamlet; denn, so wahr ich lebe,
Der Geist, der stumm für uns ist, spricht zu ihm. –
So stimmt ihr zu, daß wir ihm das berichten,
Wies unsre Liebe will und unsre Pflicht heischt?
MARCELLUS: Tun wirs, ich bitt euch; und ich weiß auch, wo
Wir heute früh ihn am bequemsten finden. *Alle ab*

2. Szene

Staatsgemach im Schloß.
Der König, die Königin, Hamlet, Polonius, Laertes, Voltimand, Cornelius, Herren vom Hof und Gefolge

KÖNIG: Zwar grünt von Hamlets, unsres teuren Bruders
Tod noch das Andenken, daß unsrem Herzen
Trauer geziemt', und unsrem ganzen Reich,
In *eine* Stirn des Grames sich zu furchen,
Doch hat Verstand Natur so weit bekämpft,
Daß wir mit weisestem Schmerz sein gedenken,
Zugleich auch unser selber eingedenk.
Wir haben darum unsre einstige Schwester,
Jetzt unsre Kön'gin, hohe Erbin dieses
Streitbaren Staats – nun: mit verstörter Lust,
Mit einem heitern, einem nassen Auge,
Mit Lust am Leichenzug und Klagelied zur Hochzeit,
In gleichen Schalen wägend Freud und Leid –
Zur Frau genommen: sperrten uns auch hierin
Nicht euren größern Weisheiten, die frei ja
Dem zustimmten: für all dies unsern Dank!
Nun, was ihr wißt: Der junge Fortinbras,
Wohl weil er unsern Wert geringschätzt oder
Durch unsres seligen teuren Bruders Tod
Unseren Staat nun außer Rand und Band glaubt,
Ließ es – im Traum er sei im Vorteil – nicht
Dran fehlen, uns mit Botschaft zu belästigen
Um Wiedergabe jener Länderein, die

Sein Vater doch verlor – mit Fug und Recht –
An unsern tapfern Bruder. Nun, genug
Von ihm. – Was uns betrifft und diesen Rat heut,
So steht es so: Wir schrieben hier an Norweg,
Den Onkel dieses jungen Fortinbras
(Der, bettlägrig und kraftlos, kaum gehört hat
Von seines Neffen Plan), zu unterdrücken
Jedweden weitern Schritt; zumal die Werbung,
Aufstellung, Auffüllung der Truppen vorgeht
Bei *seinen* Untertanen, und wir senden
Euch, Freund Cornelius, Euch auch, Voltimand,
Mit diesem Gruße hin zum alten Norweg,
Und wir erteilen euch nicht weitre Vollmacht
Zu unterhandeln mit dem König, als euch
Die hier verzeichneten Artikel geben.
Lebt wohl; beweist durch Eile euren Eifer.

CORNELIUS, VOLTIMAND: Wir wolln ihn zeigen, hier und allemal!

KÖNIG: Wir zweifeln nicht daran: Lebt herzlich wohl!

Voltimand und Cornelius ab

Und jetzt, Laertes; was bringt Ihr uns Neues?
Ihr sagtet, eine Bitte. – Nun, Laertes?
Wenns Sinn hat, hebt Ihr nie zum Dänenkönig
Vergebens Eure Stimme: Sag, Laertes,
Was bittest du, was ich dir nicht schon biete?
Steht doch der Kopf nicht näher seinem Herzen,
Ist doch die Hand nicht hilfreicher dem Mund,
Als Dänmarks Thron es deinem Vater ist.
Was wünschest du, Laertes?

LAERTES: Hoher Herr
Eure gnädige Gunst zur Fahrt nach Frankreich,
Von wo ich gerne zwar zu Euch hierherkam,
Bei Eurer Krönung meine Pflicht zu tun,
Doch ich gesteh: nun, da die Pflicht erfüllt ist,
Neigt Sinn und Wunsch sich wieder mir nach Frankreich
Und beugt sich Eurer gnädigen Erlaubnis.

KÖNIG: Erlaubts der Vater Euch? Was sagt Polonius?

POLONIUS: Er rang mir, Herr, die zögernde Erlaubnis
Durch ständige Bitten ab; zuletzt besiegelt'

Ich seinen Wunsch – hart wars – mit meinem Ja.
Ich fleh Euch an, erlaubt es ihm.

KÖNIG: Laertes,
Nutz deine schöne Stunde: Zeit sei dein!
Nutz sie nach Lust und deinen besten Gaben! –
Doch nun, mein Vetter Hamlet und mein Sohn, –

HAMLET *(für sich)*: Mehr gleiches Blut im Sinn als Sinn im Blut.

KÖNIG: Wie kommts, daß noch die Wolken um Euch hangen?

HAMLET: Nicht doch, Herr! An die frische Luft gesetzt
Ist dieser Sohn: Ich habe zuviel Sonne.

KÖNIGIN: Mein Hamlet, wirf die nächtige Farbe ab
Und freundlich laß dein Aug ruhn auf dem König.
Such nicht gesenkten Auges deinen edlen
Vater im Staub noch immer, denn du weißt:
Es ist gemein: Jeder, der lebt, muß sterben
Und Ewigkeit auf natürlichem Weg erwerben.

HAMLET: Jawohl, Madam; es ist *gemein.*

KÖNIGIN: Nun dann,
Was scheint denn dir absonderlich daran?

HAMLET: Scheint, Madam? Nein, es ist! Ich kenn kein »scheint«.
Nicht nur mein pechfarbener Mantel, liebe Mutter,
Noch der gewohnten Kleidung ernstes Schwarz,
Noch windiges Geseufz bedrückten Atems,
Nein, auch im Aug nicht jener reiche Strom,
Noch auch die traurigen Züge des Gesichtes
Tun mich in Wahrheit kund. Ja, die: die *scheinen,*
Denn das sind Gesten, die man spielen könnte,
Doch ich hab in mir das, was Anschein übersteigt:
Der ist nur Aufputz, dran der Schmerz sich zeigt.

KÖNIG: Es ist sehr lieb und löblich von Euch, Hamlet,
Zu trauern, wie Ihrs Eurem Vater schuldet,
Doch wißt Ihr, Eurem Vater starb ein Vater,
Und dem auch seiner; und der leben blieb, muß
Als Sohnespflicht auf einige Zeit die Trauer
Geziemlich zeigen. Aber zu beharren
In hartnäckiger Klage ist ein Weg
Unfrommen Starrsinns, ist unmännlicher Schmerz,
Zeigt einen Willen, der nicht strebt zum Himmel,

Ein unfest Herz und unduldsamen Sinn,
Einen einfältig-ungeschulten Geist.
Denn was – wir wissens – sein muß und gemein ist
Wie das gemeinste Ding, das man erlebt, –
Warum solln wir uns das mit mürrischem Trotz
Zu Herzen nehmen? Pfui! 's ist Sünde wider'n Himmel,
Wider die Toten, wider die Natur
Und wider die Vernunft, die doch gemeinhin
Vom Tod der Väter spricht und immer rief,
Vom ersten Leichnam bis zu dem, der heut starb:
»Das muß so sein.« Wir bitten, werft zu Boden
Den Schmerz, der Euch nichts nützt, und denkt an uns
Als einen Vater, denn (die Welt mags wissen!)
Ihr seid der nächste hier an unsrem Thron.
Mit einer Liebe von nicht minderm Rang
Als sie der teuerste Vater seinem Sohn weiht,
Sprech ich zu Euch. Doch Euer Wunsch, zurück
Zur hohen Schul nach Wittenberg zu gehn,
Läuft ganz zuwider unserem Verlangen:
Und wir beschwörn Euch, neigt Euch, hier zu bleiben,
Hier: in unseres Auges Trost und Wonne,
Als unser erster Hofmann, Neffe, Sohn!
KÖNIGIN: Laß deine Mutter nicht vergebens bitten, Hamlet!
Ich bitt dich, bleib bei uns, geh nicht nach Wittenberg.
HAMLET: Nach bester Kraft gehorch ich Euch, Madam.
KÖNIG: Ah, eine liebevolle, schöne Antwort! –
Seid wie wir selbst in Dänmark! – Kommt, Madam!
Daß Hamlet zustimmt, sanft und ungezwungen,
Das lächelt mir ins Herz, und dem zu Ehren
Trinkt heut der Dänenkönig keinen Festtrunk,
Den die Kanone nicht den Wolken kündet! –
Und trinkt der König, soll der Himmel dröhnen
Als Echo unsres irdischen Donners. Kommt!

Trompetenstoß. Alle ab, außer Hamlet

HAMLET: Zu fest, zu fest dies Fleisch! Oh, daß es schmölze.
Auftaute und sich auflöste in Dunst;
Oder hätt nie der Ewige seinen Bann
Gerichtet gegen Selbstmord! Gott! O Gott!

Wie langweilig, müd, seicht und unergiebig
Scheint mir all das Getu der Welt. – Pfui drüber!
Pfui! – 's ist ein Garten, übermannt vom Unkraut,
Der schießt in Samen; geiler, ungeschlachter
Mißwuchs besitzt ihn. *So* weit kams! – Zwei Monat
Erst tot! Nein, nicht so lang, nicht zwei: Ein König,
So mehr als groß! Apollo gegen den da,
Den Satyr! So voll Lieb, zu meiner Mutter,
Daß er des Himmels Winde nicht zu rauh
An ihr Gesicht heranließ. – Himmel! Erde!
Muß ichs noch wissen? – Wie sie an ihm hing,
Als wär ihr Hunger nur noch größer worden
Durch seine Speisung. – Und, in *einem* Monat –
(Nicht denken dran!) – Schwachheit, dein Name ist Weib!
Ein kleiner Monat! – Eh die Schuh alt waren,
Drin sie des armen Vaters Leiche nachging,
Wie Niobe, ganz Tränen; – sie! auch sie –
O Gott! ein Tier ohne Verstand hätt länger
Getrauert, – nun getraut mit meinem Onkel,
Des Vaters Bruder, doch dem Vater ungleich
Wie ich dem Herkules! – In *einem* Monat?
Eh noch das Salz höchst unehrlicher Tränen
Verflossen war aus ihren wunden Augen,
War sie getraut. Verruchte Hast, so schnurstracks
In ein blutschänderisches Bett zu springen!
Es ist nichts und es wird auch draus nichts Gutes; –
Doch ob mein Herz auch bricht, mein Mund bleibt stumm.

Horatio, Marcellus und Bernardo treten auf

HORATIO: Gott segn' Euch, Hoheit!
HAMLET: Gut, Euch wohl zu sehen!
Horatio – wenn ich nicht mich selbst vergesse!
HORATIO: Ja, Herr, und immer Euer armer Diener!
HAMLET: Ach, guter Freund, ich tausch mit Euch die Titel.
Was lockt Euch fort von Wittenberg, Horatio? –
Marcellus?
MARCELLUS: Gnädiger Herr –
HAMLET: Es freut mich, Euch zu sehn, Freund. Guten Abend!
(Zu Horatio) Im Ernst: was lockt Euch fort von Wittenberg?

Horatio: Ein Hang zum Faulenzen, mein lieber Prinz.
Hamlet: Das wollt ich Euren Feind nicht sagen hören;
Noch sollt Ihr *meinem* Ohr so etwas antun,
Ihm Euer eignes Zeugnis aufzuzwingen
Gegen Euch selbst. Ich weiß, Ihr seid nicht lernfaul:
Ihr lernt uns auch noch trinken, eh Ihr abreist! –
Doch was führt Euch hierher, nach Elsinore?
Horatio: Ich kam, Prinz, zum Begräbnis Eures Vaters.
Hamlet: Ich bitt dich, spott mich nicht, mein Studienfreund!
Ich glaub, du kamst zu meiner Mutter Hochzeit!
Horatio: Da habt Ihr recht, Prinz, die kam bald danach.
Hamlet: Man spart, man spart, Horatio! Vom Begräbnis
Das eingemachte Fleisch deckt kalt den Hochzeitstisch.
Ich hätte meinen ärgsten Feind im Himmel
Lieber gesehn als diesen Tag, Horatio! –
Mein Vater! – Ganz, als säh ich meinen Vater.
Horatio: Wo, Herr?
Hamlet: Vor meines Geistes Aug, Horatio.
Horatio: Ich sah ihn einst. Er war ein guter König.
Hamlet: Er war ein Mann; nehmt alles nur in allem,
Ich werd nie wieder seinesgleichen sehn.
Horatio: Mein Prinz, ich denk, ich sah ihn gestern nacht.
Hamlet: Sahst? wen?
Horatio: Den König, Euren Vater, Prinz.
Hamlet: Den König, meinen Vater!
Horatio: Mäßigt das Staunen, Herr; leiht eine Weile
Mir Euer Ohr, und laßt mich Euch dies Wunder,
Bezeugt von diesen ehrenwerten Männern,
Berichten.
Hamlet: Laßt mich hörn, um Gottes Liebe!
Horatio: Zwei Nächte nacheinand ists diesen Herrn,
Marcellus und Bernardo, auf der Wache
In toter, weiter Öd der Mitternacht
Begegnet. An Gestalt glichs Eurem Vater.
Geharnischt ganz und gar, von Kopf bis Fuß,
Erscheints ihnen und schreitet feierlich
Vorbei, langsam und herrisch: Dreimal ging er
Vor ihren starren, angsterstaunten Augen.

Sein Stab hätt sie erreicht. Sie, fast geschmolzen
Zu Gallert durch die Einwirkung der Furcht,
Stehn stumm und reden ihn nicht an. Dies haben
In banger Heimlichkeit sie mir vertraut, und
Ich hielt die dritte Nacht mit ihnen Wache;
Dort, ganz wie sie es sagten, zu der Zeit,
In der Gestalt – es stimmte Wort für Wort –
Kommt das Phantom: Ich kannte Euren Vater;
Hier diese Hände gleichen sich nicht *mehr.*

HAMLET: Aber wo war das?

MARCELLUS: Auf der Terrasse, wo wir wachten, Herr.

HAMLET *(zu allen)*: Habt ihrs nicht angesprochen?

HORATIO: Ja, Prinz: ich.
Doch Antwort gab es nicht, nur einmal schiens mir
Den Kopf zu heben und sich anzuschicken
Zu einer Geste, als obs sprechen wollte;
Doch da grad krähte laut der Morgenhahn,
Und bei dem Ton schlüpft' es in Eile weg
Und schwand aus unsrer Sicht.

HAMLET: Das ist sehr seltsam.

HORATIO: So wahr ich lebe, werter Prinz, 's ist wahr,
Und uns schiens unsere verbriefte Pflicht,
Es Euch zu melden.

HAMLET: Gewiß; gewiß, Herrn. Doch dies ängstigt mich.
Habt ihr heut abend Wache?

MARCELLUS und BERNARDO: Ja, mein Herr.

HAMLET: Geharnischt wars?

MARCELLUS und BERNARDO: Geharnischt, edler Herr.

HAMLET: Vom Scheitel bis zur Zeh?

MARCELLUS und BERNARDO: Von Kopf bis Fuß, Herr.

HAMLET: So saht ihr kein Gesicht?

HORATIO: Ja, doch, Herr; sein Visier war aufgeschlagen.

HAMLET: Ah; sah er finster drein?

HORATIO: Es lag mehr Schmerz als Zorn in seiner Miene.

HAMLET: Blaß oder rot?

HORATIO: Nein, mehr als blaß.

HAMLET: Faßte er Euch ins Aug?

HORATIO: Ganz unverwandt.

HAMLET: Wär ich doch dort gewesen!
HORATIO: Es hätt Euch sehr verblüfft.
HAMLET: Mag sein, mag sein. – Bliebs lange?
HORATIO: Man hätt bequem bis hundert zählen können.
MARCELLUS und BERNARDO: Nein, länger, länger.
HORATIO: Nicht, als ich es sah.
HAMLET: Sein Bart war angegraut?
HORATIO: Er war, wie ichs an ihm im Leben sah,
Schwarz, und drin Silber.
HAMLET: Ich will mit heut nacht.
Vielleicht gehts wieder um.
HORATIO: Ja, ich verbürgs Euch.
HAMLET: Kommts in Gestalt von meinem edlen Vater,
So red ichs an, auch wenn die Hölle selbst
Gähnt und mich stillsein heißt. – Ich bitt euch alle,
Habt diesen Anblick ihr bis jetzt verheimlicht,
So schließt ihn weiter ein in euer Schweigen;
Und was sich sonst heut nacht ereignen mag,
Leiht ihm euren Verstand, doch keine Zunge.
Ich will die Lieb euch lohnen. Nun lebt wohl:
Auf der Terrasse zwischen elf und zwölf
Besuch ich euch.
ALLE: Eu'r Gnaden unser Dienst!
HAMLET: Nein, eure Lieb, wie meine euch! Lebt wohl!
Alle außer Hamlet ab
In Waffen meines Vaters Geist! Da stimmt
Nicht alles. Faules Spiel? Wärs nur schon Nacht!
Bis dahin still, mein Herz: Untaten steigen,
Auch wenn sie Erde deckt, sich uns zu zeigen. *Ab*

3. Szene

Zimmer im Haus des Polonius.
Szene Laertes und Ophelia

LAERTES: Was ich zur Fahrt brauch, ist an Bord: Leb wohl!
Und, Schwester, wenn die Winde günstig sind
Und grad ein Schiff fährt, schlaf nicht, sondern laß

Von dir mich hören.
OPHELIA: Zweifelst du daran?
LAERTES: Was Hamlet angeht und sein Liebeständeln,
Nimm es als Mode und als Spiel des Bluts,
Ein Veilchen nur im Frühling seiner Jugend,
Frühzeitig, nicht beständig; süß, nicht dauernd,
Den Duft, die Freude nur einer Minute,
Sonst nichts.
OPHELIA: Sonst nichts als das?
LAERTES: Halts für sonst nichts:
Denn die Natur nimmt wachsend nicht an Kraft nur
Und Masse zu; nein, wie sein Tempel wächst,
Wird auch der innere Gottesdienst des Geistes,
Der Seele, größer. Jetzt mag er dich lieben,
Und jetzt beschmutzt kein Fleck und kein Betrug
Die Tugend seines Willens; doch sei furchtsam:
Denk: Er ist groß. Sein Wille ist nicht sein,
Denn er ist untertan seiner Geburt:
Er darf nicht, wie das Männer ohne Rang tun,
Selbst wählen, denn es hängt an seiner Wahl
Die Sicherheit, das Wohl des ganzen Staates.
Und drum muß seine Wahl beschränkt sein von
Der Stimme und dem Willen jenes Körpers,
Des Kopf er ist. Wenn er nun sagt, er liebt dich,
Ziemts deiner Klugheit, ihm so weit zu glauben
Wie er in seinem Stand und seiner Lage
Tun darf nach seinem Wort; das heißt, nicht weiter
Als Dänmarks Stimme sich der seinen anschließt.
Erwäg dann die Gefahr für deine Ehre,
Wenn du zu gläubigen Ohrs sein Liedchen anhörst
Oder dein Herz verlierst und deiner Keuschheit
Schatz auftust seinem unbeherrschten Drängen.
Fürcht es, Ophelia! fürcht es, liebe Schwester,
Und halte dich zurück mit deiner Neigung,
Fern vom Geschütz und Feuer der Begier.
Verschwendrisch ist die scheueste Jungfrau noch,
Wenn ihre Schönheit sie dem Mond enthüllt: –
Die Tugend selbst entgeht nicht der Verleumdung.

Der Wurm benagt des Frühlings jüngste Kinder
Zu oft, noch eh sich ihre Knospen auftun,
Und in der Jugend Morgen, klar, voll Tau,
Steckt nur zu leicht ein giftiger Hauch sie an.
Hüt dich! – Angst ist der beste Schutz der Tugend.
Sonst rebelliert – auch ganz von selbst – die Jugend.

OPHELIA: Ich will der guten Lehre Sinn mir halten
Als Wächter meines Herzens. Doch, mein Bruder,
Zeigt nicht, wies gnadenlose Prediger tun,
Nur mir den steilen, dornigen Weg zum Himmel,
Indes als aufgeblasen lockrer Wüstling
Ihr selbst den Blumenpfad der leichten Lust geht
Und Eurem eignen Rat nicht folgt!

LAERTES: Oh, sorg nicht. *Polonius tritt auf*
Ich blieb zu lang schon: doch da kommt mein Vater.
Doppelter Segen ist doppelte Gnade.
Der Zufall lächelt einem zweiten Abschied.

POLONIUS: Noch da, Laertes? Los! an Bord, an Bord!
Der Wind sitzt deinem Segel schon im Nacken,
Man wartet dein. Drum auf! – mit meinem Segen!
Legt seine Hand auf Laertes' Kopf
Und die paar Regeln schreib in dein Gedächtnis
Dir ein: Gib deinem Denken keine Zunge
Und, wo es maßlos ist, auch keine Tat.
Sei leutselig, doch mach dich nie gemein.
Zwar, hast du Freunde, die bewährt sind, klammre
Sie an dein Herz mit stählernen Reifen fest,
Doch stumpf die Hand nicht ab, gib sie nicht jedem
Neu ausgekrochnen Grünschnabel von Bruder.
Hüt dich vor Streit, doch muß es sein, so führ du
Ihn so, daß sich dein Gegner vor dir hütet.
Dein Ohr leih jedem, wenigen deine Stimme,
Hör aller Rat, doch spar mit deinem Urteil.
Kleide dich kostbar, wies dein Beutel kann,
Doch schweif nicht aus; wirk reich, jedoch nicht prunkend,
Denn an den Kleidern kennt man oft den Mann.
Und die von erstem Rang und Stand in Frankreich
Sind klug und feinfühlig in dieser Hinsicht. –

Kein Borger sei, doch auch kein Geldverleiher.
Darlehn gehn oft verloren samt dem Freund,
Und Borgen stumpft der Sparsamkeit die Schneide.
Vor allem aber: Sei dir selber treu,
Und draus muß folgen wie die Nacht dem Tag:
Du kannst nicht falsch sein dann zu irgendwem.
Leb wohl! Mein Segen reife dies in dir.
LAERTES: Demütig nehm ich Abschied, mein Herr Vater.
POLONIUS: Die Zeit lädt ein; geh! Deine Diener warten.
LAERTES: Leb wohl, Ophelia, denke gut an das,
Was ich dir sagte.
OPHELIA: 's ist geschlossen in mein
Gedächtnis, und den Schlüssel habt Ihr selbst.
LAERTES: Leb wohl! *Geht ab*
POLONIUS: Was ists, Ophelia, was er zu Euch sagte?
OPHELIA: Wenn Ihrs gestattet, es betraf Herrn Hamlet.
POLONIUS: Ah, das war klug von ihm!
Man sagt mir, er hat neuerdings sehr oft
Allein Euch seine Zeit geschenkt, und Ihr
Gewährtet ihm freigiebig freien Zutritt.
Wenn dem so ist – und so sagte man's mir,
Und dies zur Warnung –, dann muß ich Euch sagen,
Daß Ihr Euch selber nicht so klar versteht,
Wie's meiner Tochter ziemt und Eurer Ehre.
Was gibt es zwischen euch? Sagt mir die Wahrheit!
OPHELIA: Er hat, Herr Vater, letzthin seine Neigung
Mir oft versichert.
POLONIUS: Pah! Neigung!? – Ihr sprecht wie ein grünes Mädchen,
In solcherlei Gefahren unbewährt.
Glaubt Ihr denn seiner Neigung, wie Ihrs nennt?
Versichert, sagt Ihr – *Glaubt* Ihr der Versichrung?
OPHELIA: Ich weiß nicht, Vater, was ich denken soll.
POLONIUS: Ich lehrs Euch! Denkt, Ihr seid ein rechter Säugling,
Daß Ihr Versichrung nehmt für bare Münze,
Die doch nichts gilt. – Versichert Euch nur teurer,
Sonst – um das arme Wort nicht totzureiten –
Sichert Ihr mir die Rolle eines Narrn!
OPHELIA: Vater, er drang in mich mit seiner Liebe

In ehrenhaftem Anstand…
POLONIUS: Ja, auf dem Anstand war er! Geht nur, geht!
OPHELIA: Und hat sein Wort bekräftigt, teurer Vater,
Beinah durch jeden heiligen Schwur des Himmels.
POLONIUS: Ja, Schlingen für die Gimpel! – Oh, ich weiß,
Kocht erst das Blut, wie dann die Seel' verschwendrisch
Der Zunge Schwüre leiht; dies Flackern, Tochter,
Gibt Lichtschein mehr als Wärme und erlischt
Schon im Versprechen, während es gemacht wird;
Ihr dürft das nicht für Feuer halten. Spart nun
Mit Eurer jungfräulichen Gegenwart;
Schätzt Eure Unterhaltung höher ein,
Als daß Ihr zu Gebot steht. Dem Herrn Hamlet,
Dem glaubt nur so weit, daß er jung ist und
Die Zügel *ihm* lockrer gelassen werden,
Als man's *Euch* zugestehn könnt. Kurz, Ophelia,
Glaubt seinen Schwüren nicht, denn sie sind Kuppler,
Nicht von der Farbe ihrer äußren Kleidung,
Sondern nur Fürsprech unheiliger Bitten,
Die hauchen wie scheinheilig fromme Schurken,
Um besser Euch zu kirren. Eins für alles:
Ich möchte nicht, ehrlich gesagt, daß Ihr noch
Vergeudet eines Augenblickes Muße,
Indem Ihr mit Herrn Hamlet ein Gespräch führt.
Drauf seht, ich sags Euch: Geht nun Eurer Wege.
OPHELIA: Ich will gehorchen, Vater. *Beide ab*

4. Szene

Die Terrasse.
Hamlet, Horatio und Marcellus

HAMLET: Ein beißend rauher Wind; es ist sehr kalt.
HORATIO: Ein scharfer Wind, der einen richtig anfällt.
HAMLET: Wie spät ists nun?
HORATIO: Ich denk, es geht auf zwölf.
MARCELLUS: Nein, es hat schon geschlagen.
HORATIO: Wirklich? Ich hört' es nicht. So kommt die Zeit,

Zu der der Geist hier für gewöhnlich umging.
(Trompetenstoß und Geschützfeuer hinter der Szene)
Was ist der Lärm, mein Prinz?
HAMLET: Der König wacht heut nacht, hält ein Gelage.
Man säuft und grölt und taumelt einen Hopser;
Und wenn er dann in Strömen Rheinwein trinkt,
Verkünden wiehernd Pauke und Trompete,
Wie er Bescheid tun kann.
HORATIO: Ist das hier Sitte?
HAMLET: Das schon. Nur, wenn ich auch von hier bin und
Hier aufwuchs, find ich, diese Sitte ehrt man,
Wenn man sie bricht, mehr als wenn man sie hält.
Dies schwerköpfige Trinken trägt uns Hohn ein
Und Spott in Ost und West bei allen Völkern.
Man heißt uns Säufer, und mit säuischen Worten
Befleckt man unsern Namen; wirklich nagts auch
Von dem, was unsre größern Männer taten,
Das Mark ab, und den Kern von unsrem Ruhm. –
So geht es oft einzelnen Menschen auch,
Die, etwa durch ein schlimmes Muttermal
Wie von Geburt – (ganz ohne ihre Schuld,
Kann doch Natur nicht ihren Ursprung wählen) –
Durch Übermaß der Mischung ihres Bluts,
Das oft Bastein und Mauern der Vernunft schleift,
Oder eine Gewohnheit, die zu sehr
Gute Manier besiegt; daß solche Männer,
Von *einem* Fehler nur – sag ich – gestempelt,
Seis der Natur Livree, des Schicksals Stern –
Wär ihre Tugend sonst so rein wie Gnade
Und so unendlich, wie ein Mensch sie trägt, –
Doch Schaden leiden dadurch und auch Tadel!
Denn jene eine Schuld, das Gran des Bösen,
Vertilgt oft all die edlere Substanz,
Sich selbst zur Schande. *Geist tritt auf*
HORATIO: Seht, mein Prinz, da kommts!
HAMLET: Engel und Gnadenboten, steht uns bei!
Du! guter Geist oder verdammter Kobold,
Von Himmelsluft, von Höllenhauch umweht,

In böser oder gnadenreicher Absicht! –
Du kommst in so fragwürdiger Gestalt,
Daß ich dich sprechen will: Ich nenn dich Hamlet,
Fürst, Vater, Dänenkönig! Gib du Antwort,
Daß ich vor Unwissen nicht berste; sag mir:
Was hat dein eingesegnet, eingesargtes
Totengebein nun seine Grabgewänder
Gesprengt? Was riß die Gruft, drin wir dich schweigend
Beigesetzt sahn, die schweren Marmorkiefer
Auf, um dich wieder auszuspein? Was soll das,
Daß du, ein toter Leib, aufs neu in Stahl
Des Mondes Dämmern heimsuchst und die Nacht
Uns Narren der Natur zum Graun machst, daß wir
Erschüttert werden furchtbar von Gedanken
Jenseits der Grenzen unsrer eigenen Seelen?
Sag, was das ist? Warum? Was solln wir tun?

Geist winkt Hamlet zu

HORATIO: Es winkt Euch zu, mit ihm hier wegzugehn,
So, als begehrte es, etwas zu sagen
Nur Euch allein.
MARCELLUS: Seht, wies Euch winkt mit höflicher Gebärde
Zu einem weiter abgelegnen Grund.
Doch geht nicht mit ihm.
HORATIO: Nein, auf keinen Fall.
HAMLET: Es will nicht sprechen; gut, so folg ich ihm.
HORATIO: Tuts nicht, mein Prinz!
HAMLET: Warum? Was wär zu fürchten?
Mein Leben acht ich keine Nadel wert,
Und meine Seele? was könnt es der antun,
Die ein unsterblich Ding ist, wie es selbst? –
Es winkt mir wieder fort: ich folg ihm nach.
HORATIO: Wie, wenns Euch hinlockte zur Flut, mein Prinz,
Oder zum schrecklichen Gipfel jener Klippe,
Die überhangend niederstürzt ins Meer? –
Und dort, in andrer, grauserer Gestalt
Könnt es die Hoheit der Vernunft Euch rauben
Und Euch zum Wahnsinn treiben! Denkt daran:
Der Ort an sich treibt der Verzweiflung Launen

Auch ohne weitern Grund in jeden Kopf,
Der soviel Klafter niederblickt zur See
Und hört sie unten brülln.

HAMLET: Noch immer winkts mir.
Geh nur, ich folg dir.

MARCELLUS: Ihr sollt nicht gehn, mein Herr!

HAMLET: Weg eure Hände!

HORATIO: Hört uns, Ihr sollt nicht gehn.

HAMLET: Mein Schicksal ruft
Und macht die kleinste Ader dieses Körpers
Fest wie die Sehnen des nemäischen Löwen. *Der Geist winkt*
Immer noch rufts mich. Laßt mich los, ihr Herrn!
Hamlet macht sich frei
Himmel! Ich mach zum Geist den, der mich hält!
Weg da, sag ich! – Geh vor, ich folg dir nach. *Geist und Hamlet ab*

HORATIO: Was er da sieht, das treibt ihn zur Verzweiflung!

MARCELLUS: Kommt nach; es ziemt sich nicht, so zu gehorchen.

HORATIO: Ihm nach. – Doch welches Ende wird dies nehmen?

MARCELLUS: Etwas ist faul im Staate Dänemark.

HORATIO: Der Himmel wird es lenken.

MARCELLUS: Kommt! ihm nach! *Alle ab*

5. Szene

Ein anderer Teil der Terrasse.
Der Geist und Hamlet treten auf

HAMLET: Wo führst du mich hin? Sprich. Ich geh nicht weiter.

GEIST: Hör mich!

HAMLET: Ich wills.

GEIST: Fast ists schon meine Stunde,
Da ich den schwefligen, qualvollen Flammen
Mich übergeben muß.

HAMLET: Ach, armer Geist!

GEIST: Beklag mich nicht, doch leihe ernst dein Ohr dem,
Was ich enthüll.

HAMLET: Sprich, meine Pflicht gebietet,
Dich anzuhören.

GEIST: Und auch, es zu rächen,
Wenn du es hörst.
HAMLET: Was?
GEIST: Ich bin deines Vaters Geist,
Verdammt auf eine Zeit, nachts umzugehen
Und tags gebannt zu fasten in den Flammen,
Bis Feuer die Verbrechen meiner Zeit
Auf Erden fortfegt. Wärs mir nicht verboten
Zu lüften die Geheimnisse meines Kerkers,
So könnt ich dir etwas enthülln, von dem
Das kleinste Wort die Seele dir verstörte,
Dein junges Blut gefrieren ließ, die Augen
Wie Sterne schießen ließ aus ihren Kreisen,
Dir die verworrnen, krausen Locken sträubte
Und jedes Haar trieb einzeln dir zu Berg wie
Dem zornigen Stachelschwein die spitzen Kiele. –
Doch mehr davon zu wissen, ist verboten
Dem Ohr von Fleisch und Blut. – Hör, hör, oh, hör!
Wenn je du deinen teuren Vater liebtest –
HAMLET: O Gott!
GEIST: Räch seinen scheußlich unnatürlichen Mord!
HAMLET: Mord!
GEIST: Mord, scheußlich, wie im besten Fall; doch dieser
Ist scheußlich, unerhört und unnatürlich.
HAMLET: So sags mir gleich, daß ich, auf Schwingen schnell
Wie der Gedanke und der Wunsch der Liebe,
Zur Rache niederstoß!
GEIST: Ich find dich willig;
Und du wärst träger als das fette Unkraut,
Das wuchernd sich an Lethes Ufer breitmacht,
Wenn dies dich nicht bewegte! – Hamlet, hör:
Man sagt, daß, als ich schlief in meinem Garten,
Mich eine Schlange biß: so wird das Ohr
Ganz Dänemarks mißbraucht durch eine Lüge,
Wie ich den Tod fand. – Aber hör, mein Junge:
Die Schlange, die das Leben deines Vaters
Gebissen hat, die trägt jetzt seine Krone!
HAMLET: Oh, ich habs doch geahnt! Mein Onkel!?

GEIST: Ja; die blutschändrisch-ehbrechrische Bestie!
Mit Zauberlist und mit Verführergaben –
Oh, böse List und Gaben, die das konnten! –
Kirrte er zu schändlicher Wollust meine
Scheinbar so tugendhafte Königin. –
O Hamlet! Welch ein Abfall das doch war:
Von *mir*, des Liebe war von solcher Würde,
Daß Hand in Hand sie ging mit jenem Treuschwur,
Den ich ihr bei der Trauung schwur, zu fallen
Auf einen Tropf, dessen natürliche Gaben
Arm waren gegen meine!
Doch wie Tugend nicht wankt, auch wenn das Laster
Buhlte um sie in himmlischer Gestalt,
Wird Wollust, wär sie einem strahlenden Engel
Vermählt auch, ihres Himmelsbettes satt
Und lechzt nach Unrat.
Doch still. Mich dünkt, ich riech die Morgenluft;
Laß kurz mich sein: Ich schlief in meinem Garten,
Wie ichs gewohnt war jeden Nachmittag,
Da schlich in meine Sicherheit dein Onkel
Mit Saft verfluchten Schierlingskrauts im Fläschchen
Und tropfte in die Pforten meiner Ohren
Tödlichen Absud, dessen Wirkung so
Verfeindet mit dem Blut des Menschen ist,
Daß sie so rasch wie Quecksilber durchläuft
Die Tore der Natur, die Leibesbahnen,
Und läßt mit plötzlicher Gewalt gerinnen
Und stocken – wie ein Tropfen Lab die Milch stockt –
Das dünne, heile Blut: so gings auch mir.
Ein Schorf umgab mir gleich mit einer Rinde
Wie ekle Schuppen eines Aussatzkranken
Den ganzen glatten Leib.
So wurde ich im Schlaf durch Bruders Hand
Geprellt um Leben, Krone, Königin
Und, hingerafft in meiner Sünden Blüte
Ohn' Beichte, Abendmahl und letzte Ölung,
Die Rechnung nicht bezahlt, nein, ins Gericht
Mit aller Schuld auf meinem Haupt gesandt.

HAMLET: O Grauen! Grauen! Grauen ohne Maß!
GEIST: Hast du Natur in dir, so duld es nicht;
Laß Dänmarks Königsbett kein Lager sein
Für Blutschande und für verdammte Wollust.
Wie immer aber du dies Tun betreibst,
Beflecke nicht dein Herz mit einem Anschlag
Auf deine Mutter! Laß du sie dem Himmel
Und jenen Dornen, die in ihrer Brust
Sie stechend brennen. Aber nun leb wohl!
Das Glühwürmchen zeigt, daß der Morgen nah ist;
Sein unwirksames Feuer wird schon blaß.
Ade, ade, ade! und denk an mich. *Ab*
HAMLET: Ihr Himmelsheere! Erde, du! – Was noch?
Sag ich auch Hölle? Pfui! – Halt, halt, mein Herz!
Ihr, meine Muskeln, werdet nicht gleich alt,
Nein, tragt mich aufrecht. An dich denken? Ja.
Du armer Geist, solang Gedächtnis hier noch
In dem verstörten Ball sitzt! – An dich denken?
Von der Schreibtafel meines Denkens lösch ich
Alle die nichtigen, törichten Zeichen,
Alles an Bücherweisheit, Bildern, Regeln,
Was Jugend und Beobachtung hier einschrieb.
Und dein Gebot soll ganz allein hier leben
In diesem Buch und Einband meines Hirns,
Mit Schlechtrem unvermischt: jawohl, beim Himmel!
O du verderblich Weib!
O Schuft, Schuft, lächelnder, verdammter Schuft!
O meine Schreibtafel! – daß ich es festhalt, *(schreibt)*
Daß einer lächeln kann und lächeln, und ein Schuft sein;
Zumindest weiß ich: Dänmark bringt das fertig!
So, Onkel, da! – Und nun dazu mein Merkwort,
Das heißt- »Ade, ade, und denk an mich.«
Ich habs geschworen!
HORATIO *(hinter der Szene)*: Mein Prinz! Mein Prinz!
MARCELLUS *(hinter der Szene)*: Prinz Hamlet!
HORATIO *(hinter der Szene)*: Himmel, schütz ihn!
HAMLET: So sei es!
HORATIO *(hinter der Szene)*: Heia! Heda halt! Mein Prinz!

HAMLET: Heißa! Junge! Komm, Vogel, komm!

Horatio und Marcellus treten auf

MARCELLUS: Wie stehts, mein edler Herr?

HORATIO: Was ist, mein Prinz?

HAMLET: Ach, wunderbar!

HORATIO: So sagt doch, lieber Prinz!

HAMLET: Nein, ihr verratets!

HORATIO: Nein, ich nicht, beim Himmel!

MARCELLUS: Auch ich nicht, Herr!

HAMLET: Was sagt ihr? Sollt' ein Menschenherz das denken!?
Ihr wolltet schweigen?

HORATIO und MARCELLUS: Ja, beim Himmel, Herr!

HAMLET: Es lebt kein Schuft im ganzen Dänemark...
Der nicht ein abgefeimter Schurke wäre.

HORATIO: Da braucht kein Geist, Herr, aus dem Grab zu steigen,
Uns *das* zu sagen.

HAMLET: Recht! Da habt Ihr recht;
Und so, ganz ohne weitere Förmlichkeit,
Mein ich, wir schütteln uns die Hand und gehen;
Ihr, wo Geschäft und Neigung euch nun hinführt,
Denn jeder Mensch hat ja Geschäft und Neigung, -
Nun, je nachdem; ich, für mein armes Teil,
Seht, ihr, will beten gehn.

HORATIO: Das sind doch wilde Wirbelworte, Herr!

HAMLET: Es tut mir leid, wenn sie Euch ärgern; herzlich.
Ja, herzlich! meiner Treu!

HORATIO: Ärgernis, Herr, gibts keins.

HAMLET: Doch! Bei Sankt Patrick! Doch gibts eins, Horatio,
Ein großes Ärgernis! - Betreffend die Vision hier -
Es ist ein ehrliches Gespenst, das glaubt mir.
Doch euren Wunsch, zu wissen, was wir sprachen,
Besiegt, so gut ihr könnt. - Nun, liebe Freunde,
So wahr ihr Freunde seid, Mitschüler, Krieger,
Erfüllt mir *einen* armen Wunsch!

HORATIO: Was ists, mein Prinz? Wir wollens.

HAMLET: Macht nie bekannt, was ihr hier saht heut nacht.

HORATIO und MARCELLUS: Wir wollens nicht tun, Herr.

HAMLET: Gut, aber schwört.

HORATIO: Herr, meiner Treu, ich nicht!
MARCELLUS: Ich auch nicht, meiner Treu!
HAMLET: Schwört auf mein Schwert!
MARCELLUS: Wir haben schon geschworen.
HAMLET: Nein, auf mein Schwert schwört! Schwört!
GEIST *(unter der Erde)*: Schwört!
HAMLET: Ha, Bursche, sagst das *du*! Bist dus, vergrabner Groschen!? –
Kommt, kommt, ihr hört den Burschen da im Keller;
Stimmt zu, zu schwören!
HORATIO: Schlagt den Eid vor, Herr.
HAMLET: Niemals von dem, was ihr hier saht, zu sprechen,
Schwört auf mein Schwert.
GEIST *(unter der Erde)*: Schwört!
HAMLET: Hic et ubique? – dann stelln wir uns dorthin:
Kommt hierher, Herrn, und legt die Hände nochmals
Hier auf mein Schwert. Und schwört bei meinem Schwert,
Niemals zu sprechen von dem, was ihr gehört.
GEIST *(unter der Erde)*: Schwört!
HAMLET: Gut gesagt, alter Maulwurf! Du wühlst schnell!
Ein trefflicher Sappeur! – Kommt, liebe Freunde.
HORATIO: O Tag und Nacht! erstaunlich und höchst fremd!
HAMLET: So heißt als einen Fremden es willkommen.
Es gibt mehr Dinge im Himmel und in der Erde,
Horatio, als unsre Philosophie sich träumt,
Doch kommt!
Hier, wie zuvor: So Gottes Gnad' euch helfe,
Niemals, wie seltsam ich auch scheinen mag,
Da ichs in Zukunft vielleicht dienlich finde,
Ein wunderlich Verhalten vorzutäuschen, –
Daß ihr, wenn ihr zu solcher Zeit mich seht,
Nie mit verschränkten Armen, Köpfe schüttelnd,
Oder mit vieldeutigen Redensarten
Wie »Ja, wir wissen« oder »Ja, wir könnten,
Wenn wir nur wollten« – oder »Wenn wir sprächen« –
Niemals durch etwas derlei darauf deutet,
Daß ihr von mir was wißt: Dies nicht zu tun,
So Gottes Gnad in eurer Not euch beisteht,
Das schwört.

GEIST *(unter der Erde)*: Schwört.
HAMLET: Ruh, ruh, verstörter Geist! – Nun, meine Herren,
Empfehle ich mich euch mit aller Liebe.
Und was ein Mann, so arm, wies Hamlet ist,
Tun kann, euch Lieb und Freundschaft zu erzeigen,
Dran solls nicht fehlen, so Gott will. – Nun gehn wir,
Und stets die Finger auf den Mund, ich bitt euch.
Die Zeit ist aus dem Leim – Fluch ihren Tücken,
Daß ich zur Welt kam, sie zurechtzurücken!
Nun kommt, gehn wir zusammen. *Alle ab*

Zweiter Akt

1. Szene

Zimmer im Haus des Polonius.
Polonius und Reynald

POLONIUS: Gib ihm das Geld da und die Briefe, Reynald.
REYNALD: Ja, gnädiger Herr.
POLONIUS: Es wär gar klug von Euch, mein guter Reynald,
Bevor Ihr ihn besucht, erst nachzufragen,
Wie er sich aufführt.
REYNALD: Herr, das war mein Vorsatz.
POLONIUS: Ah, gut gesagt; sehr gut! Nun seht, mein Lieber,
Erst fragt mir, was für Dänen in Paris sind,
Wo, wer, wie weit bemittelt, wo sie wohnen,
Mit wem, wie teuer; und wenn Ihr dann findet
Durch diesen Umschweif klug gestellter Fragen,
Sie kennen meinen Sohn, dann rückt Ihr näher,
Als Ihr es mit direkten Fragen könntet.
Gebt etwa vor, ihn weitläufig zu kennen:
»Ich kenne seinen Vater, seine Freunde,
Und teils auch ihn. So etwa. – Wißt Ihr, Reynald?
REYNALD: Ja, Herr, es ist mir klar.
POLONIUS: »Und teils auch ihn. – Zwar«, sagt, »nicht allzu gut.
Doch wenn ers ist, so ist er ziemlich wild,
Frönt dem und jenem«. Und dann dichtet Fehler

Ihm an, wies Euch beliebt, – doch, halt! – nicht arge,
Die seiner Ehre schaden; darauf achtet.
Nur lose, wilde; nun, die üblichen Streiche,
Von denen jeder weiß, daß sie Gefährten
Der Jugend und der Freiheit sind.

REYNALD: Wie Spielen?

POLONIUS: Ja, oder Trinken, Raufen, Fluchen, Streiten,
Auch Huren, – so weit könnt Ihr gehn.

REYNALD: Ach, Herr,
Das macht ihm Schande!

POLONIUS: Gar nicht, meiner Treu!
Da Ihr's doch einschränken könnt, *wie* Ihrs vorbringt.
Ihr müßt ihn ja nicht ins Gerede bringen,
Als trieb ers maßlos. Nein, das mein ich nicht;
Erwähnt nur leichthin seine Fehler, daß sie
Wie Sommersprossen seiner Freiheit scheinen,
Der Blitz und Ausbruch eines feurigen Sinnes
Und eine Wildheit ungezähmten Blutes,
Wies jeden anfällt.

REYNALD: Doch, mein bester Herr – –

POLONIUS: *Warum* Ihr sowas tun sollt?

REYNALD: Ja, Herr, das
Wollt ich doch wissen.

POLONIUS: Nun: das ist mein Kunstgriff,
Gar fein ersonnen, glaub ich: Kleine Flecken
Schreibt meinem Sohn Ihr zu, als wär er, gleichsam,
Nur in der Herstellung etwas beschmutzt;
Dann seht:
Euer Gesprächspartner, den Ihr mir aushorcht, –
Wenn der je sah, daß Euer junger Herr,
Von dem Ihr sprecht, der vorbenannten Laster
Auch schuldig war, so könnt Ihr sicher sein,
Der stimmt Euch zu, etwa mit Worten wie
»Freund«, oder »lieber Herr«, oder »mein Bester«,
Wie denn die Redensarten oder Titel
Dort landesüblich sind …

REYNALD: Sehr wohl, mein Herr.

POLONIUS: Und dann, Freund, tut er – ja, er tuts! – Was wollt ich

Doch sagen? Sapperment, ich wollt was sagen!
Wo hab ich aufgehört?
REYNALD: Bei »Stimmt Euch zu, etwa mit Worten wie«,
Bei »lieber Herr«, »mein Bester«.
POLONIUS: Bei »Stimmt Euch zu, etwa mit…« Ach ja, freilich!
Er stimmt Euch also zu: »Ich kenn den Herrn!
Ich sah ihn gestern, tags zuvor, wann immer,
Mit dem und dem, und wie Ihr sagt: Er spielte«,
Oder, »Da hat er dort zuviel getrunken«,
»Da zankte er beim Tennisspiel«… Vielleicht gar:
»Ich sah ihn solch ein schlechtes Haus betreten«,
Will sagen, ein Bordell oder desgleichen.
So also, seht Ihr, fängt
Der Lügenköder Euch den Wahrheitskarpfen:
So wissen wir mit Weisheit und Verstand
Bogen zu schlagen und uns anzupirschen
Und durch den Umweg unsern Weg zu finden.
So kommt Ihr drauf, treu meinem Rat und Vortrag,
Wie es mein Sohn hält. Nichtwahr, Ihr versteht mich?
REYNALD: Ja, Herr.
POLONIUS: Nun, Gott mit Euch, lebt wohl!
REYNALD: Ich dank Euch, Herr!
POLONIUS: Seht seine Neigungen mit *seinen* Augen!
REYNALD: Das werd ich, Herr.
POLONIUS: Und laßt ihn nur brav spielen.
REYNALD: Ja, Herr.
POLONIUS: Lebt wohl! *Reynald ab, Ophelia tritt auf*
Ophelia? Was ist los?
OPHELIA: Ach, Vater, Vater! ich bin so erschrocken!
POLONIUS: Wieso, um Himmels willen?
OPHELIA: Herr Vater, als ich näht' in meinem Zimmer, –
Prinz Hamlet, Wams von oben bis unten offen,
Kein Hut auf seinem Kopf, die Strümpfe schmutzig,
Nicht hochgezogen, auf den Knöcheln hängend; –
Bleich wie sein Hemd und mit den Knien schlotternd,
Und mit so jammervollem Blick, als wär
Er aus der Hölle losgelassen worden,
Zu künden ihre Schrecken, tritt er vor mich.

POLONIUS: Verrückt aus Lieb, zu dir?
OPHELIA: Ich weiß nicht, Herr,
Doch fürcht ichs allerdings.
POLONIUS: Was sagte er?
OPHELIA: Er nahm mich an der Hand und hielt mich fest.
Dann tritt er eine Armlänge zurück,
Schirmt mit der andern Hand sich so die Stirn,
Und dann vertieft er sich in mein Gesicht,
Als wollt ers zeichnen. Lange blieb er so.
Zuletzt zog er an meinem Arm ein wenig,
Nickte dreimal, den Kopf so auf und nieder,
Stieß einen Seufzer aus, so tief und schmerzlich,
Als bräch dabei sein ganzer Leib zusamm und
Mit ihm wars aus. Nun, dann läßt er mich gehn.
Den Kopf noch umgewandt über die Schulter,
Schien er den Weg zu finden ohne Augen,
Denn aus der Tür ging er ohn' ihre Hilfe,
Ihr Licht ruhte bis ganz zuletzt auf mir.
POLONIUS: Komm, geh mit mir: ich geh den König suchen.
Das ist die wahre Raserei der Liebe,
Die sich zerstört in ihrem Ungestüm
Und treibt den Willen zu Verzweiflungstaten
So oft wie nichts sonst unter diesem Himmel,
Das unsere Natur befällt. – Mich reuts. –
Sag, gabst du neuerdings ihm harte Worte?
OPHELIA: Nein, lieber Vater; doch, wie Ihr befahlt, wies
Ich seine Briefe ab und weigert' mich,
Ihn zu empfangen.
POLONIUS: Das trieb ihn zum Wahnsinn!
Mich reuts, daß ich ihn nicht besser einschätzte.
Ich fürchtete, er trieb nur seinen Spaß, um
Dich zu verderben, doch verdammt mein Argwohn! –
Beim Himmel, *unsrem* Alter scheints so eigen,
Mit unsrer Vorsicht übers Ziel zu schießen,
Wie es beim jungen Volk häufig ermangelt
An Vorsicht. Komm, gehn wir zum König hin:
Das muß gesagt werden, denn wenns verhehlt wird,
Könnt mit mehr Kummer sich das Schweigen rächen,

Als es Haß bringen könnt, von Lieb zu sprechen.
Komm! *Beide ab*

2. Szene

Ein Zimmer im Schloß. Trompetenstoß.
König und Königin, Rosencrantz,
Guildenstern und Gefolge

KÖNIG: Willkommen,
Mein lieber Rosencrantz und Guildenstern!
Außer, daß wir uns sehnten, euch zu sehen,
Ist unsres eiligen Rufes Anlaß der, daß
Wir euer sehr bedürfen. Etwas habt ihr
Gehört schon von Hamlets – *Verwandlung* nenn ichs,
Da nicht der äußre noch der innre Mensch
Dem ähnelt, was er war. Was es sonst sein mag
Als seines Vaters Tod, das ihn so sehr
Aus seiner Fassung brachte, kann ich mir
Nicht träumen lassen, und ich bitt euch beide,
Da ihr von Kindheit an mit ihm heranwuchst
Als Nachbarn seiner Jugend, seiner Launen:
Wollt hier an unserm Hof etwas verweilen,
Nur kurze Zeit, um ihn durch euren Umgang
Zu Lustbarkeiten zuzuziehn und auch,
Soweit sich Anlaß bietet, zu ermitteln,
Ob etwas ihn so drückt, was wir nicht wissen,
Und was wir heilen könnten, wenns uns klar wird.
KÖNIGIN: Ihr lieben Herrn, er sprach recht oft von euch,
Und ich bin sicher, es gibt keine Zwei sonst,
An denen er mehr hängt. Wenns euch gefällt,
Uns soviel Gunst und Freundlichkeit zu zeigen,
Daß ihr bei uns hier eine Weile zubringt,
Zu nähren und zu fördern unsre Hoffnung,
So wollen wir euren Besuch euch danken,
Wies einem König ziemt.
ROSENCRANTZ: Oh, Eure Majestäten
Könnten nach dero Macht über uns beide
Euer gestreng Belieben in Befehle

Mehr als in Bitten kleiden!
GUILDENSTERN: Wir gehorchen,
Und beide sind wir hier, nach besten Kräften,
Euch unsern Dienst zu Füßen frei zu legen,
Wie Ihr befehlt.
KÖNIG: Dank, Rosencrantz und edler Guildenstern!
KÖNIGIN: Dank, Guildenstern und edler Rosencrantz!
Ich fleh euch an, sucht nur gleich meinen Sohn auf,
Der viel zu sehr verwandelt ist. – Geht, Leute!
Und bringt die Herrn hier hin, wo Hamlet ist.
GUILDENSTERN: Der Himmel geb, daß unsre Gegenwart
Und unser Tun ihm wohlgefällt und hilft.
KÖNIGIN: So sei es, Amen!
Rosencrantz, Guildenstern und einige aus dem Gefolge ab.
Polonius tritt auf
POLONIUS: Mein König, die Gesandten sind vom Norweg
Froh wieder heimgekehrt.
KÖNIG: Du warst noch immer Vater guter Nachricht!
POLONIUS: Ja, Herr? Des sei mein guter Fürst versichert:
So meine Pflicht wie meine Seele weih
Ich meinem Gott und meinem gnädigen König!
Und außerdem denk ich (wenn dies mein Hirn nicht
Weniger sicher heut als ehmals aufspürt
Der Klugheit Fährte), ich hab nun gefunden
Den wahren Grund von Hamlets wirrem Sinn.
KÖNIG: Oh, sprecht! Ich sehne mich, den Grund zu hören.
POLONIUS: Hört erst Eure Gesandten. – *Mein* Bericht
Soll Nachtisch sein zu jenem großen Festschmaus.
KÖNIG: Tu ihnen Ehr und führ sie selbst herein! *Polonius ab*
Er sagt mir, liebe Gertrud, er entdeckte
Den Quell und Grund der Laune Eures Sohnes.
KÖNIGIN: Ich glaub, der Grund ist seines Vaters Tod
Und nachher unsre allzuschnelle Heirat.
KÖNIG: Gut; *wir* wolln ihn erforschen. –
Polonius kommt mit Voltimand und Cornelius zurück
Willkommen, liebe Freunde! Voltimand,
Sagt, was bringt Ihr von unserm Bruder Norweg?
VOLTIMAND: Beste Erwiderung der Grüß, und Wünsche! –

Er ließ auf unser erstes hin gleich hemmen
Die Truppenwerbung seines Neffen, die er
Für Rüstungen gegen den Polen hielt;
Doch dann, bei näher'm Zusehn, fand er wirklich,
Sie gingen gegen Eure Hoheit. Dadurch
Beleidigt, daß man also seine Krankheit,
Sein Alter, seine Schwäche hinterging,
Befiehlt er, Fortinbras in Haft zu nehmen.
Der, um es kurz zu sagen, unterwirft sich,
Empfängt Verweis von Norweg und schwört schließlich
Vor seinem Oheim, niemals mehr die Waffen
Zu führen gegen Eure Majestät.
Der alte Norweg, übermannt von Freude,
Gewährt ihm drauf dreitausend Kronen Jahrgeld
Und seine Vollmacht, die Soldaten, die er
So warb, gegen den Polen zu gebrauchen;
Nebst einer Bitte, hier genau erklärt, *überreicht ein Dokument*
Daß Ihr geruhn mögt, Durchzug zu gestatten
Durch Eure Lande für dies Unternehmen,
Gegen Gewähr von solcher Sicherheit,
Wie hier geschrieben steht.

KÖNIG: Es scheint uns gut,
Und zu gelegner Zeit wolln wir es lesen,
Beantworten und dies Geschäft bedenken.
Einstweilen Dank für eure gute Müh,
Geht, ruht euch aus und schmaust mit uns heut abend.
Willkommen nun daheim! *Voltimand und Cornelius ab*

POLONIUS Das ging gut aus. –
Mein Fürst, Madam: Hier lange zu erörtern,
Was Majestät sein soll, was Treupflicht ist,
Warum Tag Tag, Nacht Nacht ist und Zeit Zeit,
Wär nichts als Nacht und Tag und Zeit verschwenden.
Deshalb, weil Kürze ja des Witzes Herz ist,
Länge nur seine Glieder und ihr Aufputz,
Faß ich mich kurz: Eu'r edler Sohn ist toll.
Toll nenn ichs, denn was ist denn wahre Tollheit,
Als daß man gar nichts andres ist als toll?
Doch laßt das sein.

KÖNIGIN: Mehr Inhalt, weniger Kunst!
POLONIUS: Madam, ich schwör, ich brauch gar keine Kunst.
Toll ist er, das ist wahr: ein wahrer Jammer,
Ein Jammer, daß es wahr ist. Doch dies ist
Törichte Rede; gut, mag sie gedeihn,
Denn ich will ohne Kunst zu Werke gehen:
So ist er also toll: nun also bleibt,
Daß wir den Grund finden von dem Effekt:
Besser gesagt, den Grund von dem Defekt,
Denn der Defekt-Effekt hat seine Gründe.
So bleibt es nun, und so verbleiben *wir* nun.
Nun merkt wohl: Ich
Hab eine Tochter – ja, solang sie mein ist –
Welche aus schuldigem Gehorsam, seht,
Mir dies gegeben hat. Schließt *daraus* selber! *(liest)*
An meiner Seele Abgott, die himmlische, die höchst verschönte Ophelia! – –«
Das ist eine schlechte Redensart, eine gemeine Redensart;
»Verschönt« ist eine gemeine Redensart! Aber hört nur, nämlich: *(liest)*
»Mag sie an ihrem herrlichen weißen Busen diese Zeilen…« und so weiter.
KÖNIGIN: Kam das an sie von Hamlet?
POLONIUS: Werte Madam, Geduld. Ich sags Euch treulich: *(liest)*
»Zweifle an der Sterne Brennen,
Zweifle, daß die Sonne kreist,
Daß wir Lüg und Wahrheit trennen
Wenn du meine Lieb nur weißt.
O teure Ophelia! ich bin schlecht im Zählen der Silben, ich verstehe nicht die Kunst, meine Seufzer zu berechnen: aber daß ich dich aufs Beste liebe, du Beste du, das glaube mir. Leb wohl! Für immer meine Teuerste, solange diese Maschine ihm noch bleibt, Dein Hamlet.«
Dies zeigte mir gehorsam meine Tochter
Und hat dazu auch noch sein dringend Werben,
Wie sichs begab, nach Zeit und Art und Ort
Gänzlich zu Ohren mir gebracht.
KÖNIG: Doch wie nahm

Sie seine Liebe auf?
POLONIUS: Was *denkt* Ihr von mir?
KÖNIG: Daß Ihr ein treuer, ehrenwerter Mann seid.
POLONIUS: Das *will* ich sein! Doch *was* dächtet Ihr wohl,
Wenn ich den Anflug dieser Lieb gesehn hätt –
Wie ich ihn sah, ich muß gestehn, noch ehe
Mirs meine Tochter sagte – Nun, was hättet
Ihr, teurer König, oder Ihr, Madam,
Von mir gedacht, wenn ich mich blindgestellt hätt,
Mein Herz verschlossen hätt und still und stumm
Nur müßig dieser Liebe zugesehn hätt:
Was dächtet ihr? Nein, ich ging gleich zu Werke
Und sagte meinem jungen Fräulein dies:
»Er ist ein Prinz, zu hoch für deinen Stern.
Dies darf nicht sein«, und dann schrieb ich ihr vor,
Daß sie sich weigern müsse, ihn zu treffen,
Auch Boten oder Pfänder zu empfangen.
Sie macht sich meinen guten Rat zu eigen,
Und er, zurückgestoßen – daß ichs kurz mach –,
Wurde erst traurig, fing dann an zu fasten,
Dann blieb er wach nachts, dann wurde er schwach,
Dann wirr im Kopfe, und auf solchem Abstieg
Verfiel er dann der jetzigen Raserei, die
Uns alle so betrübt.
KÖNIG: Das, denkt Ihr, ist es?
KÖNIGIN: Kann sein, sehr möglich.
POLONIUS: Gabs das schon einmal, das möcht ich gern wissen,
Daß ich je sprach voll Zuversicht »So ist es«
Und sich's als falsch erwies?
KÖNIG: Nicht, daß ich weiß.
POLONIUS *(zeigt auf seinen Kopf und auf seine Schultern)*:
Trennt den von denen, wenns sich falsch erweist!
Wenn mich Indizien führen, will ich finden,
Wo Wahrheit sich versteckt, und wärs im tiefsten
Innern der Welt!
KÖNIG: Wie läßt sich's weiter prüfen?
POLONIUS: Ihr wißt, er geht oft Stunden auf und ab
Hier in der Halle.

Königin: Ja, das tut er wirklich.
Polonius: Da will ich meine Tochter auf ihn hetzen!
Steht Ihr mit mir dann hinter der Tapete
Und seht dem Treffen zu. Liebt er sie nicht
Und ist nicht *dadurch* ganz aus seiner Fassung,
So will ich kein Minister Eures Staats sein,
Sondern ein Bauer, der den Mistkarrn führt.
König: Wir wollns versuchen. *Hamlet tritt auf, lesend*
Königin: Seht, wie der Arme kommt und traurig liest!
Polonius: Weg da (ich fleh Euch an!). Geht beide weg!
Ich geh sogleich ihn an. Gestattet mir!
König, Königin und Gefolge ab
Wie geht es meinem teuren Prinzen Hamlet?
Hamlet: Gut, Gott sei Dank.
Polonius: Herr, wißt Ihr, wer ich bin?
Hamlet: Und ob: ein Fischhändler!
Polonius: Ich? Doch nicht ich, Herr.
Hamlet: Schade! dann wollt ich, daß Ihr so ein ehrlicher Mann wäret.
Polonius: Ehrlich, mein Prinz?
Hamlet: Ja, ja, Herr. Wies in dieser Welt geht, heißt ehrlich sein, ein einziger unter Zehntausenden sein.
Polonius: Sehr wahr, mein Prinz!
Hamlet: Denn wenn die Sonne in einem toten Hund Maden ausbrütet, wo doch die Sonne ein Gott ist, der Aas küßt – Habt Ihr eine Tochter?
Polonius: Ja, mein Prinz, ich hab eine.
Hamlet: Laßt sie nicht in die Sonne gehen: Empfänglich sein ist ein Segen, aber da Eure Tochter empfangen könnte, – Freund, seht Euch vor!
Polonius: Wie meint Ihr das? *(beiseite)* Spielt immer noch auf meine Tochter an, und dabei hat er mich erst gar nicht erkannt. Er sagte, ich sei ein Fischhändler. Weit ists mit ihm gekommen, sehr weit! Und wahrlich, in meiner Jugend litt auch ich recht große Not aus Liebe, fast so groß wie er da. Ich will nochmals zu ihm sprechen. *(laut)*: Was lest Ihr da, mein Prinz?
Hamlet: Worte, Worte, Worte.
Polonius: Aber wovon handelt es mein Prinz?
Hamlet: *Was* solls geben? einen Handel? Zwischen wem?

Polonius: Ich meine, was in dem Buch steht, mein Prinz?

Hamlet: Verleumdungen, Herr: denn der satirische Schurke da sagt, daß alte Männer graue Bärte haben, daß ihre Gesichter runzlig sind, daß ihnen dickflüssige Ambra aus den Augen trieft, und Harz wie von Pflaumenbäumen; und daß sie einen starken Mangel an Witz haben und zugleich gar schwache Lenden. Das alles, mein Herr, glaub ich zwar fest und mit meiner ganzen Manneskraft, aber ich halt es doch nicht für ehrenwert, das so niederzuschreiben; denn auch Ihr selbst, Herr, wäret ja so alt wie ich bin, wenn Ihr rückwärtsgehen könntet wie ein Krebs.

Polonius *(beiseite)*: Wenn dies auch Tollheit ist, hats doch Methode. – Wollt Ihr nicht aus der Luft gehen, mein Prinz?

Hamlet: In mein Grab?

Polonius: Ja, das wär wirklich aus der Luft. *(beiseite)* Wie treffend manchmal seine Antworten sind! Das glückt der Tollheit oft: etwas zu treffen, was Vernunft und gesunder Verstand nicht so trefflich zu sagen vermögen. Ich will ihn jetzt lassen und gleich ausklügeln, wie meine Tochter ihn treffen kann. – Mein ehrenwerter Prinz ich will höchst untertänig meinen Abschied von Euch nehmen.

Hamlet: Ihr könntet nichts von mir nehmen, Herr, was ich Euch lieber geben könnte, – außer mein Leben, außer mein Leben, außer mein Leben.

Polonius: Gehabt Euch wohl, mein Prinz!

Hamlet: O diese langweiligen alten Narren!

Rosencrantz und Guildenstern treten auf

Polonius: Ihr wollt den Prinzen Hamlet sehn: dort ist er.

Rosencrantz *(zu Polonius)*: Gott schützt Euch, Herr. *Polonius ab*

Guildenstern: Mein sehr verehrter Prinz!

Rosencrantz: Mein teurer Prinz!

Hamlet: Ihr guten lieben Freunde! Guildenstern!
Ah, Rosencrantz! Wie gehts euch denn, ihr Guten?

Rosencrantz: Wie den gleichgültigen Kindern dieses Ende.

Guildenstern: Glücklich, weil wir nicht überglücklich sind,
Nicht grad der Knauf auf Frau Fortunas Mütze.

Hamlet: Jedoch auch nicht die Sohlen ihrer Schuh?

Rosencrantz: Auch das nicht, mein Prinz.

Hamlet: Dann wohnt ihr so um ihren Gürtel, also mitten in den mittleren Regionen ihrer Gunst?

GUILDENSTERN: Ja, meiner Treu, wir sind mit ihr intim.

HAMLET: In Frau Fortunas intimen Regionen? Oh, sehr wahr, sie ist eine Dirne. Was gibts Neues?

ROSENCRANTZ: Nichts, mein Prinz, nur daß die Welt aufrichtig geworden ist.

HAMLET: Dann ist ihr Jüngster Tag nah; aber eure Neuigkeit ist nicht wahr. Laßt mich euch genauer fragen: wodurch, liebe Freunde habt ihr euch denn an Fortuna versündigt, daß sie euch hier in diesen Kerker schickt.

GUILDENSTERN: Kerker, mein Prinz?

HAMLET: Dänemark ist ein Kerker.

ROSENCRANTZ: Dann ist die Welt auch einer.

HAMLET: Ein stattlicher, in dem viele Zellen sind, Verliese und Löcher, von denen Dänemark eines der ärgsten ist.

ROSENCRANTZ: Wir denken nicht so davon, mein Prinz.

HAMLET: Nicht? Dann ists auch keins für euch; denn nichts ist gut oder schlecht, das nicht erst unser Denken dazu macht. Für mich ist es ein Kerker.

ROSENCRANTZ: Nun, dann macht es Euer Ehrgeiz dazu; es ist zu eng für Euren Geist.

HAMLET: O Gott, ich könnt in eine Nußschale gebannt sein und mich für einen König über unendlichen Raum halten, wenn ich nur nicht so schlechte Träume hätt.

GUILDENSTERN: Solche Träume sind aber in der Tat Ehrgeiz; denn das wahre Wesen des Ehrgeizigen ist nur der Schatten eines Traumes.

HAMLET: Ein Traum ist selbst nur ein Schatten.

ROSENCRANTZ: Stimmt, und ich halte den Ehrgeiz für so luftig und lose, daß er nur der Schatten eines Schattens ist.

HAMLET: So sind also unsere Bettler die Körper; und unsere Monarchen und geblähten Helden sind der Bettler Schatten? – Wollen wir zu Hof? Denn, meiner Seel', ich kann nicht räsonnieren.

ROSENCRANTZ und GUILDENSTERN: Wir stehen zu Euren Diensten.

HAMLET: Nein, nein: ich will euch nicht zu meinen andern Dienern rechnen; denn, um es euch als ehrlicher Mann zu sagen: was mir da aufwartet, ist ganz abscheulich! Aber bleiben wir auf dem ausgetretenen Weg der Freundschaft... Was führt Euch nach Elsinore?

ROSENCRANTZ: Euch zu besuchen, Prinz, kein anderer Anlaß.

HAMLET: Bettler, der ich bin; ich bin sogar arm an Dank! aber ich dank euch, und seid sicher, teure Freunde, mein Dank ist noch zu teuer um einen halben Groschen. Hat man nicht nach euch geschickt? Ists eure *eigene* Neigung?! Sucht ihr mich aus freien Stükken heim? Kommt, seid ehrlich zu mir. Kommt, kommt! heraus mit der Sprache!

GUILDENSTERN: Was sollen wir sagen, mein Prinz?

HAMLET: Ach, was ihr wollt, solangs nicht zutrifft. Man hat nach euch geschickt, und es liegt eine Art Geständnis in euren Augen, die zu verstellen es eurer Bescheidenheit an Kunstfertigkeit fehlt: Ich weiß, der gute König und die gute Königin haben nach euch geschickt.

ROSENCRANTZ: Zu welchem Zweck, mein Prinz?

HAMLET: Das müßt ihr mich lehren! Doch laßt mich euch beschwören, bei den Rechten unserer Kameradschaft, beim Einklang unserer Jugend, bei der Pflicht unserer stets bewahrten Liebe und bei allem, was euch noch teurer ist und was euch ein besserer Redner ans Herz legen könnte: Seid offen und gradheraus zu mir, ob man nach euch geschickt hat oder nicht!

ROSENCRANTZ *(beiseite zu Guildenstern)*: Was sagt Ihr?

HAMLET *(beiseite)*: Nein, ich hab ein Aug auf euch. Wenn ihr mich liebt, so haltet nicht zurück!

GUILDENSTERN: Mein Prinz, man hat nach uns geschickt.

HAMLET: Ich will euch sagen, warum; so soll meine Vorwegnahme eurer Enthüllung zuvorkommen, und eure Verschwiegenheit gegen König und Königin soll nicht eine Feder lassen. Ich habe letzthin, ohne daß ich selbst weiß warum, alle meine Munterkeit verloren und meine gewohnten Übungen sein lassen. Und in der Tat, so sehr drückt mich die Schwermut, daß dieser stattliche Bau, die Erde, mir nur ein dürres Vorgebirge scheint; dieser vortreffliche Baldachin, die Luft, seht her! dies kühne überhangende Firmament, dies majestätische Dach, durchbrochen von goldnem Feuer, ach, all das scheint mir nichts weiter als eine faule Ansammlung pestilenzialischer Dünste. Was für ein Werk ist doch ein Mann! wie edel an Verstand! wie unbegrenzt an Fähigkeiten! an Gestalt und Bewegung wie feingefügt und bewundernswert! an Taten wie gleich einem Engel! an Ahnung wie gleich einem Gott! Das Schönste auf der Welt! das Vorbild der Geschöpfe! Und doch, für mich: was ist diese Quintessenz des Staubes? Der Mann erfreut mich nicht; nein, auch das Weib nicht; obwohl ihr das mit eurem Lächeln zu sagen scheint.

ROSENCRANTZ: Mein Prinz, ich hatte nichts derlei im Sinn.

HAMLET: Warum lachtet Ihr dann, als ich sagte »Der Mann erfreut mich nicht«?

ROSENCRANTZ: Weil ich daran dachte, mein Prinz, wenn Euch Männer nicht erfreuen, daß dann die Schauspieler bei Euch eine rechte Fastenzeitbewirtung haben werden. Wir überholten sie unterwegs; und sie kommen hierher, Euch ihre Dienste anbieten.

HAMLET: Er, der den König spielt, soll willkommen sein, Seine Majestät soll Tribut von mir erhalten; der fahrende Ritter soll sein Schwert und seinen Schild gebrauchen; der Liebhaber soll nicht unbelohnt seufzen; der Launige soll seine Rolle in Frieden zu Ende spielen; der Clown soll die zum Lachen bringen, deren Lungen kitzlig sind; und das Fräulein soll nur freiheraus sagen, was sie denkt, sonst stolpert ihr Blankvers über ein Loch. – Was sind das für Schauspieler?

ROSENCRANTZ: Die, an denen Ihr Euch so zu erfreuen pflegtet: die Tragöden aus der Stadt.

HAMLET: Wie kommts, daß sie herumziehen? Ihr fester Aufenthalt war doch besser für ihren Ruf wie für ihren Beutel.

ROSENCRANTZ: Ich denke, sie sind behindert durch diese kürzlich aufgekommenen Neuerungen.

HAMLET: Sind sie noch so angesehen, wie sie waren, als ich in die Stadt kam? Haben sie noch soviel Zulauf?

ROSENCRANTZ: Nein, in der Tat, das nicht.

HAMLET: Wie kommt das? Werden sie rostig?

ROSENCRANTZ: Nein, in ihren Leistungen haben sie Schritt gehalten; aber da hat sich, Herr, eine ganze Nestbrut von Kindern eingefunden, kleine gelbschnäbelige Schreihälse, die die höchsten Töne anstimmen und dafür ganz furchtbar beklatscht werden. Die sind jetzt die Mode und verschreien die gemeinen Bühnen (so nennen sie sie) dermaßen, daß manche, die Degen tragen, sich vor Gänsekielen fürchten und kaum wagen, ein ordentliches Theater zu besuchen.

HAMLET: Wie? Sind es Kinder? Wer erhält sie? Wie werden sie bezahlt? Werden sie aus *dem* Ton nur singen, bis sie den Stimmbruch haben? Werden sie nicht nachher, falls sie zu gewöhnlichen Schauspielern heranwachsen (was höchst wahrscheinlich ist, wenn sie nichts Besseres haben), sagen, daß ihre Rollenschreiber ihnen ein

Unrecht angetan haben, als sie sie gegen ihren eigenen künftigen Beruf deklamieren machten?

ROSENCRANTZ: Meiner Treu, es wurde auf beiden Seiten viel hergemacht, und das Volk macht sich kein Gewissen draus, sie zum Streit anzustacheln. Eine Zeitlang war mit keinem Stück Geld zu verdienen, wenn sich nicht Dichter und Schauspieler um dieser Frage willen ohrfeigten.

HAMLET: Ists möglich?

GUILDENSTERN: Oh, man hat sich oft deshalb die Köpfe zerbrochen.

HAMLET: Und die Knaben tragen den Sieg davon?

ROSENCRANTZ: Ja, mein Prinz. Den Herkules mitsamt seinem Globus!

HAMLET: Es ist gar nicht so verwunderlich, denn mein Onkel ist König von Dänemark; und die, die ihm Grimassen schnitten, solang mein Vater lebte, geben jetzt zwanzig, vierzig, fünfzig, ja hundert Dukaten für sein Portrait in Miniatur. Bei Christi Blut, da steckt was Übernatürliches drin, wenn die Philosophie es nur herausfinden könnt! *(Trompetenstoß hinter der Szene)*

GUILDENSTERN: Da sind die Schauspieler.

HAMLET: Meine Herren, ihr seid willkommen in Elsinore. Also gebt mir die Hand; Mode und Zeremonie sind nur das Beiwerk des Willkommens: Drum laßt mich euch so begrüßen, damit nicht mein Verhalten gegen die Schauspieler (das sich, ich sags euch, nach außen hin gut ausnehmen muß) mehr nach Willkommen aussieht als das gegen euch. Ihr seid willkommen; aber mein Onkel Vater und meine Tante Mutter täuschen sich.

GUILDENSTERN: Worin, mein teurer Prinz?

HAMLET: Ich bin nur toll bei Nordnordwestwind; wenn der Wind südlich ist, kann ich einen Falken von einem Königsgeier unterscheiden. *Polonius tritt auf*

POLONIUS: Alles Gute, ihr Herren!

HAMLET: Horcht, Guildenstern! – Und Ihr auch! – an jedem Ohr ein Horcher: das große Wickelkind, das ihr dort seht, ist noch nicht aus seinen Windeln heraus.

ROSENCRANTZ: Vielleicht ist er zum zweiten Mal hineingekommen; denn es heißt, ein alter Mann ist ein doppeltes Kind.

HAMLET: Ich will euch prophezeien, er kommt mir von den Schauspielern sagen. – Gebt acht. – Ganz recht, Herr; am Montagmorgen; in der Tat, damals wars.

POLONIUS: Mein Herr, ich hab Euch Neuigkeiten zu melden.

HAMLET: Mein Herr, ich hab Euch Neuigkeiten zu melden. – »Als Roscius in Rom ein Schauspieler war –«

POLONIUS: Die Schauspieler sind hergekommen, mein Herr.

HAMLET: Schrumm, schrumm!

POLONIUS: Auf meine Ehr'! –

HAMLET: »Kam auf seinem Eslein jeder Schauspieler gar.«

POLONIUS: Die besten Schauspieler der Welt, sowohl für Tragödie als auch für Komödie, Historie, Pastorale, Pastoral-Komödie, historisches Pastorale, Einheit des Ortes oder Dichtung ohne Schranken; Seneca kann für sie nicht zu schwer sein, noch Plautus zu leicht. Für aufgeschriebenen Text und Stegreif sind sie die einzigen Männer!

HAMLET: »O Jephtha, Richter in Israel, was hattest du für einen Schatz?«

POLONIUS: Was hatte er für einen Schatz, mein Prinz?

HAMLET: Ach:

»Eine schöne Tochter, und sonst nicht mehr,
Die liebte er über die Maßen sehr.«

POLONIUS *(beiseite)*: Noch immer meine Tochter

HAMLET: Hab ichs nicht recht im Kopf, alter Jephta?

POLONIUS: Wenn Ihr mich Jephtha nennt, gnädiger Herr, so habe ich allerdings eine Tochter, die ich über die Maßen liebe.

HAMLET: Nein, das folgt nicht!

POLONIUS: Aber was folgt dann?

HAMLET: Ach:

»Wie's Los ja fiel
Nach Gottes Will'«

und dann, das wißt Ihr ja:

»Es ist geschehn
Wie vorauszusehn«

aber die erste Strophe des frommen Liedchens wird Euch mehr davon berichten: denn seht, da kommt die Kurzweil, die mich kurz macht. *Vier oder fünf Schauspieler treten auf*

Ihr seid willkommen, Meister! willkommen, alle! Ich freue mich, euch wohlauf zu sehen: Willkommen, gute Freunde! – Ach, mein alter Freund, dein Gesicht hat einen Umhang, seit ich dich zuletzt gesehen habe: willst du mir wohl einen Bart anhängen hier in Dänemark? – Ei, meine schöne junge Frau und Meisterin: bei unserer lieben Frau, Ihr, Fräulein, seid dem Himmel um einen ganzen Absatz näher als letztes Mal, da ich Euch sah. Geb Gott, daß Eure Stimme nicht wie ein gebrochnes Goldstück ihren Wohlklang verloren hat! Junge, Junge! – Meister, ihr seid alle willkommen. Wir wollen frisch drauf los, wie die französischen Falkoniere: auf alles los, was uns unter die Augen kommt! Gleich einmal eine Rede! Kommt, gebt uns eine Kostprobe eurer Kunst; kommt, eine wirklich leidenschaftliche Rede!

ERSTER SCHAUSPIELER: Welche Rede, mein gnädiger Herr?

HAMLET: Ich hörte dich einmal, da trugst du mir eine Rede vor. Sie ist aber nie aufgeführt worden, oder wenn ja, höchstens *ein* Mal. Denn das Stück, ich weiß noch, gefiel der großen Menge nicht; das war Kaviar fürs Volk. Aber es war – wie mir vorkam, und anderen, deren Urteil in solchen Dingen mehr gilt als meines – ein ausgezeichnetes Stück; gut angelegt in den Szenen; niedergeschrieben mit ebensoviel Bescheidenheit wie Klugheit. Ich weiß noch, jemand sagte, die Zeilen seien nicht so recht gesalzen, um den Sinn zu pfeffern; und es sei auch kein Inhalt in den Reden, der den Verfasser der Geziertheit überführen würde. Nein, er sagte, das Ganze habe eine schlichte Manier, so gesund wie angenehm, und viel eher schön als fein herausgeputzt. Vor allem liebte ich *eine* Rede darin: des Äneas Erzählung an Dido, und besonders dort, wo er davon spricht, wie Priamus hingeschlachtet wurde. Wenn Ihrs noch im Gedächtnis habt, so fangt bei dieser Zeile an. – Laßt mich sehen, laßt mich sehen:

»Der grimme Pyrrhus, wie Hyrkaniens Tiger« –

Nein, die war es nicht, aber es beginnt mit Pyrrhus:

»Der grimme Pyrrhus; er, des dunkle Waffen
Schwarz wie sein Vorsatz, glichen jener Nacht,
Da er sich barg im schicksalsschweren Roß,
Hat nun beschmiert die furchtbar finstern Züge
Mit grauserer Heraldik: gänzlich rot
Von Kopf zu Fuß nun: scheußlich aufgeputzt
Mit Blut der Väter, Mütter, Töchter, Söhne,
Getrocknet an ihm in der Straßen Glut,
Die brennend ein verfluchtes Licht verleihn
Dem Mord an ihrem Herrn! Vor Zorn und Feuer glühend,
Gebeizt mit Blut, mit Augen wie Karfunkeln,

So sucht der höllische Pyrrhus nun den alten
Großvater Priamus.«
So, nun fahr fort!

POLONIUS: Bei Gott, mein Prinz, schön vorgetragen, gut betont, mit gutem Anstand!

ERSTER SCHAUSPIELER: »Er findet ihn alsbald,
Wie er den Griechen trotzt, doch seine Streiche
Sind schon zu kurz; sein altes Schwert gehorcht nicht
Mehr seinem Arm, bleibt liegen, wo es fällt,
Feind seinem Willen. Pyrrhus, ungleich stärker,
Stürzt los auf Priamus, holt zu weit aus,
Doch schon vom Sausen seines grimmen Schwertes
Fällt der entnervte Vater. Ilium scheint
Trotz seiner Ohnmacht doch den Streich zu fühlen:
Denn seine brennende Höhe stürzt zu Boden
Und nimmt mit grausem Krachen noch gefangen
Des Pyrrhus Ohr, denn seht! sein Schwert, das schon
Auf Priams ehrwürdig milchweißes Haupt sich senkte,
Schien in der Luft steckenzubleiben; so
Wie ein gemaltes Schreckensbild stand Pyrrhus,
Und wie sich selbst entrückt und seinem Willen,
Untätig da.
Doch, wie wir oftmals sehen, wenn ein Sturm kommt,
Ein Schweigen in den Himmeln; still die Wolken,
Die kühnen Winde sprachlos und der Erdball
Stumm wie der Tod, bis dann der grimme Donner
Die Luft zerreißt; so treibt nach seiner Stille
Den Pyrrhus Rache wild ans neue Werk:
Und nie noch trafen der Zyklopen Hämmer
Des Kriegsgotts ewigkeitsgeschmiedete Rüstung
Mit weniger Reu als Pyrrhus' blutend Schwert
Nun fällt auf Priamus.
Pfui, Dirne du, Fortuna! All ihr Götter
Im großen Rat: beraubt sie ihrer Macht!
Brecht jede Speich' und Felge ihres Rades
Und rollt die Nabe von des Himmels Höhe
Zu Teufeln ihr hinab!«

POLONIUS: Das ist zu lang.

HAMLET: Es soll gleich zum Barbier, samt Eurem Bart! –
Ich bitte dich, sprich weiter. –
Er ist für kurze Possen oder Zoten,
Sonst schläft er ein. Sprich, komm auf Hekuba!

ERSTER SCHAUSPIELER: »Doch wer, o Schmerz, die eingemummte Kön'gin
Gesehn hätt...«

HAMLET: »Die eingemummte Königin«?

POLONIUS: Das ist gut! »Eingemummte Königin« ist gut!

ERSTER SCHAUSPIELER: »Gesehn hätt, wie sie auf und ab lief, barfuß,
Den Flammen droh'nd mit Tränengüssen, einen
Lappen auf jenem Haupt, wo noch vor kurzem
Das Diadem stand, und an Kleides Statt
Um die von Wehn erschöpften hagern Weichen
Ein Laken, da sie griff im ersten Schrecken, –
Wär *das* gesehn hätt, hätt mit giftgetränkter Zunge
Verrat verübt an Frau Fortunas Macht:
Doch hätten selbst die Götter sie gesehn da,
Als sie den Pyrrhus sah, der bösen Hohn trieb,
Mit seinem Schwert zerfleischend ihren Gatten:
Der erste Ausbruch ihrer Schreie hätte –
Falls alles Sterbliche sie nicht ganz kalt läßt, –
Des Himmels Feueraugen tau'n gemacht
Und Götter voll von Mitleid.«

POLONIUS: Seht, hat er sich nicht richtig verfärbt und hat Tränen in den Augen! – Bitte, nicht weiter.

HAMLET: 's ist gut. Du sollst mir den Rest nächstens vorsprechen. – Mein werter Herr, wollt Ihr sehen, daß diese Schauspieler gut untergebracht werden? Hört Ihr, laßt sie gut behandeln, denn sie sind der Inbegriff und die kurzen Chroniken der Zeit. Es wär Euch besser, nach Eurem Tod eine schlechte Grabschrift zu haben, als üble Nachrede von ihnen zu Euren Lebzeiten.

POLONIUS: Gnädiger Herr, ich will sie nach ihrem Verdienst behandeln.

HAMLET: Nein, beileibe nicht! Besser, Mann! Viel besser! Behandelt Ihr jeden nach Verdienst, wer entgeht dann der Peitsche? – Behandelt sie nach Eurer eigenen Ehre und Würde: je weniger sie die verdienen, desto verdienstvoller ist dann Eure Güte! Nehmt sie mit.

POLONIUS: Kommt, ihr Herren!

HAMLET: Geht mit ihm, Freunde; morgen gibts ein Spiel!

Polonius und Schauspieler ab, außer dem ersten Schauspieler

Hört, alter Freund, könnt Ihr *Die Ermordung Gonzagos* spielen?

Erster Schauspieler: Ja, gnädiger Herr.

Hamlet: Das wolln wir morgen abend. Ihr könntet im Notfall eine Rede von zwölf bis sechzehn Zeilen einstudieren, die ich aufschreiben und ins Stück einfügen möchte? Nicht wahr?

Erster Schauspieler: Ja, gnädiger Herr.

Hamlet: Sehr gut! Geht jenem Herrn nach und seht zu,
Daß Ihr Euch nicht über ihn lustig macht. *Erster Schauspieler ab*

Hamlet *(zu Rosencrantz und Guildenstern)*: Meine guten Freunde, ich verlasse euch bis heut abend. Ihr seid willkommen in Elsinore!

Rosencrantz: Sehr wohl, mein bester Prinz!

Hamlet: Nun, Gott geleit euch! *Rosencrantz und Guildenstern ab*

Jetzt bin ich allein.
Oh, welch ein Schuft und Bauernknecht bin ich!
Ist es kein Unding? Hier der Spieler konnt' sich
In einer Rolle Traum von Leidenschaft
So einleben, daß er erblaßte, daß ihm
Das Aug voll Tränen war, der Gang verstört,
Die Stimme stockte; alles an ihm paßte
Zu seiner Rolle. – Alles, und um nichts!
Um Hekuba!
Was ist ihm Hekuba, was ist er ihr, daß
Er weinen sollt um sie? Was täte *er*,
Wie ich? – Die Bühne würde er in Tränen
Hätt *er* zur Leidenschaft Stachel und Stichwort
Ertränken, und das Ohr der Welt zerreißen
Mit grausem Wort, das Schuldige zum Wahnsinn
Und Schuldlose zur Wut treibt; starr vor Staunen,
Wären die Ahnungslosen so verwirrt,
Als wäre ihnen Hörn und Sehn vergangen.
Doch ich,
Ein mutlos trüber Bube, schleich umher
Als Schlafmütze, nicht voll von meiner Sache,
Und hab kein Wort – nein, keins! – für einen König,
An dessen Hab und mehr als teurem Leben
Höllisch gefrevelt wurde. Bin ich feige?
Wer nennt mich Schuft, bricht meinen Kopf entzwei,

Rauft mir den Bart und bläst ihn ins Gesicht mir,
Kneift an der Nase mich und straft mich Lügen
In meinen Hals hinein bis in die Lungen?
Wer tut mir das? Ha?
Bei Christi Wunden, ich nähms hin! – Es kann wohl
Nicht anders sein, als daß ich Herz und Leber
Von einer Taube hab, und keine Galle,
Die solches Unrecht bitter macht. Sonst hätt ich
Schon längst die Geier rings gemästet mit dem
Aas dieses Knechtes! Schuft voll Blut und Zoten!
Gewissenloser, falscher, geiler Schuft!
O Rache! –
Ach, welch ein Esel bin ich! Das ist tapfer:
Ich, eines teuren, ermordeten Vaters Sohn,
Von Himmel und Höll' gespornt zur Rache, muß mir
Wie eine Hure Luft machen in Worten
Und fluchen nur, wies eine Schlampe tut,
Ein Küchenweib!
Pfui! Pfui! – Ans Werk, mein Hirn! – Ich hab gehört,
Daß Schuldige, wenn sie ein Schauspiel sahen,
Bloß durch die Kunst der Bühne so ins Herz
Getroffen wurden, daß sie auf der Stelle
Offen bekannten ihre Übeltat.
Denn Mord, hat er auch keine Zunge, wird doch
Mit wundersamer Stimme sprechen. Ich
Will achten drauf, daß diese Spieler etwas,
Ähnlich dem Mord an meinem Vater, spielen
Vor meinem Onkel. – *Ich* seh, wie er dreinschaut;
Ich prüf ihn bis ins Herz, und zuckt er mir,
Weiß ich, was tun! Der Geist, den ich sah, könnt auch
Der Teufel sein. – Der Teufel hat ja Macht,
Anmutige Gestalten anzunehmen! –
Ja, und vielleicht, bei meiner Schwäche und
Melancholie (da er sehr mächtig ist bei
Solchen Naturen) lügt er, um mich so
Zu fangen. – Ich will bessere Beweise
Als diesen Geist. – Das Schauspiel sei die Schlinge,
In die den König sein Gewissen bringe. *Ab*

Dritter Akt

I. Szene

Elsinore. Ein Zimmer im Schloß.
König, Königin, Polonius, Ophelia,
Rosencrantz und Guildenstern

KÖNIG: Und könnt ihr kein Gespräch so wenden, daß er
Den Grund verrät, aus dem er so verwirrt tut
Und sich so schrill die Ruhe seiner Tage
Zerreißt mit stürmischem, gefährlichem Irrsinn?
ROSENCRANTZ: Er selbst gibt zu, er fühle sich zerrüttet.
Doch will er keineswegs sagen, warum.
GUILDENSTERN: Noch auch macht ers uns leicht, ihn auszuhorchen;
Mit schlauem Wahnsinn hält er Abstand, wenn wir
Ihn dahin bringen wollen, zuzugeben,
Wies wirklich um ihn steht.
KÖNIGIN: Hat er euch gut empfangen?
ROSENCRANTZ: Ganz wie ein edler Herr.
GUILDENSTERN: Doch schien er sich dabei Zwang anzutun.
ROSENCRANTZ: Er fragte wenig, doch auf *unsre* Fragen
Antwortete er frei.
KÖNIGIN: Und habt ihr ihn
Bewegt sich zu zerstreun?
ROSENCRANTZ: Madam, wir überholten
Durch Zufall Schauspieler am Weg hierher.
Wir sagtens ihm; die Nachricht schien ihn wirklich
Sehr zu erfreuen. Sie sind hier am Hof
Und haben, glaub ich, schon Befehl, heut abend
Vor ihm zu spielen.
POLONIUS: Völlig wahr! Mich bat er,
Auch Eure Majestäten einzuladen
Zum Hören und zum Sehn.
KÖNIG: Von ganzem Herzen; ich bins sehr zufrieden
Zu hörn, daß ihm dran liegt.
Ihr lieben Herrn, sucht weiter ihn zu lenken;
Treibt ihn zu solchen Lustbarkeiten an!
ROSENCRANTZ: Wir wollens, gnädiger Fürst.
Rosencrantz und Guildenstern ab

König: Nun, Gertrud, Liebste,
Laß uns allein, denn wir bestellten heimlich
Hamlet hierher, daß er, als wärs durch Zufall,
Ophelia trifft.
Ihr Vater und ich, befugt zu spionieren,
Wolln ungesehn doch alles sehn, um dann
Frei zu beurteilen diese Begegnung
Und zu erraten aus seinem Benehmen,
Ist es sein Liebeskummer oder nicht,
Der ihn so quält.

Königin: Ich werde Euch gehorchen. –
Und Euch, Ophelia, wünsch für Euer Teil ich,
Daß Eure Schönheit der erfreuliche Grund sei
Für Hamlets Wildheit. Denn dann hoff ich, Eure
Tugend bringt ihn zurück auf seinen Weg,
Zu Euer beider Ehr!

Ophelia: Madam, ich wünscht', es wär so. *Königin ab*

Polonius: Ophelia, du geh hier. – Beliebts Eur Gnaden,
Verstecken wir uns! – *(zu Ophelia)* Lies in diesem Buch,
Daß du beschäftigt scheinst, was dein Alleinsein
Glaubhafter macht. Da sind wir oft zu tadeln, –
Zu oft erwies sich, daß mit frommen Mienen
Und gläubigem Getu wir überzuckern
Den Teufel selbst.

König *(für sich)*: O das ist allzuwahr! –
Wie schmerzhaft peitscht sein Reden mein Gewissen!
Der Dirne Wange, schön durch falsche Kunst, zeigt
Sich innen häßlicher nicht ihrer Schminke
Als meine Tat den aufgemalten Worten. –
O schwere Last!

Polonius: Ich hör ihn kommen, Herr! Zurück, zurück! –

König und Polonius verstecken sich, Hamlet tritt auf

Hamlet: Sein oder Nichtsein dann, das ist die Frage:
Was ist das Edlere, im Geist zu dulden
Schleuder und Pfeil des rasenden Geschicks, –
Oder sich waffnen, einem Meer von Plagen
Trotzen und so sie enden? Sterben, schlafen,
Nicht mehr; wir sagen Schlaf, um so zu enden

Das Herzweh und des Lebens tausend Stöße,
Die Fleisches Erbteil sind. Eine Vollendung,
Aufs innigste zu wünschen. Sterben, schlafen
Schlafen, vielleicht auch träumen: Ah, da hakt sichs! –
Denn was im Todesschlaf an Träumen käme,
Wenn wir dem sterblichen Wirrwarr entschlüpft sind,
Das muß uns anhalten. *Da* steckt die Rücksicht,
Die hilft dem Unglück zu so langem Leben;
Denn wer ertrüg Geißeln und Spott der Zeit,
Des Unterdrückers Tat, des Stolzen Hochmut,
Die Qual verschmähter Lieb', des Rechtes Aufschub,
Die Willkür hoher Stellung und die Tritte,
Die duldsames Verdienst vom Unwert hinnimmt,
Wenn er sich selbst ad acta legen könnte
Mit einem bloßen Stich? Wer trüg, die Last
Und stöhnt' und schwitzt' unter der Müh des Lebens,
Wenn nicht das Graun vor etwas *nach* dem Tod,
Dem unentdeckten Land, aus dem kein Wandrer
Zurückkommt, unsern Willen ratlos machte,
So daß wir lieber *unsre* Übel tragen
Als fliehn zu anderen, die wir nicht kennen?
So macht Bedenken jeden von uns feige,
Und des Entschlusses angeborne Farbe
Krankt, übertüncht von der Gedanken Blässe;
Und mancher hohe, folgenschwere Vorsatz
Gerät aus diesem Grunde aus der Bahn
Und büßt den Namen Tat ein. – He, du; leise! –
Ophelia? Schöne Nymphe, schließ in deine
Gebete alle meine Sünden!

OPHELIA: Herr!
Wie geht es Euer Ehren all die Tage?

HAMLET: Ich danke Euch ergebenst; gut, gut, gut.

OPHELIA: Ich hab, mein Prinz, noch Andenken von Euch,
Dies mich schon lang verlangt, zurückzugeben;
Nehmt sie, ich bitt Euch, jetzt.

HAMLET: nein, nein; nicht ich!
Ich gab Euch nie was.

OPHELIA: Verehrter Prinz, Ihr wißt recht wohl, Ihr tatets,

Und das mit Worten von gar süßem Hauch, der
Sie reicher machte, doch ist *der* dahin,
So nehmt auch *sie*; dem edleren Gemüte
Schwindet das Kleinod mit des Gebers Güte. –
Da, Prinz!

HAMLET: Ha, ha! Seid Ihr ehrsam?

OPHELIA: Mein Prinz!?

HAMLET: Seid Ihr schön?

OPHELIA: Was meint Eure Hoheit?

HAMLET: Daß, falls Ihr ehrsam und schön seid, Eure Ehrsamkeit Eurer Schönheit keinen Umgang mit sich gewähren darf.

OPHELIA: Könnte denn Schönheit, mein Prinz, besseren Umgang haben als mit der Ehrsamkeit?

HAMLET: Ja, freilich: denn die Macht der Schönheit wird eher die Ehrsamkeit aus dem, was sie ist, in eine Kupplerin verwandeln, als daß die Kraft der Ehrsamkeit die Schönheit zu ihresgleichen macht. Das war vor Zeiten ein Paradox, aber nun sind die Zeiten der Beweis dafür. – Ich hab Euch einmal geliebt.

OPHELIA: In der Tat, mein Prinz; Ihr machtet michs glauben.

HAMLET: Ihr hättet mirs *nicht* glauben sollen, denn Tugend kann unserm alten Stamm gar nicht so aufgepfropft werden, daß wir nicht noch im alten Geruch stehen. Ich hab Euch *nicht* geliebt!

OPHELIA: Desto mehr bin ich betrogen.

HAMLET: Pack dich in ein Kloster! zu den guten Jungfern! Warum willst du eine Brüterin von Sündern sein? Ich bin selber leidlich ehrsam; und doch könnt ich mich solcher Dinge bezichtigen, daß es besser wär, meine Mutter hätte mich nicht geboren. Ich bin sehr stolz, rachsüchtig, ehrgeizig; mit mehr Missetaten bei der Hand, als ich Gedanken hab, in die ich sie fassen kann, Phantasie, ihnen Gestalt zu verleihen, oder Zeit, sie in Szene zu setzen. Was sollen denn solche Gesellen wie ich tun, wenn sie da herumkriechen, zwischen Erde und Himmel? Wir sind Erzschurken, alle miteinander, trau keinem von uns! Geh deiner Wege, zu den Jungfern in ein Kloster! – Wo ist Euer Vater?

OPHELIA: Zu Hause, mein Prinz.

HAMLET: Laß die Türen hinter ihm zusperren, damit er den Narren nirgends spielen kann, außer in seinem eigenen Hause. Leb wohl!

OPHELIA: O helft ihm, gütige Himmel!

HAMLET: Wenn du doch heiratest, will ich dir zur Aussteuer diesen Fluch mitgeben: sei du so keusch wie Eis, so rein wie Schnee, du sollst der Nachrede nicht entwischen! Pack dich in ein Kloster, geh, leb wohl! Oder wenn du unbedingt heiraten willst, heirate einen Narren, denn weise Männer wissen ganz genau, was für Ungeheuer ihr aus ihnen macht. In ein Kloster, geh, aber schnell! Leb wohl!

OPHELIA: Himmlische Mächte, stellt ihn wieder her!

HAMLET: Ich hab auch von Euren Malereien gehört, ganz genug. Gott hat Euch ein Gesicht gegeben, und Ihr macht Euch selber ein zweites; Ihr tänzelt, Ihr spaziert herum und Ihr lispelt; Ihr hängt Gottes Geschöpfen Spitznamen an, und aus Eurer Koketterie macht Ihr Eure Einfalt. Geht mir, ich mag nicht mehr davon: es hat mich toll gemacht. Ich sags Euch, wir wollen keine weiteren Heiraten mehr haben; die schon verheiratet sind, alle bis auf einen, die sollen leben. Der Rest? – Die sollen bleiben, wie sie sind. In ein Kloster! geh!

Hamlet ab

OPHELIA: Oh, welch ein edler Geist liegt hier am Boden!
Des Höflings und des Weisen und des Kriegers
Aug, Zunge, Schwert; des Staates Hoffnungsblüte,
Der Sitten Spiegel, des Verhaltens Vorbild,
Augenmerk aller Augen, ganz darnieder!
Und ich, der Fräulein unglücklichste, ärmste,
Die Honig trank und Wohllaut seiner Schwüre,
Seh diesen edlen, königlichen Geist nun
Wie süße Glocken, die verstimmt sind, ganz
Verworren: durcheinander, rauh im Mißton;
Dies Bild erblühter Jugend ohnegleichen
Verheert vom Gift des Wahnsinns: Weh mir, weh!
Daß ich sah, was ich sah; seh, was ich seh!

König und Polonius treten wieder auf

KÖNIG: Liebe? Nein, *da*nach steht der Sinn ihm nicht.
Auch was er sprach, das war zwar etwas formlos,
Doch nicht wie Wahnsinn. Nein. Es steckt was in ihm,
Und seine Schwermut sitzt darauf und brütet.
Ich zweifle nicht, was dabei schließlich auskriecht,
Das wird gefährlich. Dem zuvorzukommen,
Hab ich dies schnellentschlossen abgefaßt:
Er soll in aller Eile fort nach England,

Zu fordern dort, was an Tribut uns zusteht.
Vielleicht vertreiben See und neue Länder
Mit allem, was dort anders ist, dies Etwas,
Das da im Grunde seines Herzens steckt und
Auf das sein Hirn ihn ständig hinweist, daß er
Gar nicht er selbst ist. Was meint Ihr dazu?

POLONIUS: Es wird ihm guttun; aber ich glaub doch,
Der Ursprung und Beginn von seinem Gram
War unerhörte Liebe. – Nun, Ophelia?
Mußt uns nicht sagen, was Herr Hamlet sagte;
Wir hörten alles. – Herr, tut nach Belieben,
Doch, dünkts Euch gut, laßt seine königliche Mutter
Ihn nach dem Schauspiel bitten, ihr sein Leid
Allein zu klagen; laßt sie offen sprechen;
Und ich will, wenns gefällig ist, belauschen
Dies ihr Gespräch. Kriegt sie's dann nicht heraus,
Schickt ihn nach England oder in Verbannung,
Wohin es Eurer Weisheit paßt.

KÖNIG: Gemacht! –
Wahnsinn bei Großen bleib' nicht unbewacht. *Beide ab*

2. Szene

Ein Saal im Schloß.
Hamlet und drei Schauspieler

HAMLET: Die Rede, ich bitt euch, haltet so, wie ich sie Euch vorsprach, leicht von der Zunge weg; denn wenn Ihr den Mund so voll nähmt, wie viele von Euren Schauspielern tun, dann könnt' ich meine Verse grad so gut vom Stadtausrufer aufsagen lassen. Und zersägt auch nicht allzusehr die Luft so mit den Händen, – sondern macht das alles mit Maß; denn mitten im reißendsten Strom, Unwetter und, wenn ich so sagen darf, Wirbelwind Eurer Leidenschaft müßt Ihr selbst doch ein Maß finden und erzeugen, das ihr Anmut verleihen kann. O, es kränkt mich in tiefster Seele, wenn ich höre, wie so ein derber Kerl, mit seiner Perücke auf der Glatze, eine Leidenschaft in kleine Stücke zerreißt, richtig in Fetzen, um denen unten im Groschenparterre das Trommelfell zu sprengen, die meistens ohnehin für nichts zu haben sind als für unverständige stumme Pantomimen und für Radau; ich könnte einen solchen Kerl auspeitschen lassen, wenn er den Teufel überteufelt; das überrodet den Herodes. Ich bitt Euch, vermeidet das.

Erster Schauspieler: Das versprech ich Euch, Euer Gnaden.

Hamlet: Seid aber auch nicht zu zahm, sondern laßt Euch von Eurem eigenen Urteil belehren, paßt das Spiel dem Wort an, das Wort dem Spiel, und habt besonders im Auge, daß Ihr nicht die Mäßigung der Natur überschreitet. Denn alles, was so übertrieben wird, widerspricht dem Zweck des Schauspiels, dessen Sinn es von Anfang an bis heute war und ist, der Natur sozusagen den Spiegel vorzuhalten; der Tugend ihre eigenen Züge zu zeigen, der Schande ihr eigenes Bild, und einer jeden Phase und Form unserer Epoche ihre Gestalt und ihren Eindruck. Wird dies nun übertrieben oder zu zaghaft ausgedrückt, so macht es zwar den Unwissenden lachen, den Mann von Urteil aber muß es kränken; und der Tadel *eines* solchen müßte euch ein ganzes Theater voll der andern mehr als aufwiegen. O freilich, da gibts Schauspieler, die ich spielen sah und von andern in den höchsten Tönen loben hörte, die, um nicht grob zu sein, weder den Ton von Christen, noch den Gang von Christen, Heiden oder überhaupt Menschen hatten und sich dermaßen blähten und brüllten, daß ich mir dachte, irgendein Lehrjunge der Natur habe Menschen gemacht, und sie seien ihm danebengelungen, so abscheulich haben die die Menschheit nachgeahmt.

Erster Schauspieler: Ich hoffe, wir haben das bei uns so ziemlich abgeschafft, Herr.

Hamlet: Ach, schafft es ganz und gar ab! Und laßt die, die Eure Narren spielen, nicht mehr sagen, als für sie aufgeschrieben steht; denn unter denen gibts welche, die dann *selbst* lachen, damit ihnen irgendwelche Strohköpfe von Zuschauern mitlachen, auch wenns da mittlerweile drum geht, etwa eine notwendige Frage des Stücks zu überlegen. Das ist bübisch und verrät den denkbar jämmerlichsten Ehrgeiz des Narren, der so etwas tut. – Geht, macht euch fertig.

Schauspieler ab

Polonius, Rosencrantz und Guildenstern treten auf

Wie stehts, mein Herr? Will der König dieses Stück Arbeit anhören?

Polonius: Ja, und die Königin auch; und dies sogleich.

Hamlet: So sagt den Spielern, sie solln sich beeilen. *Polonius ab*

Wollt ihr Zwei helfen; sagen, daß es eilt?
ROSENCRANTZ und GUILDENSTERN: Jawohl, mein Herr.

Rosencrantz und Guildenstern ab

Horatio tritt auf

HAMLET: Ah, du! Horatio!
HORATIO: Hier, liebster Prinz! Zu Euren Diensten!
HAMLET: Horatio, du bist ein so gerechter Mann,
Wie ich nur je einen gesprochen habe.
HORATIO: Ach, bester Prinz –
HAMLET: Nein; denke nicht, ich schmeichle.
Welche Förderung könnt ich von dir hoffen,
Der du nichts hast als deinen guten Kopf,
Um dich zu kleiden und dich zu ernähren?
Weshalb sollt man den Armen schmeicheln? – Nein:
Laß Näscherzungen dummen Prunk belecken,
Laß sie die stets gefügigen Knie dort beugen,
Wo Kriecherei was einträgt! – Hörst du mich?
Seit meine Seele Herrin ihrer Wahl war
Und zwischen Menschen unterscheiden konnte,
Gab sie ihr Siegel dir für sich; denn du warst
Wie der, der alles leidend nichts erleidet;
Ein Mann, der Schicksalsgunst und Schicksalsschläge
Hinnimmt mit gleichem Dank; und selig die,
Bei denen Blut und Urteil so verteilt sind,
Daß sie Fortuna nicht als Flöte dienen,
Den Ton zu spielen, den *ihr* Finger wählt.
Gib mir den Mann, der nicht ein Sklave ist
Der Leidenschaft, und ich will ihn bewahren
Im Herzensgrund, im Herzen meines Herzens,
Wie ichs mit dir tu. – Schon zuviel hievon.
Es gibt heut nacht ein Schauspiel vor dem König;
Ein Auftritt drin kommt den Umständen nah
Von meines Vaters Tod, die ich dir sagte.
Ich bitt dich, wenn du diesen Akt im Gang siehst,
So wende keinen Blick von meinem Onkel.
Wenn dann seine verheimlichte Schuld ihm nicht
Aus ihrem Zwinger schlüpft bei *einer* Rede,
So wars ein Höllengeist, den wir da sahn,

Und all mein Hirngespinst war rußig wie des
Vulcanus Amboß. Halt ihn gut im Aug, denn
Auch ich niet' meinen Blick an sein Gesicht,
Und nachher wolln wir beide unser Urteil
Zusammentun und prüfen, wie er aussieht.

HORATIO: Gut, Herr! Wenn er was stiehlt während des Spiels
Und Euch entgeht damit, will *ichs* bezahlen!

HAMLET: Sie kommen schon zum Stück: Ich muß verrückt sein.
Wähl deinen Platz!

Trompeten und Pauken. Der König, die Königin, Polonius, Ophelia, Rosencrantz, Guildenstern und andere

KÖNIG: Wie schmeckt es unserm Vetter Hamlet?

HAMLET: Trefflich!
Ich halt mich an des Chamäleons Gericht:
Ich eß die Luft, vollgestopft mit Versprechen:
Kapaune könnt Ihr *nicht* so mästen.

KÖNIG: Diese Antwort sagt mir nichts, Hamlet; das sind nicht meine Worte.

HAMLET: Nein, meine auch nicht mehr. *(zu Polonius)*
Mein Herr, Ihr spieltet auf der Universität einst, sagt Ihr?

POLONIUS: Das tat ich, Herr, und galt als guter Spieler.

HAMLET: Was spieltet Ihr?

POLONIUS: Ich spielte Julius Caesar,
Ich ward getötet, auf dem Kapitol;
Von Brutus.

HAMLET: Das war brutal von ihm, ein solches kapitales Kalb zu töten!
Sind die Spieler fertig?

ROSENCRANTZ: Ja, mein Herr! Sie harren Eures Befehls.

KÖNIGIN: Komm her! Mein lieber Hamlet, sitz bei mir.

HAMLET: Nein, gute Mutter, *der* Magnet ist stärker!

POLONIUS *(zum König)*: Ah! – Habt Ihr *das* gehört?

HAMLET: Fräulein, soll ich in Eurem Schoße liegen?

Legt sich zu Ophelias Füßen

OPHELIA: Nein, mein Prinz.

HAMLET: Ich mein, den Kopf auf Euren Schoß gelehnt?

OPHELIA: Ja, mein Prinz.

HAMLET: Denkt Ihr, ich hätt' was Bäurisches gemeint?

OPHELIA: Ich denke nichts, mein Prinz.

Hamlet: Das ist ein schöner Gedanke, zwischen den Beinen eines Mädchens zu liegen.

Ophelia: Was, mein Prinz?

Hamlet: Nichts.

Ophelia: Ihr seid lustig, mein Prinz.

Hamlet: Wer? Ich?

Ophelia: Ja, mein Prinz.

Hamlet: O Gott! Euer einziger Possenreißer! Was soll ein Mann denn tun, wenn nicht lustig sein? denn seht nur, wie vergnügt meine Mutter dreinschaut; und doch ist mein Vater noch keine zwei Stunden tot.

Ophelia: Nein, es ist zweimal zwei Monate her, mein Prinz.

Hamlet: So lang? Nein, dann mag der Teufel Schwarz tragen; ich will einen Zobelpelz haben! O Himmel! Zwei Monate tot, und noch immer nicht vergessen? Dann ist doch Hoffnung, daß eines großen Mannes Andenken sein Leben ein halbes Jahr lang überleben kann. Aber, bei unsrer lieben Frau! da muß er Kirchen bauen, denn sonst muß ers leiden, daß man nicht mehr an ihn denkt; wie das Steckenpferd, dessen Grabschrift ist:

»Für nichts! für nichts!
Für nichts gilt nun des Steckenpferds Gedenken!«

Trompetenstoß. Die Pantomime tritt auf

(Ein König und eine Königin, sehr zärtlich. Die Königin umarmt ihn, er sie; sie kniet nieder und macht beteuernde Gebärden. Er hebt sie auf und lehnt seinen Kopf an ihren Hals. Er legt sich auf eine blumige Rasenbank. Sie verläßt ihn, als sie sieht, daß er schläft. – Sogleich kommt ein anderer Mann, nimmt ihm die Krone ab, küßt sie, gießt Gift in des Schläfers Ohren und verläßt ihn wieder. Die Königin kehrt zurück, findet den König tot und macht leidenschaftliche Gebärden des Jammers. Der Vergifter kommt mit zwei oder drei stummen Begleitern zurück und stimmt *scheinbar* in ihre Klage ein. Der Leichnam wird weggetragen. Der Vergifter umwirbt die Königin mit Geschenken; zuerst scheint sie spröde und unwillig, aber schließlich nimmt sie seine Werbung an. Die Schauspieler entfernen sich.)

Ophelia: Was bedeutet das, mein Prinz?

Hamlet: Glaubt mir, das ist ein böses Bubenstück; es bedeutet Unheil!

Ophelia: Vermutlich zeigt es, was im Stück gespielt wird.

Prolog tritt auf

Hamlet: Wir werden es von diesem Gesellen erfahren; die Spieler können nichts verschweigen; die verraten alles.

Ophelia: Wird er uns verraten, was dies Vorspiel bedeutet hat?

Hamlet: Ja, und jedes andere Vorspiel, das Ihr ihm vorspielt. Wenn Ihr Euch nicht schämt, etwas vorzuspielen, wird er sich nicht schämen, Euch zu sagen, was es bedeutet.

Ophelia: Ihr seid schlimm, Ihr seid schlimm! Ich will aufs Spiel achtgeben.

Prolog

Für uns und unsre tragische Kunst
Erbitten wir voll heißer Brunst
Nun Euere Geduld und Gunst. *Ab*

Hamlet: Ist das ein Prolog oder ein Sprüchlein auf einem Ring?

Ophelia: Es ist kurz, mein Prinz.

Hamlet: Wie Weiberliebe. *Ein König und eine Königin treten auf*

König im Spiel: Schon dreißigmal ging Phöbus' Karren rund
Um Neptuns Salzflut und des Tellus Grund,
Und dreißigmal zwölf Monde führten Tanz
Um diese Welt mit ausgeborgtem Glanz,
Seit Liebe unser Herz, Hymen die Hand
Vereinigt hat mit seinem heiligen Band.

Königin im Spiel: Soviele Reisen zählt uns, Mond und Sonne,
Noch zu, bevor vergeht der Liebe Wonne!
Doch weh! Ihr scheint so krank in diesen Tagen!
Nicht wohlauf, wie Ihr wart, das muß ich klagen.
Doch klag ich auch, mein Gatte, darf ich *nicht*
Drum Euch beschweren; das ist meine Pflicht.
Des Weibes Angst hält Schritt mit ihrem Lieben:
Beide sind gar nichts oder übertrieben. –
Nun, meine Liebe hab ich Euch bewiesen,
Doch wird durch sie auch meine Angst zum Riesen.
Wo Liebe groß ist, ist der kleinste Zweifel Qual.
Doch wächst mit großer Angst auch große Lieb zumal.

König im Spiel: Ach, Lieb, ich muß dich lassen, und gar bald:
Ich fall von Kräften, denn ich werde alt.
Doch du leb weiter in der schönen Welt,

Geehrt, geliebt! Vielleicht, daß dir gefällt
Ein zweiter guter Mann,...
KÖNIGIN IM SPIEL: Hör auf! laß bleiben!
Verrat in meiner Brust wär solch ein Treiben!
Ein zweiter Mann!? – Da müßt ich selbst mir fluchen.
Die *einen* totschlug, mag 'nen zweiten suchen!
HAMLET *(beiseite)*: Wermut! Wermut!
KÖNIGIN IM SPIEL: Was einer zweiten Ehe Bande flicht,
Ist schlechte Habsucht, aber Liebe nicht.
Ich töt zum zweiten Mal den toten Mann,
Wenn mich im Bett ein zweiter küssen kann.
KÖNIG IM SPIEL: Ich glaub, du denkst jetzt wirklich, was du sprichst,
Doch kann es sein, daß den Entschluß du brichst.
Der Vorsatz ist nur der Erinnrung Knecht:
Stark von Geburt, doch später bald geschwächt:
Was heut wie grüne Frucht fest hängt am Baum,
Fällt einst, wenns reift; man brauchts zu schütteln kaum.
Höchst nötig ists, daß jeds von uns vergißt,
Zu zahlen sich, was es sich schuldig ist.
Dem Vorsatz, den uns Leidenschaft geboren,
Geht, wenn sie endet, auch sein Zweck verloren.
Das Ungestüm von Freude wie von Leid
Zerstört sich selbst durch eigne Heftigkeit.
Leid klagt laut in der Freude lautes Rauschen,
Doch leicht kann Freud' mit Leid die Plätze tauschen.
Die Welt hat nicht Bestand, drum darf dies nicht befremden:
Selbst unsre Liebe kann mit unsrem Los sich wenden.
Das ist 'ne Frag, die uns zu lösen blieb:
Ob Lieb zum Glück führt oder Glück zur Lieb?
Der Große kommt zu Fall: seht, wie ihn Freunde fliehn!
Der Arme steigt empor: selbst Feinde lieben ihn.
So sehr scheint Liebe nach dem Glück zu wählen:
Wer keinen braucht, dem soll kein Freund je fehlen.
Doch wer in Not erprobt den falschen Freund,
Verwandelt ihn sogleich in seinen Feind.
Drum schließ ich, wo ich anfing, meine Rede:
Wille und Schicksal liegt uns stets in Fehde,
Drum können wirs nie, wie wir wollen, lenken.

Der Ausgang ist nicht unser, nur das Denken.
Dein Denken, keinen zweiten zu erwerben,
Kann drum mit deinem ersten Mann leicht sterben.
KÖNIGIN IM SPIEL: Erde, versag mir Nahrung, Himmel Licht!
Gönnt, Tag und Nacht, mir Lust und Ruhe nicht!
Statt Trost und Hoffen sei Verzweiflung bloß,
Einsiedlerkost im Kerker nur mein Los!
Mag alles, was der Freude Antlitz trübt,
Befallen, was mein Herz auf Erden liebt!
Hier und im Jenseits treff mich ewige Qual,
Nehm ich als Witwe noch einen Gemahl!
HAMLET: Wenn sie *das* nun bräche!
KÖNIG IM SPIEL: Ein tiefer Schwur! – Mein Lieb, laß hier mich ruhn:
Mein Sinn wird matt; ich möcht ein Weilchen nun
Den langgezognen Tag mit Schlaf betrügen. *Schläft ein*
KÖNIGIN IM SPIEL: So mag der Schlaf deine Gedanken wiegen,
Und nie komm Unheil zwischen uns zu liegen! *Ab*
HAMLET: Madam, wie gefällt Euch dieses Stück?
KÖNIGIN: Die Dame, finde ich, verspricht zuviel.
HAMLET: O, aber sie wird ihr Wort halten!
KÖNIG: Habt Ihr den Inhalt gehört? Tun sie nichts Anstößiges?
HAMLET: Nein, nein. Was sie tun, tun sie nur im Spiel, vergiften nur im Spiel; kein Anstoß in dieser Welt!
KÖNIG: Wie nennt Ihr das Stück?
HAMLET: Die Mausefalle. Und warum? in diesem Falle bildlich, weil es einen packt! Das Stück stellt einen Mord dar, der in Wien begangen wurde. Gonzago ist des Herzogs Name; seine Gemahlin ist Baptista: Ihr werdet gleich sehen: 's ist ein rechtes Bubenstück, aber was tuts? Euer Majestät und wir haben ein reines Gewissen; uns berührt das nicht: »Mag die wundgedrückte Mähre zucken; *unser* Widerrist ist unverletzt!« *Ein Schauspieler tritt als Lucianus auf* Der da ist Lucianus, ein Neffe des Königs.
OPHELIA: Ihr seid so gut wie der Chorus, mein Prinz!
HAMLET: Ja, ich könnte zwischen Euch und Eurem Liebsten Dolmetscher spielen, wenn ich die Püppchen nur tändeln sehen könnt.
OPHELIA: Ihr seid spitz, mein Prinz; Ihr seid spitz.
HAMLET: Es würde Euch ein Stöhnen kosten, meine Spitze abzustumpfen.

OPHELIA: Noch besser und noch schlimmer!

HAMLET: So müßt ihr eure Männer nehmen! – Fang an, Mörder! Daß dich die Krätze! ... Laß deine Grimassen, verdammt noch einmal! und fang an! Los: »Der Rabe, der da krächzt, er schreit nach Rache!...«

LUCIANUS: Herz schwarz, Hand flink, Gift wirksam, Zeit gelegen,
Die Stund' im Bund, kein Auge sonst zugegen.
Du geil' Gemisch, aus Mittnachtskraut gepreßt,
Dreifach verstärkt von Hekates Fluch und Pest:
Üb deinen Zauber, deinen Einfluß graus
Sogleich auf dies gesunde Leben aus!

Gießt das Gift ins Ohr des Schläfers

HAMLET: Er vergiftet ihn im Garten – um sein Reich. Sein Name ist Gonzago. Die Geschichte ist gedruckt, schwarz auf weiß, in erlesenstem Italienisch. Ihr sollt gleich sehen, wie der Mörder die Liebe von Gonzagos Weib gewinnt!

OPHELIA: Der König steht auf!

HAMLET: Wie? hat ihn blindes Feuerwerk erschreckt?

KÖNIGIN: Was ist Euch, mein Gemahl?

POLONIUS: Das Spiel ist aus!

KÖNIG: Gebt mir doch Licht! – Hinaus!

ALLE: Lichter! Lichter! Lichter! *Alle außer Horatio und Hamlet ab*

HAMLET: Ach, winseln mag der Hirsch, dens traf.–
Dem *flotten* Hirsch spielt auf!
Denn *der* muß wachen, *der* braucht Schlaf:
Die Welt nimmt ihren Lauf.

Würde mir dies, Herr, und dazu noch ein Wald von Federbüschen – wenn der Rest meiner Glücksgüter sich zu den Türken schert – und obendrein noch zwei provençalische Rosen an meinen geschlitzten Schuhen, nicht einen Platz in einer Truppe von Schauspielern einbringen, Herr?

HORATIO: Einen halben Anteil!

HAMLET: 'Nen ganzen, sag ich Euch!
Denn, lieber Damon, kund ist dir:
Dem Reich hier ging zugrund
Ein wahrer Zeus; und nun herrscht hier,
Der auf den's kam: ein... Pfau!

HORATIO: Ihr hättet reimen können!

Hamlet: O lieber Horatio, des Geistes Wort steht mir gut für tausend Pfund! Hast dus gemerkt?

Horatio: Ganz genau, mein Prinz.

Hamlet: Als die Rede vom Vergiften war?

Horatio: Ich hab ihn ganz genau beobachtet.

Hamlet: Ha, ha! Kommt! Spielt Musik! Kommt, Hirtenflöten!
Denn will dem König die Komödie nicht behagen, –
Gott! *Das* sagt nur: sie hat ihm nichts zu sagen.
Kommt, spielt Musik!

Rosencrantz und Guildenstern kommen zurück

Guildenstern: Mein gnädiger Prinz, vergönnt mir ein Wort mit Euch.

Hamlet: Mein Herr, eine ganze *Geschichte*!

Guildenstern: Der König, mein Herr,…

Hamlet: Ah ja, mein Herr! Was hat er?

Guildenstern. Hat sich zurückgezogen, und ihm ist sehr übel.

Hamlet: Vom Trinken, Herr?

Guildenstern: Nein, Prinz, mehr von der Galle.

Hamlet: Ihr hättet größere Weisheit bewiesen, dies seinem Arzt mitzuteilen; denn, wenn *ich* ihm zu seiner Reinigung verhülfe, das würde ihm vielleicht erst recht an die Galle gehen.

Guildenstern: Bester Prinz, bringt doch Eure Reden etwas in Ordnung und springt nicht so wild von meinem Anliegen ab!

Hamlet: Ich bin zahm, Herr; tragt nur vor!

Guildenstern: Die Königin, Eure Mutter, hat mich in tiefster Betrübnis ihres Sinnes zu Euch gesandt.

Hamlet: Ihr seid willkommen!

Guildenstern: Nein, bester Prinz, diese Höflichkeit ist nicht am rechten Fleck. Beliebt es Euch, mir eine vernünftige Antwort zu geben, so will ich den Auftrag Eurer Mutter ausrichten. Wenn nicht, so soll Eure Verzeihung und meine Rückkehr meinem Geschäft ein Ende machen.

Hamlet: Herr, ich kanns nicht.

Guildenstern: Was, mein Prinz?

Hamlet: Euch eine vernünftige Antwort geben. Meine Vernunft ist krank. Aber, Herr! – eine solche Antwort, wie ich sie geben *kann*, steht Euch zu Gebote, oder vielmehr, wie Ihr sagt, meiner Mutter. Darum jetzt nichts mehr weiter, sondern zur Sache: Meine Mutter, sagt Ihr…

ROSENCRANTZ: Also, sie sagt folgendes: Euer Betragen hat sie in Staunen und Verwunderung versetzt.

HAMLET: O wunderbarer Sohn, der eine Mutter so staunen machen kann! Aber folgt auf dem Fuß der Bewunderung dieser Mutter kein Nachsatz? Laßt hören!

ROSENCRANTZ: Sie begehrt, mit Euch in ihrem Zimmer zu sprechen, eh Ihr zu Bett geht.

HAMLET: Wir werden gehorchen, und wenn sie zehnmal unsere Mutter wäre! – Habt Ihr sonst noch ein Geschäft mit uns?

ROSENCRANTZ: Mein Prinz, Ihr liebtet mich einst. –

HAMLET: Und tus auch noch! Bei diesen Langfingern und Räubern hier! *Hebt die Hände*

ROSENCRANTZ: Mein bester Prinz, was ist die Ursache Eurer Verstimmung? Seid versichert, Ihr verriegelt doch das Tor Eurer eigenen Freiheit, wenn Ihr solchen Kummer Eurem Freund nicht zu wissen vergönnt.

HAMLET: Herr, mir fehlts an Beförderung!

ROSENCRANTZ: Wie kann das sein, wenn Ihr die Stimme des Königs selbst zu Eurer Thronfolge in Dänemark habt?

HAMLET: Ja, Herr, jedoch »Indes das Gras wächst…«
Das Sprichwort ist schon etwas schimmelig…

Schauspieler kommen mit Flöten

O die Flöten! Laßt mich eine sehn! Um mit Euch im Vertrauen zu sprechen: … *(nimmt Guildenstern beiseite)* Was geht Ihr so um mich herum und sucht mir den Wind abzugewinnen, als wolltet Ihr mich in ein Netz treiben?

GUILDENSTERN: O mein Prinz, falls meine Pflicht zu kühn ist, ist meine Liebe zu unmanierlich.

HAMLET: Das versteh ich nicht recht. Wollt Ihr auf dieser Flöte spielen?

GUILDENSTERN: Mein Prinz, ich kann nicht.

HAMLET: Ich bitt Euch drum!

GUILDENSTERN: Glaubt mir, ich kann nicht.

HAMLET: Ich fleh Euch an!

GUILDENSTERN: Ich weiß keinen richtigen Griff, mein Prinz.

HAMLET: ’s ist so leicht wie Lügen: Regiert diese Windlöcher mit Euern Fingern und Daumen, verleiht ihr Atem mit Eurem Mund, und sie wird die beredteste Musik von sich geben! Seht Ihr, das sind die Griffe.

Guildenstern: Aber die hab ich eben nicht in meiner Gewalt, sie zu irgendeinem harmonischen Klang zu bringen; ich habe die Fertigkeit nicht.

Hamlet: Ach, da seht, welch eine unwürdig Ding Ihr aus *mir* macht! Ihr wollt auf mir spielen! Ihr wolltet doch wohl wissen, wie man mich handhabt; Ihr wolltet das Herz meines Geheimnisses in den Griff kriegen; Ihr wolltet mir jeden Ton entlocken, von meinem tiefsten bis zu meinem höchsten. Und hier in diesem kleinen Instrument ist viel Musik, eine treffliche Stimme, und doch könnt Ihr es nicht zum Sprechen bringen. – Bei Christi Blut, denkt Ihr, *ich* sei leichter zu spielen als eine Pfeife? Nennt mich, was für ein Instrument Ihr wollt, Ihr könnt mich zwar *verstimmen*, aber Ihr könnt mit mir nicht spielen. *(Polonius kommt)* Gott segn' Euch, Herr!

Polonius: Mein Prinz, die Königin will Euch sprechen, und das gleich.

Hamlet: Seht Ihr die Wolke dort, die fast wie ein Kamel wirkt?

Polonius: Beim heiligen Sakrament; wirklich, wie ein Kamel!

Hamlet: Mich dünkt, sie ist wie ein Wiesel.

Polonius: Ja, sie hat einen Rücken wie ein Wiesel.

Hamlet: Oder wie ein Walfisch?

Polonius: Ganz wie ein Walfisch.

Hamlet: Dann will ich zu meiner Mutter kommen, augenblicklich. *(beiseite)* Sie spannen mir das Narrenseil zum Reißen. – Ich komm im Augenblick.

Polonius: Ich wills ihr sagen. *Ab*

Hamlet: »Augenblick« sagt sich leicht! – Verlaßt mich, Freunde!

Rosencrantz, Guildenstern, Horatio und Spieler ab

Nun ist die rechte Hexenzeit der Nacht,
Da Kirchhöf' gähnen, und die Hölle selbst haucht
Pest in die Welt; nun könnt ich heißes Blut
Trinken und *das* tun, was der bittre Tag
Nur zitternd sähe. Still! – Nun, meine Mutter. –
O Herz, verlier deine Natur nicht! Nie laß
Die Seele Neros ein in diese feste Brust!
Laß mich nur *grausam* sein, nicht *unnatürlich.*
Nur Dolche *reden* will ich, nicht sie *brauchen.*
Mein Mund, mein Herz: in *diesem* Punkt seid Heuchler!
Was ich ihr auch an Schimpf mit Worten tu,
Das zu besiegeln, Herz, stimm niemals zu! *Ab*

Zimmer im Schloß.
König, Rosencrantz und Guildenstern

König: Ich mag ihn nicht, auch stehts um uns nicht sicher,
Wenn seinem Wahnsinn freie Bahn bleibt. Drum
Macht euch bereit. Ich stell euch Vollmacht aus,
Und er soll mit euch beiden fort nach England.
Die Pflichten unsres Standes dulden keine
Gefahr, so nah uns, wie sie stündlich wächst
Aus seinem Wüten.
Guildenstern: Wir wolln gleich bereit sein.
Höchst fromm und gottgefällig ist die Furcht
Um jener vielen, vielen Leute Wohlfahrt,
Die Eure Majestät erhält und nährt.
Rosencrantz: Schon das private Einzel-Leben muß
Mit aller Kraft der Waffen seines Geistes
Sich selbst vor Schaden schützen; wieviel mehr
Der Geist, auf dessen Wohl sich stützt und ruht
Das Leben vieler. Des Monarchen Hinfahrt
Ist nicht nur *Eines* Tod. Nein, gleich dem Strudel
Ziehts alles mit im Umkreis! Der Monarch ist
Ein mächtig Rad auf höchsten Berges Gipfel,
An dessen Riesenspeichen tausend kleinre
Dinge gefügt, geleimt sind. Wenn nun dies fällt,
Teilt jedes kleine *Drum* und winzige *Dran*
Den lauten Sturz: Kein König seufzte je
Allein und ohne allgemeines Weh.
König: Rüstet euch, bitt ich euch, eilig zu reisen,
Denn fesseln wolln wir diese Angst, die jetzt auf
Zu freiem Fuß noch geht.
Rosencrantz und Guildenstern: Herr, wir wolln eilen.

Beide ab. Polonius kommt

Polonius: Mein Fürst, er geht in seiner Mutter Zimmer!
Ich will mich hinter die Tapete stellen
Und mithören! Ich wett, sie schimpft ihn aus;
Und, wie Ihr sagtet, weise sagtet, soll da
Ein Hörer mehr sein als bloß eine *Mutter*
(die von Natur parteiisch ist), um heimlich

Zu lauschen dem Gespräch. Lebt wohl, mein Fürst!
Ich spreche vor bei Euch, eh Ihr zu Bett geht,
Und meld Euch, was ich weiß.

KÖNIG: Dank, lieber Herr! *Polonius ab*

Oh, mein Verbrechen schwärt, es stinkt zum Himmel!
'S ist mit dem ersten, ältesten Fluch beladen:
Mord eines Bruders! – Beten kann ich nicht,
Ob Wunsch und Wille mich auch drängen: Meine
Stärkere Schuld schlägt meinen starken Vorsatz,
Und wie ein Mann, den zwei Geschäfte drücken,
Steh ich und zögre, welches erst, – und tu dann
Nicht *eins.* – Doch wie: wär die verfluchte Hand hier
Auch dick von Bruderblut verkrustet, gibts denn
Im süßen Himmel nicht Regen genug, sie
Schneeweiß zu waschen? Wozu dient denn Gnade,
Als dem Verbrechen ihre Stirn zu bieten?
Wozu Gebet, wenns nicht die doppelte Kraft hat,
Uns vor dem Fall zu wahren oder uns,
Die fielen, Gnad' zu bringen? Also will ich
Emporschaun: meine Tat ist ja vorbei!
Doch, oh, wie find ich Worte des Gebetes
Für mich? »Vergib mir meinen scheußlichen Mord?«
Das kann nicht sein, solang mir alles bleibt
Von dem, was mich zum Mord trieb: meine Krone,
Mein eigner Ehrgeiz, meine Königin. –
Verzeihung – und zugleich der Untat Früchte? –
In den verderbten Strömen dieser Welt
Mag wohl die goldgefüllte Hand der Untat
Das Recht beiseiteschieben, und oft sieht mans:
Der Sünden Lohn kauft frei sie vom Gesetz.
Nicht so dort oben! Ohne Kunstgriff steht dort
Die Tat so, wie sie ist; wir selber müssen
Vor unsrer eignen Sünden Stirn und Zähnen
Zeugnis ablegen. – *Was* also? *Was* bleibt?
Sehn, was die Reue kann? – Was kann sie *nicht*?
Doch was kann sie, wenn einer nicht bereun kann?
O Jammersein! O Brust, so schwarz wie Tod!
Verwirkte Seele, die sich frei will kämpfen

Und mehr verstrickt! Helft, Engel: raff dich auf!
Beugt euch, ihr störrischen Knie! du Herz von Eisen,
Sei weich wie Sehnen eines Neugebornen!
Und alles wird vielleicht noch gut.

Entfernt sich und kniet nieder. Hamlet kommt

HAMLET: Jetzt könnt ichs tun, bequem; jetzt, da er betet;
Jetzt *will* ichs tun. – Und so fährt er zum Himmel?
Und so bin ich gerächt? Das will bedacht sein:
Ein Schuft ermordet meinen Vater, dafür
Schick ich, sein einziger Sohn, denselben Schuft in
Den Himmel!
Ach, das ist Sold, Belohnung, und nicht Rache!
Den Vater traf er, als er vollen Bauchs war,
In aller seiner Sünden Maienblüte;
Wie seine Rechnung steht, weiß nur der Himmel,
Doch unsrer Denkart und Vermutung nach
Büßt ers noch schwer. Und bin ich dann gerächt, wenn
Ich diesen treff, da seine Seel er reinigt
Und fähig und bereit ist, hinzugehn?
Nein!
Fort, Schwert, sei du einst furchtbarer gezückt,
Wenn er berauscht im Schlaf liegt oder wütet,
Blutschande treibt in seinem Bette, oder
Ein Glücksspiel spielt; flucht, irgendetwas tut,
Woran kein Schimmer von Erlösung haftet:
Dann bring ihn so zu Fall, daß nur die Fersen
Noch stoßen himmelwärts, doch seine Seele
So schwarz und so verdammt ist wie die Hölle,
In die er fährt. – Die Mutter wartet mein. *(gegen den König)*
Diese Arznei läßt länger krank dich sein *Ab*

Der König steht auf

KÖNIG: Mein Wort fliegt auf; mein Sinn bleibt tief hier unten:
Wort ohne Sinn hat nie den Himmel gefunden. *Ab*

4. Szene

Zimmer der Königin.
Königin und Polonius treten auf

POLONIUS: Er wird gleich kommen. Setzt ihm tüchtig zu,
Sagt, seine Streiche sei'n nicht zu ertragen,
Und daß Eu'r Hoheit ihn beschirmten und
Vor großer Zornesglut ihn schützen. *Ich* hüll
Mich hier in Schweigen. Bitt Euch, gebts ihm gut!
HAMLET *(hinter der Szene)*: Mutter, Mutter, Mutter!
KÖNIGIN: Verlaßt Euch drauf. Seid unbesorgt, was mich
Betrifft. Zieht Euch zurück. ich hör ihn kommen.
Polonius versteckt sich hinter dem Wandbehang. Hamlet kommt
HAMLET: Nun, Mutter, was ist los?
KÖNIGIN: Hamlet, dein Vater ist von dir beleidigt.
HAMLET: Mutter, *mein* Vater ist von *Euch* beleidigt.
KÖNIGIN: Kommt, kommt! Ihr antwortet mit loser Zunge.
HAMLET: Geht, geht! Ihr fragt mit böser Zunge.
KÖNIGIN: Wie?
Was soll das alles, Hamlet?
HAMLET: Was ist *jetzt* los?
KÖNIGIN: Vergißt du, wer ich bin?
HAMLET: Nein, nein: beim Kreuz nicht!
Die Kön'gin, Eures Gatten Bruders Weib,
Und – wärs doch nicht so! – Ihr seid meine Mutter.
KÖNIGIN: Nein! ich ruf die, die zu Euch reden können!
HAMLET: Kommt, kommt, und setzt Euch. Ihr sollt nicht vom Fleck!
Ihr geht nicht, eh ich Euch 'nen Spiegel zeige,
In dem Ihr Euer *Innerstes* sehn sollt.
KÖNIGIN: Was willst du? Du willst mich doch nicht ermorden?!
He! Hilfe, Hilfe!
POLONIUS: *(hinter dem Wandbehang)*: Was?! He! Hilfe, Hilfe!
HAMLET *(zieht blank)*: Ha? Eine Ratte! Tot! Ich wett ein Goldstück: tot!
Tut einen Stoß durch den Wandbehang
POLONIUS: *(hinter dem Wandbehang)*: Oh, ich bin umgebracht!
KÖNIGIN: Oh! Was hast du getan?
HAMLET: Nein, nein! Ich weiß es selbst nicht. – Ist's der König?
KÖNIGIN: Oh, welche überstürzte, blutige Tat!
HAMLET: Ja: blutige Tat! Fast so bös, gute Mutter,

Wie Königsmord – und Eh' mit seinem Bruder.
KÖNIGIN: Wie Königsmord?
HAMLET: Jawohl, Madam; das sagt' ich. –
Hebt den Wandbehang und findet Polonius
Du armer, naseweiser Narr, fahr wohl!
Ich nahm dich für 'nen Größern; nimm dein Schicksal;
Du findest: Übereifer ist gefährlich.
Ringt Eure Hände nicht mehr. Still jetzt, setzt Euch:
Laßt Euer *Herz* mich ringen; denn das werd ich,
Wenns Fleisch und Blut noch ist, wenn nicht verdammte
Gewohnheit es schon so zu Erz gemacht hat,
Daß es verhärtet ist gegen Gefühl.
KÖNIGIN: Was habe ich getan, daß du es wagst,
So gegen mich zu sprechen?
HAMLET: Eine Tat, die
Den Reiz der Scham entstellt und ihr Erröten,
Die Tugend Heuchler nennt, die Rose wegnimmt
Der schönen Stirn unschuldiger Liebe und ein
Geschwür hinsetzt und Eheschwüre falsch macht
Wie eines Spielers Wort! O, eine Tat,
Die des Gelübdes Herz aus seinem Leib reißt
Und süße Religion zu leeren Worten macht.
Des Himmels Antlitz glüht ob dieser Erde
Und ihrer festen und geballten Masse
Voll Trauer, so als käm der Jüngste Tag,
Wenns dieser Tat gedenkt!
KÖNIGIN: Weh! welche Tat
Brüllt so und donnert, eh Ihr sie noch nennt?
HAMLET: Seht her: auf dieses Bild da, und auf dies;
Das Konterfei und Abbild zweier Brüder:
Seht, welche Anmut lag auf diesen Brauen!
Apollos Locken und Jupiters Stirn,
Ein Aug wie Mars, zu drohn und zu befehlen,
Er stand gleichwie Merkur, der Götterbote,
Auf einem Bergkamm, der den Himmel küßte,
Wahrhaftig, zu so edler Form gefügt,
Als wollt' ein jeder Gott mit seinem Siegel
Der Welt versichern: »Ja, das ist ein Mann!«

Der *war* Euch Gatte. Seht nun her, was folgt:
Der *ist* Euch Gatte: wie ein brandiger Kornhalm,
Der seinen Bruder ansteckt! Habt Ihr Augen?
Auf diesem herrlichen Berg habt Ihr geweidet
Und freßt nun hier im Sumpf? Ha! habt Ihr Augen?
Ihr könnts nicht Liebe nennen. Eurem Alter
Verebbt des Bluts Tumult gefügig zahm
Und fügt dem Urteil sich; und welches Urteil
Ging' gegen *den* für den? Sinn habt Ihr sicher,
Sonst wärt Ihr regungslos, doch sicher lähmte
Den Sinn der Schlag, denn Wahnsinn könnt nicht irren,
Noch Raserei je Sinn in Bann so halten,
Daß ihm nicht *etwas* blieb von seiner Wahl
Für solchen Unterschied! Was für ein Teufel
Hat so beim Blinde-Kuh-Spiel Euch betört?
Sehn ohne Fühlen, Fühlen ohne Sehn,
Ohr ohne Hand und Aug, Geruch ohn alles, –
Ein kranker Bruchteil *eines* wahren Sinnes
Könnt nicht so dumm sein!
Scham, wo ist deine Röte? Hölle, kannst du
In der Matrone Gliedern Aufruhr stiften,
So sei die Keuschheit der entflammten Jugend
Wie Wachs und schmelz' in ihrem eignen Feuer!
Ruf keiner ›Schande‹, wo das heiße Blut schäumt,
Wenn Frost nicht minder brennt, wenn Klugheit kuppelt
Für jeden Wunsch!
KÖNIGIN: O Hamlet, sag nicht *mehr*!
Du kehrst mein Aug ins Innerste der Seele
Und dort sehe ich tiefe schwarze Flecken,
Die nie verblassen.
HAMLET: Nein! aber zu leben
Im geilen Schweiß eines glitschigen Bettes,
Fäulnisdurchtränkt, sich schöntun und sich paaren
Über dem ekligen Stall …
KÖNIGIN: O, sag mir nichts mehr!
Die Worte dringen mir ins Ohr wie Dolche.
Nichts mehr, mein Hamlet!
HAMLET: Und ein Schuft und Mörder;

Ein Knecht, nicht wert ein Zwanzigstel des Zehents
Von Eurem früheren Mann, ein Lotterbub von König,
Ein Taschendieb des Reiches und der Macht,
Der die kostbare Krone stahl vom Wandbrett
Und sie sich einsteckte!

KÖNIGIN: Nicht *mehr*!

HAMLET: Ein Flicken-
Und Lumpenkönig! *Der Geist kommt*
Schützt mich! Schwebt über mir mit euren Schwingen,
Ihr Himmlischen! – Was will Eu'r gnädig Bild?

KÖNIGIN: Weh! Er ist irr!

HAMLET: Kommt Ihr nicht, Euren trägen Sohn zu schelten,
Der Zeit und Leidenschaft vergehn ließ, Euren
Wichtigen Auftrag ernstlich auszuführen?
Oh, sagt?

GEIST: Vergiß nicht! Diese Heimsuchung soll nur
Deinen fast stumpf gewordenen Vorsatz schärfen.
Doch schau: Entsetzen liegt auf deiner Mutter;
Tritt zwischen sie und ihrer Seele Kampf;
Einbildung wirkt im schwächsten Leib am stärksten:
Sprich zu ihr, Hamlet!

HAMLET: Sagt, wie stehts um Euch,
Frau Mutter?

KÖNIGIN: Ach! sagt Ihr: wie stehts um Euch,
Daß Euer Aug Ihr richtet auf das Leere
Und redet mit der körperlosen Luft?
Aus Euren Augen späht wild Euer Geist,
Und Kriegern gleich, die ein Alarm vom Schlaf weckt,
Reckt jedes Haar auf Eurem Kopf wie lebend
Sich hoch und steht gesträubt. O lieber Sohn,
Auf diese Glut und Flamme deiner Unruh
Gieß kühlende Geduld! Wo siehst du hin?

HAMLET: Auf ihn! auf ihn! Seht Ihr, wie blaß er starrt?
Sein Anblick, seine Anklag' könnte Steine
Zur Tat aufrufen. – *(zum Geist:)* Seht mich nicht so an!
Sonst hemmt Ihr mir mit kläglicher Gebärde
Die strenge Tat; dann hätt, was ich zu tun hab,
Nicht echte Farbe, Tränen nur statt Blut.

KÖNIGIN: Wem habt Ihr das gesagt?
HAMLET: Seht Ihr dort nichts?
KÖNIGIN: Nichts, gar nichts; doch ich seh alles, was da ist.
HAMLET: Und habt auch nichts gehört?
KÖNIGIN: Nein, nichts als uns.
HAMLET: Ach: seht doch nur! Seht, wie es sich hinwegstiehlt!
Mein Vater, angetan wie als er lebte!
Seht, wie er geht, grad jetzt, hinaus zur Tür! *Geist ab*
KÖNIGIN: Dies ist Falschmünzerei Eures Gehirns;
In solcher körperlosen Schöpfung ist
Ein Fiebersinn erfindrisch.
HAMLET: Fiebersinn?!
Mein Puls wie Eurer schlägt gemeßnen Takt,
Musik, gesund wie Eure: Nicht im Wahnsinn
Hab ich gesprochen. Stellt mich auf die Probe:
Ich wiederhols Euch Wort für Wort, wo Wahnsinn
Ins Irre spräng. – Mutter, bei Gottes Gnade!
Salbt Eure Seele nicht mit Schmeichelbalsam,
Daß nur mein Wahnsinn spricht, nicht Eure Schuld!
Der läßt nur Haut wachsen übers Geschwür,
Und geile Fäulnis höhlt Euch aus von innen
Und steckt unsichtbar an. – Beichtet dem Himmel!
Bereut, was war; vermeidet, was nun kommt,
Und streut nicht Dung aufs Unkraut, daß es wuchre
Noch geiler. – Und verzeiht mir meine Tugend:
So feist und engbrüstig ist diese Zeit,
Tugend muß Laster um Verzeihung bitten,
Ja, schmeicheln um Verlaub, ihm Guts zu tun.
KÖNIGIN: Hamlet, du hast mein Herz entzweigespalten.
HAMLET: Oh, werft die schlechtere Hälfte weg und lebt
Dann um so reiner mit der andern Hälfte!
Gut Nacht! Doch sucht nicht meines Onkels Bett auf.
Nehmt Tugend an, wenn Ihr sie schon nicht habt.
Das Ungeheur Gewohnheit, wenns auch alles
Gefühl fürs Böse frißt, ist doch ein Engel,
Da es der Übung schöner; *guter* Taten
Gleichweis seine Livree und Tracht verleiht,
Die gut zu tragen ist. – Heut nacht bezähmt Euch;

Das leiht dann eine Art Erleichtrung der
Nächsten Enthaltung, und der nächsten mehr noch;
Denn Übung kann fast die Natur verändern,
Den Teufel meistern oder ihn vertreiben
Mit wunderbarer Kraft. Nochmals: gut Nacht!
Und wenns nach Segen Euch verlangt, so bitt *ich*
Um *Euren* Segen. – Was den Herrn da angeht,
So fühl ich Reu; doch will der Himmel, der mich
Durch das da straft, und das durch mich, daß ich
Sein Bote bin und seine Geißel sein muß. –
Ich will ihn nun verstecken und will Rede
Stehn für den Tod, den ich ihm gab. Gut Nacht!
Ich muß nun grausam sein, um gut zu sein.
Schlecht fängt das an, und Schlechtres stellt sich ein.
Nur noch ein Wort, Madam!

KÖNIGIN: Was soll ich tun?

HAMLET: Auf keinen Fall, was ich Euch heiße nun:
Laßt wieder Euch vom aufgedunsnen König
Ins Bett locken, laßt lüstern Euch die Wangen
Kneifen und laßt ihn Euch sein Mäuschen nennen,
Und laßt Euch mit ein paar stinkenden Küssen
Oder durch Tätscheln Eures Halses mit
Seinen verdammten Fingern dazu bringen,
Daß Ihr den ganzen Handel ihm enthüllt,
Daß ich gar nicht in Wirklichkeit verrückt bin,
Nein, nur aus List. Gut wärs, Ihr ließts ihn wissen! –
Denn welche Frau, die erst 'ne Königin ist,
Schön, nüchtern, klug, wollt einer Fledermaus
Und einer Kröte wohl und einem Kater
Solch teures Anliegen verhehlen? Welche? –
Nein, aller Klugheit, Heimlichkeit zum Trotz,
Hoch auf dem Dach öffnet den Korb und laßt
Die Vögel fliegen, und wie jener Affe
Probierts und kriecht dann selber in den Korb
Und brecht Euch selbst den Hals!

KÖNIGIN: Dessen sei du gewiß: wenn Worte Hauch sind,
Und Hauch ist Leben, dann hab ich kein Leben
Zu einem Hauch von dem, was du mir sagtest.

HAMLET: Ich muß nach England; wißt Ihr das?
KÖNIGIN: O weh!
Ich habs vergessen: es ist so beschlossen.
HAMLET: Verbrieft, versiegelt. Die zwei Schulgefährten,
Denen ich traun will wie giftigen Nattern,
Die sind beauftragt, meinen Weg zu ebnen
Und einem Schurkenstreich mich zuzuführen. –
Nur zu! 's ist Spaß, wenn so ein Feuerwerker
Mit seiner eignen Mine in die Luft fliegt!
Und übel gings, wenn *ich* nicht noch 'nen Klafter
Tiefer als ihre Minen grüb und sie
Zum Mond hinaufblies! Oh, das ist gar schön,
Wenn List und List sich stracks entgegengehn! –
Der Mann soll mein Gepäck sein!
Ich schlepp den blutigen Wanst ins Nebenzimmer.
Mutter, gut Nacht! – Ja, der Geheime Rat da
Ist nun sehr still, geheim, ja, würdig gar,
Wo er im Leben doch ein Narr und Schwatzmaul war. –
Kommt, Herr; um nun mit Euch ein End zu machen!
Gut Nacht, Mutter! *Hamlet ab. Er schleift Polonius mit*

Vierter Akt

1. Szene

Ein Zimmer im Schloß.
König, Königin, Rosencrantz und Guildenstern

KÖNIG: Dies Stöhnen *heißt* was. Diese tiefen Seufzer
Müßt Ihr erklären; wir wolln sie verstehn.
Wo ist denn Euer Sohn?
KÖNIGIN: Wollt uns alleinlassen hier kurze Zeit.
Rosencrantz und Guildenstern ab
Ach, mein Gemahl, was ich heut abend sah!
KÖNIG: Was, Gertrud? Was macht Hamlet?
KÖNIGIN: Er rast wie See und Wind, wenn beide streiten,
Wer stärker ist: in unbeherrschter Wut
Hört er, wie hinterm Vorhang sich was regt,

Zieht blank, schreit: »Eine Ratte! eine Ratte!«
Und tötet, rasend, ohne hinzusehen,
Den guten alten Mann!

KÖNIG: O schwere Tat!
So ging es *uns*, hätten dort *wir* gestanden.
Voll Drohung ist für alle seine Freiheit:
Für Euch, für uns, für jeden Einzelnen.
Ach, wer soll Rede stehn für diese Bluttat?
Man wird sie *uns* ankreiden, dessen Vorsicht
Kurzhalten sollte, eingesperrt und abseits
Den tollen jungen Mann: allein so groß war
Unsere Lieb, daß wir nicht einsehn wollten,
Was recht war; sondern jenem gleich, der ein
Verruchtes Leiden hat und es geheimhält,
Ließen wir es am Mark des Lebens zehren.
Wo ist er hin?

KÖNIGIN: Den Leichnam wegschaffen, den er erschlug,
An dem sein Wahnsinn, gleich dem Gold in einem
Gestein aus schlechtrem Erz, sich rein erweist:
Er weint um diese Tat.

KÖNIG: O Gertrud, komm!
Sobald die Sonne dort den Berg streift, wolln wir
Zu Schiff ihn fortbringen; und diese Untat
Muß unsre ganze Majestät und Staatskunst
Vertreten und entschuldigen. – Guildenstern!

Rosencrantz und Guildenstern treten auf

Ihr Freunde beide, geht! holt noch mehr Hilfe;
Hamlet erschlug im Wahnwitz den Polonius
Und schleifte ihn aus seiner Mutter Zimmer. –
Sucht ihn, sprecht ihm gut zu und bringt den Leichnam
In die Kapelle. Bitt euch, tut das rasch.

Rosencrantz und Guildenstern ab

Komm, Gertrud, rufen wir die klügsten unsrer Freunde
Und tun wir ihnen kund, was wir tun wollen
Und was zur Unzeit hier getan ward. So kann
Vielleicht Verleumdung, deren Flüstern schnurstracks
Quer durch die Welt wie die Kanone ihr
Vergiftetes Geschoß trägt, unsern Namen

Verfehlen und die leere Luft verletzen.
Kommt fort! Ich bin voll Zwiespalt und Entsetzen. *Beide ab*

2. Szene

Ein anderes Zimmer im Schloß. Hamlet

HAMLET: Sicher verstaut!

ROSENCRANTZ, GUILDENSTERN *(hinter der Szene)*: Hamlet, Prinz Hamlet!

HAMLET: Doch still! Wer schreit? Wer ruft da Hamlet? – Ach! Da kommen sie. *Rosencrantz und Guildenstern treten auf*

ROSENCRANTZ: Herr, was habt Ihr getan mit jenem Leichnam?

HAMLET: Ihn mit dem Staub vermählt, dem er verwandt ist.

ROSENCRANTZ: So sagt uns, wo er ist, daß wir von dort ihn In die Kapelle tragen.

HAMLET: Glaubt es nicht!

ROSENCRANTZ: Glaubt *was* nicht?

HAMLET: Daß ich *Euer* Geheimnis wahren kann und *meines* nicht. Überdies, wenn der Frager ein Schwamm ist, welche Antwort sollte da der Sohn eines Königs geben?

ROSENCRANTZ: Haltet Ihr mich für einen Schwamm, mein Prinz?

HAMLET: Ja, Herr! der des Königs Miene, seine Gunst und seine Befehle einsaugt. Aber solche Diener dienen dem König zuletzt am besten. Er hält sie im Mundwinkel wie ein Affe seinen Apfel, um sie zuerst zu schmatzen und zuletzt zu verschlucken. Wenn er braucht, was Ihr in Euch eingesogen habt, muß er Euch nur drücken und, Schwamm, Ihr seid wieder trocken!

ROSENCRANTZ: Ich versteh Euch nicht, mein Prinz.

HAMLET: Das freut mich: Des Schelmen Wort schläft in des Narren Ohr.

ROSENCRANTZ: Mein Prinz, Ihr müßt uns sagen, wo der Leichnam ist und mit uns zum König gehen.

HAMLET: Der Leichnam ist bei seinem König; aber der König ist nicht bei seinem Leichnam. Der König ist ein Ding –

GUILDENSTERN: Ein *Ding*, mein Prinz?

HAMLET: Aus nichts! Bringt mich zu ihm. Versteck dich, Fuchs! und alle hinterdrein! *Alle ab*

3. Szene

Ein anderes Zimmer im Schloß.
König mit Gefolge

KÖNIG: Ich ließ ihn holen und den Leichnam suchen.
– Gefährlich doch, daß dieser Mensch frei umgeht! –
Doch dürfen wir nicht strenges Recht ihm sprechen;
Er ist beliebt bei der verworrnen Menge,
Die ihrem Aug traut, nicht ihrem Verstand.
Was so steht, wiegt denn nur des Täters Strafe,
Nicht seine Tat. Um dies zu ebnen, muß
Dies schnelle Wegschicken seiner Person
Nach Überlegung aussehn. Wenn die Krankheit
Verzweifelt wird, so hilft nur ein verzweifelt
Mittel, sonst keins!

Rosencrantz, Guildenstern und andre treten auf

Wie stehts? Was ist geschehn?

ROSENCRANTZ: Wo er die Leiche hintat, Herr und König,
Entlockten wir ihm nicht.

KÖNIG: Doch wo ist *er*?

ROSENCRANTZ: Draußen, Eu'r Gnaden, und bewacht; erwartet Euer Belieben.

KÖNIG: Bringt ihn vor uns!

ROSENCRANTZ: He, bringt den Herrn herein!

Hamlet kommt mit einer Wache

KÖNIG: Nun, Hamlet, wo ist Polonius?

HAMLET: Beim Essen.

KÖNIG: Beim Essen? Wo?

HAMLET: Nicht wo er ißt, sondern wo er gegessen wird. – Ein gewisser Reichstag zu Worms, um politisch zu reden, hat sich ihn vorgenommen. Was nämlich die Diät betrifft, so ist Euch der Wurm Euer einziger Kaiser: wir mästen alle Kreaturen, um uns zu mästen, und uns selber mästen wir für die Maden. Da sind Euch der fette König und der magere Bettler nur zwei Abarten eines Gerichts; zwei Schüsseln, aber für eine Tafel. Das ist das Ende.

KÖNIG: Ach! ach!

HAMLET: Da könnte einer fischen mit dem Wurm, der von einem König gegessen hat, und könnte von dem Fisch essen, der von dem Wurm gegessen hat.

König: Was meinst du damit?
Hamlet: Nichts weiter als Euch zu zeigen, wie ein König seine Staatsreise durch die Gedärme eines Bettlers nehmen könnte.
König: Wo ist Polonius?
Hamlet: Im Himmel. Schickt hin, so wird mans sehen. Aber falls Euer Bote ihn dort nicht findet, so sucht ihn selber an dem andern Ort. Aber, in der Tat, wenn Ihr ihn nicht binnen Monatsfrist findet, so sollt Ihr ihn riechen, wenn Ihr die Treppe zur Galerie hinaufgeht.
König *(zu einigen vom Gefolge)*: Geht, sucht ihn dort.
Hamlet: Er *wartet*, bis ihr kommt! *Einige aus dem Gefolge ab*
König: Hamlet, zu deiner eignen Sicherheit,
An der uns so sehr liegt, wie wir tief trauern
Um das, was du getan hast, muß die Tat dich
Mit brennender Eile fortschicken von hier.
Drum mach dich reisefertig, denn das Schiff liegt
Bereit; der Wind ist günstig, die Gefährten
Erwarten dich, und alles strebt und weist schon
Nach England.
Hamlet: England?
König: Ja, Hamlet!
Hamlet: Ah, gut.
König: Ja, gut; – auch wenn du unsre Pläne sähest.
Hamlet: Ich sehe einen Engel, der sie sieht.
Doch kommt! nach England! Lebt wohl, teure Mutter!
König: Dein liebevoller *Vater* bin ich, Hamlet!
Hamlet: Meine Mutter! Vater und Mutter sind Mann und Weib, Mann und Weib sind *ein* Leib: also meine Mutter! – Kommt! nach England!
Ab
König: Folgt auf dem Fuß und lockt ihn schnell an Bord!
Verzögert nichts, heut nacht muß er mir weg.
Fort! Alles ist versiegelt und erledigt,
Was diesen Fall betrifft. Ich bitt euch, eilt!
Alle außer dem König ab
Und, England, liegt dir was an meiner Liebe,
Was meine große Macht dich doch wohl lehrte, –
Denn noch ist deine Narbe rauh und rot
Vom dänischen Schwert, und deine Furcht zahlt willig
Uns den Tribut – so darfst du nicht mißachten

Unsern Befehl als Oberherr, der dringlich
In meinem Schreiben hier besteht auf Hamlets
Sofortigen Tod. O England, tu die Tat, denn
Er wütet mir im Blut wie Fieber. *Du* mußt
Mich heilen! Eh ich weiß, das ist getan,
Gescheh, was will, – nichts, was mich freuen kann. *Ab*

4. Szene

Eine Ebene in Dänemark.
Fortinbras, ein Hauptmann und Truppen auf dem Marsch

FORTINBRAS: Geht, Hauptmann, grüßt von mir den Dänenkönig.
Sagt ihm, daß Fortinbras nun mit Verlaub
Geleit begehrt für den versprochenen Durchzug
Durch sein Gebiet. Ihr wißt, wo wir uns treffen.
Doch wünscht uns Seine Majestät zu sprechen,
Wolln wir pflichtschuldig vor sein Auge treten;
Das meldet ihm.
HAUPTMANN: Ich will es tun, mein Prinz.
FORTINBRAS: Zieht langsam weiter. *Fortinbras und Truppen ab.*
Hamlet, Rosencrantz, Guildenstern und andere kommen
HAMLET: Mein lieber Herr, von wem sind diese Truppen?
HAUPTMANN: Von Norweg, Herr.
HAMLET: Was ist ihr Ziel, Herr, bitt Euch?
HAUPTMANN: Ein Teil von Polen.
HAMLET: Und wer führt sie an, Herr?
HAUPTMANN: Des alten Norweg Neffe, Fortinbras.
HAMLET: Gehts gegen Polen selbst, Herr, oder nur
Um irgendeine Grenze?
HAUPTMANN: Ehrlich gesagt, Herr, ohne jeden Zusatz,
Wir wolln 'ne Handvoll Boden nur gewinnen,
Der keinen Vorteil bringt als nur den Namen.
Für fünf Dukaten, fünf!, wollt ichs nicht pachten.
Auch bringts dem Norweg oder Polen nicht
Mehr ein als das, wenn mans verkauft auf Erbzins.
HAMLET: So wirds der Pole nicht verteidigen wollen?
HAUPTMANN: O doch: es liegt schon eine Garnison drauf.

Hamlet: Zweitausend Seelen, zwanzigtausend Dukaten,
Schlichten nicht diesen Streit um einen Strohhalm;
O Krebsgeschwür von zuviel Ruh und Reichtum,
Das innen platzt und zeigt nicht äußre Ursach,
Weshalb ein Mensch verstirbt! – Ich dank Euch, Herr!
Hauptmann: Geleit Euch Gott, Herr! *Ab*
Rosencrantz: Prinz, geruht zu kommen!
Hamlet: Ich komm gleich nach. Geht nur ein wenig vor.
Alle außer Hamlet ab
Wie jeder Anlaß mich verklagt und spornt mich
Zur trägen Rache an! Was ist ein Mensch,
Wenn seiner Zeit Erlös, sein höchstes Gut
Nur Schlaf und Essen ist? ein Vieh, nichts weiter.
Gewiß, er, der uns schuf mit soviel Denkkraft
Zur Vor- und Rückschau, gab uns dies Vermögen
Und diese gottgleiche Vernunft nicht nur, daß
Sie ungenutzt in uns verschimmle. – Nun, obs
Viehisch Vergessen ist, ob irres Grübeln,
Das zu genau bedenkt den Ausgang – Zaudern,
Das, so zerlegt, nur *ein* Teil Weisheit hat
Auf *drei* Teil Feigheit? – *Ich* weiß *nicht*, warum ich
Noch immer leb und sag »Dies gilts zu tun«,
Da ich doch Anlaß, Willen, Kraft und Mittel
Zur Tat hab; greifbar mahnt mich so ein Beispiel!
Da, dieses Heer! so kostspielig und zahlreich,
Geführt von einem schwachen jungen Prinzen,
Des Mut, von göttlichem Ehrgeiz geschwellt,
Dem unbekannten Los Grimassen schneidet
Und aussetzt, was verletzlich ist und sterblich,
Dem Ansturm von Gefahr und Tod und Schicksal,
Und das um eine Eierschale! Großsein
Heißt nicht, sich ohne großen Grund zu rühren,
Doch selbst um einen Strohhalm groß zu kämpfen,
Wenn Ehre auf dem Spiel steht. Wie steh *ich* da,
Der ich des Vaters Mord, der Mutter Schändung
Zu Stacheln meines Sinns und meines Bluts hab,
Und laß sie alle schlafen? Und beschämt
Seh ich den Tod von zwanzigtausend Mann nahn,

Die um ein gaukelnd Schattenbild von Ruhm
Ins Grab gehn wie ins Bett; um ein Stück Boden,
Nicht groß genug, den Kampf drum drauf zu führen,
Nicht Grab genug, die drum Erschlagenen
Zu bergen. – Oh: von nun an schrei nach Blut,
Mein Denken, oder sei zu nichts mehr gut! *Geht ab*

5. Szene

Elsinore. Ein Zimmer im Schloß.
Königin, Horatio und Herr vom Gefolge

KÖNIGIN: Ich spreche nicht mit ihr!
HERR: Sie dringt drauf, ganz verstört. Ihr Zustand ist
Erbarmenswert.
KÖNIGIN: Was will sie?
HERR: Sie spricht viel
Von ihrem Vater; sagt, sie hört, die Welt
Sei schlimm; sie räuspert sich, schlägt sich ans Herz
Tritt bös nach jedem Stroh, sagt Zweideutiges,
Mit halbem Sinn nur. Ihr Wort selbst ist gar nichts,
Doch seine Ungereimtheit regt die Hörer
Zum Denken an; sie suchen darin Sinn,
Setzens nach eignem Vorurteil zusammen. –
Dazu ihr Blinzeln, Nicken, ihre Gesten,
Daß man zuletzt tatsächlich glauben könnte,
Es wäre wirklich was dabei zu denken,
Zwar nichts Gewisses, aber doch viel Arges.
HORATIO: Man sollte mit ihr sprechen; sie kann leicht
Gefährliche Gedanken streun in Köpfe,
Die Unheil brüten.
KÖNIGIN: Also laßt sie ein.
Herr vom Gefolge geht ab. Königin beiseite
So gehts der Sünde: meiner kranken Seel'
Droht jedes Nichts, als ging was Größres fehl:
Von so einfältiger Furcht ist Schuld erfüllt,
Daß Angst vor der Enthüllung sie enthüllt.
Herr kommt zurück mit Ophelia

Ophelia: Wo ist die schöne Majestät von Dänmark?
Königin: Wie gehts Euch, Ophelia?
Ophelia *(singt)*:

Wie erkenn ich deinen Schatz
Von einem andern nun?
»An seinem Muschelhut und Stab
Und seinen Sandelschuhn!«

Königin: Ach, süßes Fräulein, was bezweckt dies Lied?
Ophelia: Ihr sagtet? – Nein, ich bitt Euch, merkt nur auf: *(singt)*

Er ist tot und ist dahin,
Tot und dahin, Fräulein!
Ihm zu Häupten ein Rasen grün,
Ihm zu Füßen ein Stein.
Oh! oh!

Königin: Nein, aber Ophelia!…
Ophelia: Bitt Euch, merkt wohl auf: *(singt)*
Weiß sein Hemd wie am Berg der Schnee nur – *Der König tritt auf*
Königin: Ach, mein Gemahl, seht her! da seht!
Ophelia *(singt)*: Ganz mit süßen Blumen behängt,

Der nicht beweint sein durft, als er zu Grab fuhr,
Nicht vom Regen der Liebe getränkt!

König: Wie gehts Euch, schönes Fräulein?
Ophelia: Gut! der liebe Gott vergelts Euch! Sie sagen, die Eule war zuvor eines Bäckers Tochter. Ach, Herr! wir wissen, was wir sind, aber nicht, was aus uns werden kann. Der liebe Gott kehr *auch bei Euch* zu Tisch ein!
König: Anspielung auf ihren Vater.
Ophelia: Bitt Euch, laßt uns darüber keine Worte machen; aber wenn sie Euch fragen, was es bedeutet, so sagt nur: *(singt)*

Gut Morgen! ’s ist St. Valentin!
Ich steh in aller Frühe,
Ich Mägdlein fein am Fenster dein
Als deine Valentine!

Im Bett der Mann zog schnell sich an,
Tat auf die Tür ins Haus,
Und ließ sie ein als Mägdlein fein,
Als Mägdlein nicht mehr raus!

KÖNIG: Schöne Ophelia!

OPHELIA: In der Tat! beim ...! nein, ohne Schwur; ich will ein Ende machen! *(singt)*

Bei Krischan und St. Caritas:
Au! garstiges Geschlecht!
Ein junger Mann tuts, wenn er kann.
Potz Hahn! die tun nicht recht.
Sie sprach: »Eh Ihr zu nah kamt mir
Verspracht Ihr mir den Ring!«

Er antwortet:

»Beim Sonnenlicht, ich brächs dir nicht,
Wenns nicht auch ohne ging!«

KÖNIG: Wie lang ist sie schon so?

OPHELIA: Ich hoff, alles wird gut ausgehn. Wir müssen geduldig sein, aber mir bleibt keine Wahl: ich muß weinen, wenn ich denk, wie sie ihn in die kalte Erde gelegt haben. Mein Bruder soll das zu hören bekommen! – und so dank ich Euch für Euren guten Rat. – Komm, meine Kutsche! Gute Nacht, Fräulein! Gute Nacht süßes Fräulein! Gute Nacht, gute Nacht. *Ab*

KÖNIG: Folgt ihr und laßt sie gut bewachen, bitt Euch! *Horatio ab*
Das Gift des tiefen Schmerzes! das kommt alles
Von ihres Vaters Tod. – O Gertrud, Gertrud!
Wenn Unglück kommt, dann kommt es nicht allein
Wie Kundschafter; nein, gleich in Bataillonen!
Zuerst ihr Vater umgebracht. Als nächstes
Weit weg dein Sohn, der sich mit blutiger Handschrift
Den Rechtspruch, daß er fort muß, selber schrieb.
Das Volk, wie zäher, ungesunder Schlamm,
Wälzt nun Gedanken und Gerüchte von des
Guten Polonius Tod; wir waren unklug,
Daß wir so sang- und klanglos ihn begruben.
Ophelia nun, die Arme, außer sich,
Beraubt ihres Verstandes, ohne den wir
Doch Bilder sind nur oder bloße Tiere;
Und nun, was ganz so schwer wiegt wie das alles:
Ihr Bruder kam heimlich zurück aus Frankreich,
Nährt sich von seinem Staunen, bleibt umwölkt;
Auch mangelt es ihm nicht an Ohrenbläsern

Voll Pesthauch über seines Vaters Tod,
Wobei sies nötig finden, da Substanz fehlt,
Uns selber zu bezichtigen in ein und
Ein andres Ohr. Das, liebe Gertrud, bringt mir
Ganz wie ein Mordgewehr an vielen Stellen
Zugleich den Tod. *(Lärm hinter der Szene)*

KÖNIGIN: O weh! Was soll der Lärm?

KÖNIG: He! Meine Schweizer! Laßt die Tür bewachen.

Ein zweiter Herr vom Hof kommt

Was ist geschehen?

ZWEITER HERR: Rettet Euch, mein Fürst!
Das Meer, das seine Schranken überstürmt,
Verschlingt das Tiefland nicht in wildrer Eile,
Als an der Spitze eines Meutererhaufens
Junker Laertes Eure Diener hinwirft.
Der Pöbel nennt ihn Herr; und so, als finge
Die Welt erst an und wär das Altertum
Vergessen – und die Sitten nicht bekannt,
Die jedem Wort Halt sind und Siegel, schrein sie:
»Jetzt wählen *wir*! Laertes wird jetzt König!«
Und Mützen, Hände, Zungen spenden Beifall
Bis in die Wolken: »Ja! – König Laertes!
Laertes König!« *(Lärm hinter der Szene)*

KÖNIGIN: Sie schlagen lustig an auf falscher Fährte. –
Verkehrt gespürt, ihr falschen Dänenhunde!

KÖNIG: Die Tore sind gesprengt.

Laertes kommt bewaffnet, hinter ihm etliche Dänen

LAERTES: Wo ist er, dieser König? – Herrn, ihr alle:
Bleibt draußen!

DÄNEN: Nein! Laßt uns hinein!

LAERTES: Ich bitt euch,
Laßt mich allein hinein!

DÄNEN: Wir wollens; ja, wir wollens.

Sie ziehen sich hinter die Tür zurück

LAERTES: Dank euch! bewacht die Tür. – Du, schändlicher König!
Gib meinen Vater mir!

KÖNIGIN: Still, Freund Laertes!

LAERTES: Der Tropfen Bluts, der still ist, schimpft mich Bankert

Und meinen Vater Hahnrei, und als Hure
Brandmarkt er, mitten auf die reine Stirne,
Mir meine gute Mutter!

KÖNIG: Was Laertes,
Macht deinen Aufstand so gigantisch groß?
Laß, Gertrud! – Fürcht nichts für unsre Person,
Denn solche Göttlichkeit schirmt einen König,
Daß der Verrat nur *spähn* kann, was er wollte,
Doch wenig *tun*. – Sag mir, Laertes, was dich
Zu solcher Wut entflammt? – Laß ihn nur, Gertrud. –
Sprich, Mann!

LAERTES: Wo ist mein Vater?

KÖNIG: Tot.

KÖNIGIN: Doch nicht durch ihn!

KÖNIG: Laß ihn nur alles fragen.

LAERTES: Wieso denn tot? – Ich laß mit mir nicht spielen! –
Zur Hölle, Treu! – Lehnseid, zum schwärzesten Teufel!
Gewissen, Gnade: in den tiefsten Schlund!
Ich trotze der Verdammnis. Da, wo *ich* steh,
Kümmert mich weder diese Welt noch jene,
Komme, was kommt! Nur Rache will ich haben
Vollauf für meinen Vater.

KÖNIG: Und wer *hilft* Euch?

LAERTES: Mein Wille; daran rüttelt alle Welt nicht;
Und meine Mittel will ich gut verwalten:
Auch wenig reicht mir weit.

KÖNIG: Lieber Laertes,
Ihr sucht von Eures teuren Vaters Tod
Die Wahrheit. – Ists da Ratschluß Eurer Rache,
Daß, wie ein Spieler, Ihr so Freund wie Feind
Fortreißen müßt, Gewinner und Verlierer?

LAERTES: Nur seine Feinde.

KÖNIG: Wollt Ihr die denn kennen?

LAERTES: Wer ihm gut Freund war, den will ich umarmen
Und wie der Pelikan, der selbst sich opfert,
Tränken mit meinem Blut!

KÖNIG: Recht so! nun sprecht Ihr
Als guter Sohn und wahrer Edelmann.

Daß *ich* nicht schuld an Eures Vaters Tod bin
Und selbst am schmerzlichsten durch ihn betrübt,
Soll Eurem Urteil klar werden so wie
Der Tag hier Eurem Aug. –

DÄNEN *(hinter der Szene)*: Laßt sie hinein!

LAERTES: Was gibts? Was soll der Lärm? *Ophelia kommt zurück*
O Fieber, dörre
Mein Hirn aus! Tränen, siebenfach gesalzen,
Brennt aus das Licht, die Sehkraft meiner Augen!
Bei Gott, dein Wahnsinn soll bezahlt und so voll
Dir aufgewogen werden, daß die Waagschal sinkt.
O Maienrose, teures Mädchen, Schwester!
Süße Ophelia! – Himmel! Ist denn wirklich
Verstand bei einem jungen Mädchen sterblich,
Wie Leben ist bei einem alten Mann?
Natur ist edel, wo sie liebt; so edel
Schickt sie ein kostbar Pfand des, was sie selbst ist,
Dem, was sie liebte, nach.

OPHELIA *(singt)*: Sie trugen die Bahre; sein Gesicht sah man nur.
Hei, didel di! dideldum!
Und es regnete Tränen, als zu Grabe er fuhr…
Gehab dich wohl, mein Täubchen!

LAERTES: Hättst du deinen Verstand und riefst zur Rache,
Es könnte nicht so rühren!

OPHELIA: Ihr müßt singen: »Hinab, hinab, und ihr ruft ihn hinab!« Oh, wie das Spinnrad dazu schnurrt! – Es ist der falsche Verwalter, der seines Herren Tochter gestohlen hat.

LAERTES: Dieses Nichts sagt mehr als alles.

OPHELIA: Da ist Rosmarin, und das ist zum Gedenken; ich bitt Euch, mein Lieb, gedenket mein! und da sind Vergißmeinnicht, die sind für die Treue.

LAERTES: Sinn im Wahnsinn: Treue und Gedenken vereint!

OPHELIA: Da ist Fenchel für Euch und Akelei – da ist Raute für Euch, und hier ist welche für mich; wir können sie auch Sonntagsgnadenkraut nennen; aber Ihr müßt Eure Raute mit einem Abzeichen tragen. Da ist ein Maßliebchen; ich wollte Euch auch Veilchen geben, aber die welkten alle, als mein Vater starb. Sie sagen, er hat ein gutes Ende genommen –

(singt) Denn Robin, mein Liebster, ist all meine Lust!…
LAERTES: Schwermut und Krankheit, Leid, die Hölle selbst
Macht sie zu etwas Lieblichem und Schönem!
OPHELIA *(singt)*:
Und kommt er nicht wieder zurück?
Und kommt er nicht wieder zurück?
Nein, nein, er ist zur Ruh,
Geh in deine Totentruh;
Er kommt nie mehr wieder zurück.
Sein Bart war weiß wie Schnee,
Sein Haar wie Flachs so fein:
Er ist hin, er ist hin,
Unser Leid bringt nicht Gewinn.
Mag der Herrgott ihm gnädig sein!
Und allen Christenseelen! Darum bitt ich Gott. Gott sei mit euch!
Ab

LAERTES: Seht Ihr das? – Gott!
KÖNIG: Laertes, laßt mit Eurem Schmerz mich sprechen,
Denn sonst versagt Ihr mir mein Recht. – Nun geht,
Wählt nach Belieben Eure klügsten Freunde,
Und die laßt richten zwischen Euch und mir.
Wenn sie uns schuldig finden, selber oder
Durch Helfershelfer, wolln wir unser Reich,
Unsere Krone, Leben, Hab und Gut
Euch zur Vergütung geben; doch wo nicht,
So seid zufrieden, uns Eure Geduld
Zu leihn; wir wolln dann, eins mit Eurer Seele,
Uns mühn, sie zu befriedigen.
LAERTES: So seis.
Denn wie er starb, die heimliche Bestattung, –
Kein Schwert noch Wappen über seinem Leichnam,
Kein heiliger Brauch, noch weltliches Gepränge –
Das ruft, als wärs vom Himmel, mich auf Erden
Zur Frage auf!
KÖNIG: Das ist zu Recht Eu'r Teil;
Und wo die Schuld ist, fall das große Beil.
Ich bitt Euch, geht mit mir. *Alle ab*

6. Szene

Ein anderes Zimmer im Schloß. Horatio mit einem Diener

HORATIO: Was sind die, die mich sprechen wollen?

DIENER: Matrosen, Herr; sie sagen, sie haben Briefe für Euch.

HORATIO: Laßt sie hereinkommen. *Diener ab*
Ich wüßte nicht, aus welchem Teil der Welt ich
Grüße erhielte, außer von Prinz Hamlet. *Matrosen kommen*

ERSTER MATROSE: Gott segne Euch, Herr!

HORATIO: Dich segne er gleichfalls.

ERSTER MATROSE: Das wird er, Herr, wenns ihm so gefällt. Da ist ein Brief für Euch, Herr, er kommt von dem Botschafter, der nach England sollte – nämlich, wenn Euer Name Horatio ist, wie man mir gesagt hat, daß er ist.

HORATIO *(liest)*: »Horatio, wenn du dies durchgelesen hast, verschaffe diesen Leuten Zutritt beim König; sie haben Briefe für ihn. Eh wir noch zwei Tage auf See waren, verfolgte uns ein höchst kriegerisch gerüsteter Seeräuber. Als wir unsre Segel zu langsam fanden, nahmen wir eine notgedrungene Tapferkeit an und während des Handgemenges enterte ich. In diesem Augenblick kamen sie von unserem Schiff klar, und so wurde ich als einziger ihr Gefangener. Sie sind mit mir als barmherzige Diebe verfahren, aber sie wußten auch, was sie taten; ich soll ihnen einen Gefallen erweisen. Sieh zu, daß der König die Briefe bekommt, die ich geschickt habe, und begib dich dann so eilig zu mir, als wolltest du dem Tod entfliehen. Ich habe dir Worte ins Ohr zu sagen, daß du stumm dastehen wirst, obgleich sie noch viel zu leicht für das Kaliber ihres Inhalts sind. Diese guten Leute werden dich hinbringen, wo ich bin. Rosencrantz und Guildenstern halten weiter Kurs nach England; über die hab ich dir viel zu sagen. Gehab dich wohl.
Er, von dem du weißt, daß er der deine ist: – Hamlet«
Kommt; ich weis Euch den Weg für diese Eure Briefe;
Besorgt es möglichst schnell, daß Ihr mich dann
Zu ihm hinführt, von dem Ihr sie mir brachtet. *Alle ab*

7. Szene

Ein anderes Zimmer im Schloß.
Der König und Laertes

KÖNIG: Nun siegle Eure Einsicht meinen Freispruch,
Und ihr müßt mich ins Herz schließen als Freund,
Da Ihr gehört habt, und mit kundigem Ohr,
Daß er, der Euch den edlen Vater totschlug,
Mich töten wollte.
LAERTES: Das scheint klar; doch sagt mir,
Warum Ihr nicht schon vorgingt gegen Taten
So hochnotpeinlich strafbarer Natur,
Wie's Eure Sicherheit, Weisheit und Größe
Gebiet'risch fordern?
KÖNIG: Ach, aus zwei besondern Gründen,
Die Euch vielleicht sehr schwächlich scheinen werden,
Doch mir gewichtig sind. Die Königin, seine Mutter,
Lebt fast von seinem Blick; was mich betrifft,
Seis meine Tugend oder Krankheit, gleichviel –
Sie steht so nahe mir an Leib und Seele,
Daß, wie der Stern sich nur in seinem Kreis regt,
Ichs ohne sie nicht könnt'. Der zweite Grund,
Warum ich *öffentlich* nicht vorgehn könnt, ist,
Daß das gemeine Volk ihn so sehr liebt.
Das taucht in Liebe alle seine Fehler
Und würd' ihm, wie der Quell, der Holz zu Stein macht,
Fesseln in Schmuck verwandeln; meine Pfeile,
Zu leicht gezimmert für so lauten Wind,
Wären zurückgekehrt zu meinem Bogen
Und nicht ans Ziel gelangt.
LAERTES: Und so verlor ich einen edlen Vater,
So trieb man meine Schwester zur Verzweiflung;
Sie, deren Wert – wenn man Gewesenes
Noch rühmen darf – am Gipfel unsrer Zeit stand,
Wie um zu fordern, wer sich messen wollte
Mit ihren Vorzügen. Doch meine Rache kommt!
KÖNIG: Die raub' Euch nicht den Schlaf! Ihr dürft nicht denken,
Wir seien aus so plattem, trägem Stoff,
Daß wir Gefahr am Bart uns rütteln ließen

Und Spaß dran fänden. Ihr hört bald noch mehr: Ich
Lieb't Euren Vater, und wir lieben uns;
Und dies wird, hoffe ich, Euch einsehn lehren…

Bote kommt mit Briefen

Ah! Was gibts Neues?

BOTE: Briefe, Herr, von Hamlet.
Den Eurer Majestät, und den zur Königin.

KÖNIG: Von Hamlet? Wer hat sie gebracht?

BOTE: Matrosen, sagt man, Herr. Ich sah sie nicht.
Mir gab sie Claudio; er hat sie von dem,
Der sie gebracht hat.

KÖNIG: Kommt, Laertes: hört. – *(zum Boten)*
Verlaßt uns. *(Bote ab, König liest)*
»Durchlauchtiger und Großmächtiger! Ihr sollt wissen, daß ich nackt und bloß in Eurem Reich ausgesetzt bin. Morgen werde ich Erlaubnis erbitten, vor Eure königlichen Augen zu treten, wo ich dann, nachdem ich um Eure Vergünstigung hierzu ersucht, den Grund dieser meiner plötzlichen und gar wundersamen Rückkehr berichten werde. *Hamlet.*«
Was soll das? Sind die andern auch zurück?
Oder ists ein Betrug und gar nichts dran?

LAERTES: Kennt Ihr die Handschrift?

KÖNIG: Hamlets Züge. »Nackt
Und bloß«. Und in der Nachschrift heißts: »Allein«.
Könnt Ihr mir raten?

LAERTES: Ich werd nicht klug draus, Herr. Doch laßt ihn kommen!
Es wärmt den kranken Frost in meinem Herzen,
Daß ichs erleb, ihm ins Gesicht zu sagen:
»Du tatest das!«

KÖNIG: Wenn es so ist, Laertes, –
(Und wie kanns so, wie anders sein?) – wollt Ihr
Euch von mir lenken lassen?

LAERTES: Ja, mein Fürst;
Wenn Ihr mich nicht ablenken wollt zum Frieden.

KÖNIG: Zu *deinem eignen* Frieden! Ist er heim nun,
Und stutzt vor seiner Fahrt und will sie nicht mehr
Antreten, will ich ihn zu einer Wette
Bewegen, deren Plan in mir schon reif ist,

Bei dem ihm keine Wahl bleibt als zu fallen.
Dann weht um seinen Tod kein Hauch von Tadel;
Selbst seine Mutter soll die List nicht merken
Und soll sie Unfall nennen.

LAERTES: Lenkt mich, Fürst.
Noch lieber, wenn Ihrs einzurichten wüßtet,
Daß ich das Werkzeug sei.

KÖNIG: Das trifft sich gut.
Man rühmte Euch seit Eurer Reise viel,
Und das vor Hamlets Ohr, ob einer Kunst,
Worin Ihr, sagt man, glänzt. All Eure Gaben
Zusammen weckten nicht *so* seinen Neid
Wie jene eine, die nach meiner Meinung
Zu allerletzt kommt.

LAERTES: Welche Gabe, Herr?

KÖNIG: Ach, nur ein Band an dem Barett der Jugend,
Doch nötig auch; denn Jugend ziert nicht minder
Die sorglos leichte Kleidung, die sie trägt,
Als *unser* Alter Zobelpelz und Mäntel,
Die Würde und Gesundheit ihm verleihen.
Zwei Monat sinds, daß aus der Normandie
Ein Ritter hier war – Nun, ich hab Franzosen
Selber gesehn und gegen sie gekämpft;
Ich weiß, sie reiten gut; doch dieser Ritter,
Der konnte zaubern; wuchs im Sattel fest
Und lenkt' sein Pferd zu solchen Wundertaten,
Als wäre er *ein* Leib, halb Mensch, halb Roß, mit
Dem braven Tier; so übertraf er alles,
Was ich erfinden könnt an Sprung und Wendung,
Durch das, was er da tat.

LAERTES: Wars ein Normanne?

KÖNIG: Stimmt: ein Normanne.

LAERTES: Lamord, so wahr ich lebe!

KÖNIG: Ja, der wars.

LAERTES: Ich kenn ihn gut. Er ist auch in der Tat
Der Schmuck, die Zierde seines ganzen Landes.

KÖNIG: Er gab zu, Euch zu kennen, und er lobte
In solchen Tönen Eure Meisterschaft

Im kunstgerechten Fechten und Parieren,
Besonders in der Führung des Rapiers,
Daß er laut ausrief, ja, das wär ein Schauspiel,
Wenn einer drin Euch glich! die Besten Frankreichs,
Er schwurs, hätten nicht Schwung, Parade, noch auch
Ein Auge, rasch genug, Euch zu begegnen.
Freund, dieser sein Bericht hat Hamlet so
Mit giftgem Neid erfüllt, daß er nichts tun konnt
Als flehn und wünschen, daß Ihr schleunigst kämet,
Ein Spiel mit ihm zu wagen: Nun, dies…
LAERTES: Was, Herr?
KÖNIG: Laertes, war Euch Euer Vater teuer? –
Oder seid Ihr nur wie ein *Bild* des Grams:
Gesicht nur, ohne Herz?
LAERTES: Was fragt Ihr das?
KÖNIG: Nicht, daß ich dächt, Ihr hättet Euren Vater
Nicht lieb gehabt; doch weiß ich: Liebe fängt
An in der Zeit. Auch seh ich aus Erfahrung,
Daß Zeit der Liebe Glut und Funken mildert.
Es lebt im Innersten der Liebesflamme
Eine Art Docht und Schnuppe, die sie dämpft;
Und nichts behauptet dauernd gleiche Güte.
Denn Güte, wenn sie wächst zum Übermaß,
Stirbt an der Fülle. Das, was wir tun *wollen*,
Sollten wir *gleich* tun; denn dies *Wollen* wechselt
Und hat soviel Abschwächung und Verzug,
Wie es nur Zungen gibt, Zufälle, Hände;
Dann ists ein *Sollen*, wie ein Seufzer, der uns
Erschöpft und der uns schadet durch Erleichtrung.
Doch gehn wir dem Geschwür ans Leben! Hamlet
Kommt jetzt zurück: was wollt Ihr nun wohl tun,
Zu zeigen Euch als Eures Vaters Sohn in
Der Tat mehr als im Wort?
LAERTES: Ich schneid ihm in der Kirche
Den Hals ab!
KÖNIG: Sicher; nirgends soll Mord Freistatt
Und Rache Grenzen haben. Doch, Laertes,
Wenn Ihr dies tun wollt, so bleibt fein zu Hause.

Kommt Hamlet, so erfährt er, Ihr seid hier:
Wir wolln Euch schon vor ihm laut rühmen lassen
Und doppelt firnissen den Ruhm, den Euch der
Franzose brachte – und zu guter Letzt
Zusammenführen euch und auf Euch wetten.
Er, sorglos, großzügig und frei von Argwohn,
Wird die Rapiere gar nicht ansehn; so
Könnt Ihr ganz leicht – oder mit einem Handgriff –
Eins wählen, dessen Spitze keinen Knopf hat,
Und ihn mit einem wohlgezielten Stoß
Für Euren Vater lohnen.

LAERTES: Ich wills tun! –
Ich salb zu diesem Zweck auch meine Klinge.
Ein Quacksalber verkaufte mir ein Mittel,
So tödlich, daß ein Messer, drein getaucht nur
Kaum, daß es Blut zieht, wirkt: Das beste Pflaster
Aus jedem Heilkraut, das der Mondstrahl segnet,
Rettet vom Tod nicht den, dens nur geritzt hat! –
Das tu ich auf die Spitze meines Degens,
Damit er, wenn ich ihn nur leichthin streife,
Doch sterben muß.

KÖNIG: Bedenken wir dies ferner:
Erwägt, was uns dabei an Mitteln sonst noch
Zustatten kommt. – Wenns uns fehlging
Und wär durch schlechte Ausführung erkennbar,
Dann blieb es lieber unversucht! der Plan muß
Drum einen zweiten in Reserve haben,
Selbst wenn er platzt im Rohr. – Still! – laßt mich sehen.
Wir wetten feierlich auf eure Künste…
Ich habs!
Wenn ihr vom Kampf erhitzt und durstig seid
– Macht zu dem Zweck die Runden etwas heißer! –
Und er nach Trunk ruft, soll ein Kelch bereitstehn
Für diesen Fall. Und nippt er dran, so ist
– selbst wenn er Eurem giftigen Stich entginge –
Doch unser Zweck erreicht. – Still! – was ist *das*?

Königin tritt ein

Nun, liebste Königin?

KÖNIGIN: Ein Unglück tritt dem andern auf die Fersen,
So schnell folgt eins dem zweiten nach! – Laertes:
Euere Schwester ist ertrunken.
LAERTES: Oh.– –
Ertrunken?! – Wo?
KÖNIGIN: Es neigt sich eine Weide übern Bach,
Der zeigt im glasigen Strom ihr graues Laub;
Dort kam sie mit phantastischen Girlanden
Aus Nesseln, Hahnenfuß, Maßliebchen, Knabenkraut.
Dem purpurnen, das Hirten gröber nennen,
Doch unsre Mädchen nennens Totenfinger…
Dort hielt sie sich an Äste, ihre Kränze
Zu hängen dran. – Da brach ein tückischer Zweig,
Und nieder fiel ihr Unkrautschmuck und sie
Ins weinende Wasser. Ihr Gewand, gebreitet,
Hielt sie noch oben, Wasserjungfraun gleich,
Ein Weilchen, und sie sang aus alten Liedern,
Wie ohne Ahnung ihrer eignen Not,
Wie ein Geschöpf, geboren und geborgen
In diesem Element; doch lange konnts nicht sein;
Dann zogen ihre Kleider, schwergetrunken,
Das arme Ding von ihren Melodien fort
Zum schlammigen Tod.
LAERTES: Ertrunken also. Gott!
KÖNIGIN: Ertrunken, ja, ertrunken.
LAERTES: Arme Ophelia – hast schon zuviel Wasser.
Tränen verbiet ich mir drum. – Aber doch,
Wir sind schon so! – Natur hält ihren Brauch,
Dem Schamgefühl zum Trotz. Wenn die da weg sind,
Dann wird das Weib fort sein. – Lebt wohl, mein Fürst.
Ich hätt ein Flammenwort, das wollt gern lodern; –
Nur dieses dumme Naß hier löscht es aus. *Ab*
KÖNIG: Komm, Gertrud! Gehn wir nach.
Wie müht' ich mich, den Zorn ihm zu beschwichtigen! –
Nun, fürcht ich, facht ihn das aufs neue an.
Drum gehn wir nach. *Beide ab*

Fünfter Akt

1. Szene

Ein Kirchhof.
Zwei Totengräber kommen mit Spaten und Spitzhacken

Erster Totengräber: Soll die ein christliches Begräbnis haben, die willkürlich ihre eigene Seligkeit sucht?

Zweiter Totengräber: Ich sag dir, sie solls; drum grab nur gleich ihr Grab. Der Totenbeschauer hat über ihr gesessen und findet: christliches Begräbnis.

Erster Totengräber: Wie kann das sein?—außer sie hat sich in ihrer eigenen Defension ertränkt?

Zweiter Totengräber: Aber das ist der Befund.

Erster Totengräber: Es muß *se offendendo* sein; sonst kanns nicht sein. Denn hier liegt der Punkt: wenn ich mich wissentlich ertränke, so deutet das auf eine Handlung. Und eine Handlung hat drei Zweige; nämlich Handeln, Tun und Ausführen. Ergo hat sie sich wissentlich ertränkt.

Zweiter Totengräber: Nein, hört doch, Gevatter Schaufler! – –

Erster Totengräber: Gestattet mir: Hier liegt das Wasser – gut. Hier steht der Mensch – gut. Wenn der Mensch zu diesem Wasser geht und sich selber ertränkt, dann ist es, ob er will oder nicht, *er*, der *geht*. Merkt Euch das! Aber wenn das Wasser zu ihm kommt und ihn ertränkt, dann ertränkt nicht er selbst sich: Ergo, er, der nicht schuld ist an seinem eigenen Tod, verkürzt auch nicht sein eigenes Leben.

Zweiter Totengräber: Aber ist das das Gesetz?

Erster Totengräber: Freilich, dem Totenbeschauer sein Untersuchungsgesetz.

Zweiter Totengräber: Wollt Ihr die Wahrheit drüber wissen? Wenn das kein Edelfräulein gewesen wär, so hätt sie draußen ihr Grab gehabt und ihr Lebtag kein christlich Begräbnis.

Erster Totengräber: Ja, ja; du sagst es. Desto trauriger, daß in dieser Welt die großen Leut' mehr Aufmunterung haben, sich zu ertränken oder sich zu erhängen, als die andern, die doch Christenmenschen gleich ihnen sind. Komm: meinen Spaten! Es gibt keine so alten Edelleut' wie Gärtner, Erdarbeiter und Totengräber: die führen Adams Waffen weiter.

ZWEITER TOTENGRÄBER: War der ein Edler, der Waffen geführt hat?

ERSTER TOTENGRÄBER: Er war der erste, der je armiert war.

ZWEITER TOTENGRÄBER: Nein, Adam? Der war doch nicht armiert?

ERSTER TOTENGRÄBER: Was? Bist du ein Heide? Wie verstehst denn du die Schrift? Die Schrift sagt: Adam hat gegraben. Hätt er graben können ohne *Arme*? – Ich stell dir noch eine Frage! Wenn du mir nicht die rechte Antwort gibst, dann gib zu, daß du…

ZWEITER TOTENGRÄBER: Nur zu!

ERSTER TOTENGRÄBER: Wer ist der, der fester baut als der Maurer, der Schiffbauer oder der Zimmermann?

ZWEITER TOTENGRÄBER: Der Galgenmacher; denn sein Bauwerk überlebt tausend Bewohner.

ERSTER TOTENGRÄBER: Dein Witz gefällt mir, meiner Treu! Der Galgen, der ist gut! Aber wieso ist er gut? Weil er guttut an denen, die übeltun. Aber du tust übel, wenn du sagst, daß der Galgen stärker gebaut ist als die Kirche. Ergo: der Galgen würde vielleicht auch dir gut tun. Noch mal dran, komm!

ZWEITER TOTENGRÄBER: Wer stärker baut als ein Maurer, ein Schiffbauer oder ein Zimmermann?

ERSTER TOTENGRÄBER: Ja, sag mir das, dann kannst du Pause machen.

ZWEITER TOTENGRÄBER: Meiner Seel' ich weiß schon!

ERSTER TOTENGRÄBER: Na, los!

ZWEITER TOTENGRÄBER: Sakrament! ich weiß *doch* nicht.

ERSTER TOTENGRÄBER: Zerbrich dir nicht länger den Kopf drum, denn der dumme Esel läuft auch nicht schneller, wenn man ihn schlägt. Und wenn dich das nächstens einer fragt, dann sag »der Totengräber«. Die Häuser, die der baut, die dauern bis zum Jüngsten Tag. Geh, spring ins Wirtshaus dort hinüber und hol mir einen Schoppen Schnaps. *Zweiter Totengräber ab.*

Hamlet und Horatio treten in einiger Entfernung auf.

Erster Totengräber gräbt und singt:

Als ich jung war, da war ich verliebt, ja verliebt;
Das dünkte mich richtig süß.
Zu verkürzen die Zeit, die es einmal nur gibt,
Oh, so schön schien mir nichts sonst wie dies!

HAMLET: Hat dieser Kerl kein Gefühl, was sein Gewerb ist, daß er singt, wenn er ein Grab gräbt?

HORATIO: Das macht die Gewohnheit; es geht leicht von der Hand.

HAMLET: Ja, so ists: die Hand, die wenig zu tun kriegt, hat das zartere Gefühl.

ERSTER TOTENGRÄBER *(singt)*:

Aber dann kam das Alter mit diebischem Schritt
Und hat mich gepackt mit der Faust
Und hat mich geschifft in ein anderes Land,
Als hätt ich hier niemals gehaust. *Wirft einen Schädel hoch*

HAMLET: Der Schädel hatte auch einmal eine Zunge und konnte singen. Wie der Kerl ihn zu Boden schmeißt! als wärs der Kinnbacken von Kain, der den ersten Mord beging. Das könnt der Kopf von einem Politikus sein, den dieser Esel jetzt übers Ohr haut; von einem, der Gott den Herrn hintergehen wollt, nicht wahr?

HORATIO: Könnt wohl sein, mein Prinz.

HAMLET: Oder von einem Höfling, der sagen konnte »Guten Morgen, mein liebster Prinz!« »Wie gehts Euch, bester Prinz!« Das könnte Herr Sowieso sein, der Herrn Sowiesos Pferd lobte, wenn er sichs erbetteln wollte. Nicht wahr?

HORATIO: Ja, mein Prinz.

HAMLET: Ja, ja, und nun gehört er unsrer Lieben Fraue zu den Würmern; hohlwangig und eins auf den Deckel gehauen mit des Küsters Spaten. Das ist eine schöne Umwälzung, wenn wir nur Augen hätten, es zu sehen. Hats denn nicht mehr gekostet, diese Knochen großzuziehn, als daß man Kegel spielt mit ihnen? Die meinen tun mir schon beim Gedanken dran weh.

ERSTER TOTENGRÄBER *(singt)*:

Eine Hacke, ein Spaten, ein Spaten und noch
Ein Leichenlaken dazu;
Und, oh, hier im Lehm muß man graben ein Loch
Für so einen Gast wie du. *Wirft wieder einen Schädel hoch*

HAMLET: Das ist wieder einer: Warum könnt das nicht der Schädel eines Advokaten sein? Wo sind jetzt seine Klauseln und Flauseln, seine Fälle, Kniffe und Pfiffe? Warum duldet ers, daß dieser grobe Flegel ihn jetzt mit einer schmutzigen Schaufel um den Hirnkasten schlägt, und droht ihm nicht mit einer Tätlichkeitsklage? Was? Dieser Kerl war vielleicht zu seiner Zeit ein großer Aufkäufer von Grund und Boden, mit seinen Statuten, Hypotheken, mit seinem Reukauf, seinen doppelten Bürgschaften und Wiedererstattungen. Ist das nun der letzte Kauf seines Reukaufs und die Wiedererstattung seiner Wiedererstattungen, daß man ihm seinen stattlichen Hirnschädel mit dem Schmutz der Bestattung ausstattet? Und werden ihm seine Gewährsmänner nicht mehr von all seinem erkauften und doppelt verbürgten Grund und Boden gewähren als die Länge und Breite von ein paar Einverleibungsurkunden? In diesem Kasten hätten kaum die Grundbriefe seiner Ländereien Platz; und der Inhaber selber, soll der nicht mehr Platz haben, he?

HORATIO: Nicht ein Titelchen mehr, mein Prinz

HAMLET: Wird nicht Pergament aus Schafsfellen gemacht?

HORATIO: Ja, mein Prinz, und aus Kalbsfellen auch.

HAMLET: Dann sind die Schafe und Kälber, die darin Sicherheit suchen. Ich will mit diesem Kerl sprechen. – Ihr da! wessen Grab ist das?

ERSTER TOTENGRÄBER: Meins, Herr, – *(singt)*:

Und, oh, hier im Lehm muß man graben ein Loch
Für so einen Gast wie du.

HAMLET: Ich glaub, es ist wirklich deins, denn du liegst drin!

ERSTER TOTENGRÄBER: Und Ihr lügt draußen, Herr, und also ists nicht Eures. Ich, für mein Teil, ich lüg nicht drin, und doch ists meins.

HAMLET: Du lügst drin, weil du drin bist und sagst, es ist deins. Es ist für die Toten, nicht für die Lebendigen; also lügst du.

ERSTER TOTENGRÄBER: 's ist aber eine lebendige Lüge, Herr, sie will wieder weg: von mir zu Euch zurück.

HAMLET: Wer ist der Mann, für den du das gräbst?

ERSTER TOTENGRÄBER: Ich grabs für keinen Mann, Herr.

HAMLET: Also, wer ist das Frauenzimmer?

ERSTER TOTENGRÄBER: Auch keins.

HAMLET: Wer soll dann drin begraben werden?

ERSTER TOTENGRÄBER: Eine, die ein Frauenzimmer *war*, Herr; aber, Gott schenk ihrer Seel die Ruh, sie ist tot.

HAMLET: Wie genau der Kerl ist! Wir müssen nach dem Kompaß reden, denn *eine* Doppeldeutigkeit, und um uns ists geschehen! Herrgott, Horatio, schon seit drei Jahren merk ich das: die Zeit ist so spitzfindig geworden, daß des Bauern Zeh' dem Höfling die Frostbeulen von den Fersen tritt. – Wie lang bist du schon Totengräber?

ERSTER TOTENGRÄBER: Grad an dem Tag kam ich dazu, von alle Tag' im Jahr, an dem unser voriger König Hamlet den Fortinbras untergekriegt hat.

HAMLET: Wie lang ist das her?

ERSTER TOTENGRÄBER: Wißt Ihr das nicht? Das weiß doch jeder Narr. Am gleichen Tag, an dem der junge Hamlet geboren wurde, der nun verrückt geworden ist und den sie nach England geschickt haben.

HAMLET: Ah, wirklich? Warum haben sie ihn nach England geschickt?

ERSTER TOTENGRÄBER: Na, weil er verrückt war. Dort soll er wieder zur Vernunft kommen, und wenn nicht, so kommts dort auch nicht so drauf an.

HAMLET: Warum?

ERSTER TOTENGRÄBER: Dort merkt mans ihm nicht an; dort sind die Leute so verrückt wie er.

HAMLET: Wie wurde er verrückt?

ERSTER TOTENGRÄBER: Auf ganz absonderliche Art, sagt man.

HAMLET: Wieso absonderlich?

ERSTER TOTENGRÄBER: Na, indem er den Verstand verloren hat.

HAMLET: Kennst du den Grund?

ERSTER TOTENGRÄBER: Freilich, das ist dänischer Grund und Boden. Ich bin doch Küster hier, als Junge und als Mann, schon dreißig Jahre.

HAMLET: Wie lang liegt wohl einer in der Erde, eh er verfault?

ERSTER TOTENGRÄBER: Na, wenn er nicht schon verfault ist vor dem Tod – wie wir heutzutag viele von diesen angesteckten Leichen haben, die kaum noch zum Hineinlegen halten –, dann dauert er Euch so acht, neun Jahr; ein Lohgerber, der dauert Euch neun Jahr.

HAMLET: Warum der länger als ein anderer?

ERSTER TOTENGRÄBER: Warum, Herr? weil seine Haut so gegerbt ist von seinem Gewerbe, daß sie für lange Zeit das Wasser draußen hält. Und das Wasser, das ists, was Euch so einen Hurensohn von Leichnam so arg verfaulen läßt. – Der Schädel da, der hat Euch dreiundzwanzig Jahr in der Erde gelegen.

HAMLET: Wem hat er gehört?

ERSTER TOTENGRÄBER: Einem Hurensohn von Narren! Wer, glaubt Ihr, daß er war?

HAMLET: Nein, ich weiß nicht.

ERSTER TOTENGRÄBER: Die Pest auf ihn! So ein verrückter Schuft! Er hat mir mal eine Flasche Rheinwein über den Kopf gegossen. Der Schädel da, Herr, das war Yoricks Schädel, des Königs Spaßmachers.

HAMLET: Der?

ERSTER TOTENGRÄBER: Ja, der.

HAMLET: Laß mich sehen. *(nimmt den Schädel)* Ach, armer Yorick! – Ich kannte ihn, Horatio: ein Bursche von unendlichen Späßen, voll von den herrlichsten Einfällen. Er hat mich tausendmal auf dem Rücken getragen. Und jetzt: wie meiner Einbildung davor schaudert; es hebt mir den Magen. Hier dran hingen die Lippen, die ich geküßt hab, ich weiß nicht wie oft. Wo sind nun deine Späße? deine Sprünge? deine Lieder? deine Blitze von Lustigkeit, bei denen die ganze Tafel vor Lachen brüllte? Nicht einer da, über dein eigenes Grinsen zu lachen? ganz vom Fleisch gefallen? Nun geh du in meiner Dame Zimmer und sag ihr, auch wenn sie sich einen Finger dick bemalt, *so* ein Gesicht muß sie zuletzt bekommen. Damit bring sie zum Lachen! – Ich bitte dich, Horatio, sag mir eins.

HORATIO: Was denn, mein Prinz?

HAMLET: Denkst du, Alexander hat so ausgesehen in der Erde?

HORATIO: Gerade so.

HAMLET: Und so gerochen? Pah! *(legt den Schädel weg)*

HORATIO: Gerade so, mein Prinz.

HAMLET: Zu welch niedrigen Bestimmungen wir zurückkehren können, Horatio! Warum soll unsre Einbildung nicht den edlen Staub Alexanders verfolgen, bis sie ihn findet, wie er ein Spundloch verstopft?

HORATIO: Das so betrachten, hieße es zu genau betrachten.

HAMLET: Nein, meiner Treu, nicht im mindesten; man könnte ihm bescheiden genug dahin folgen, und sich immer von der Wahrscheinlichkeit führen lassen. Etwa so: Alexander starb, Alexander wurde begraben, Alexander kehrte zum Staub zurück; der Staub ist Erde; aus Erde machen wir Lehm, und warum sollte man nicht mit dem Lehm, in den er verwandelt wurde, ein Bierfaß verstopfen?

Caesar war groß, doch *Lehm* ward sein Gebein:
Der stopft ein Loch und läßt den Wind nicht ein.
Daß Erde doch, vor der die Welt gebebt,
Nun eine Wand vor Winterwind verklebt!

Doch still! Still! Aus dem Weg: Da kommt der König,

Priester usw. kommen in Prozession; der Leichnam Ophelias, Laertes und die Leidtragenden folgen; König, Königin, Gefolge

Die Königin, der Hof; wem folgen sie?

Und so verkürzt die Riten? Das zeigt an,
Die Leiche, der sie folgen, hat verzweifelt
Selbst Hand an sich gelegt; sie war von Stand.
Warten wir abseits. – Da! *Zieht sich mit Horatio zurück*

LAERTES: Was findet weiter statt?

HAMLET: Das ist Laertes,
Ein edler junger Mann. Gebt acht.

LAERTES: Was findet weiter statt?

PRIESTER: Die Trauerfeierlichkeit wurde ihr
Schon so weit ausgedehnt, wies unsre Vollmacht
Gestattete. Ihr Tod war zweifelhaft.
Und gält ein Machtwort nicht mehr als die Vorschrift,
Müßt sie in ungeweihter Erde wohnen
Bis zur Gerichtsposaun'. Statt christlicher Fürbitt
Müßt man ihr Scherben, Kieselstein' nachwerfen;
Doch gönnt man hier ihr ihren Jungfernkranz,
Das Blumenstreun, die Heimholung mit Glocken
Ins gute Grab.

LAERTES: Und darf nicht *mehr* geschehn?

PRIESTER: Nicht mehr geschehn.
Entweihen würden wir den Gottesdienst der Toten,
Wenn wir ein Requiem zur Ruh ihr sängen,
Wie friedlich Abgeschiednen.

LAERTES: Legt sie in die Erde,
Aus ihrem schönen, unbefleckten Leib solln
Die Veilchen blühn! – Ich sag dir, Filz von Priester,
Am Thron ein Engel sein wird meine Schwester,
Wenn du einst liegst und heulst!

HAMLET: Was? Sie? – Ophelia!

KÖNIGIN *(Blumen streuend)*: Die Süßen für die Süße! Fahr du wohl!
Ich hoffte, du sollt'st meines Hamlet Frau sein;
Ich wollt dein Brautbett schmücken, süßes Mädchen,
Und nicht bestreun dein Grab.

LAERTES: O dreifach Weh
Fall zehnmal dreifach aufs verfluchte Haupt,
Des Untat deine sinnreiche Vernunft
Dir raubte! – Wartet noch mit eurer Erde,
Ich nehm sie einmal noch in meine Arme! *Springt ins Grab*

Nun häuft den Staub auf Lebende und Tote,
Bis ihr aus diesem Flachland einen Berg macht,
Höher als Pelion und das Himmelshaupt des
Blauen Olymp!

HAMLET *(tritt vor)*: Wer ist der, dessen Gram
Tönt so pathetisch? dessen Trauerwort
Die Wandelsterne bannt und macht sie stillstehn
Wie wunderwunde Hörer? – Das bin ich,
Hamlet von Dänemark! *Springt ins Grab*

LAERTES: Dem Teufel deine Seele! *Ringt mit ihm*

HAMLET: Du betest *nicht* gut.
Ich bitt dich, laß die Finger mir vom Hals;
Denn wenn ich auch nicht vorschnell bin und heftig,
So hab ich doch was in mir, das Gefahr bringt.
Sei klug und fürcht es. – Weg mit deiner Hand!

KÖNIG: Werft euch dazwischen! Trennt sie!

KÖNIGIN: Hamlet! Hamlet!

ALLE: Ihr Herren! – – –

HORATIO: Bester Prinz! beruhigt Euch!

Einige vom Gefolge trennen die Kämpfenden, die aus dem Grab hervorkommen

HAMLET: So. Diese Sache fecht ich aus mit ihm,
Bis ich kein Augenlid mehr heben kann.

KÖNIGIN: O mein Sohn! welche Sache?

HAMLET: *Ich* liebt' Ophelia! – Vierzigtausend Brüder
Hätten mit aller ihrer Liebe nicht
Mein Maß erreicht. – Was willst du tun für sie?

KÖNIG: Ach, er ist irr, Laertes!

KÖNIGIN: Um unsres Herrgotts Liebe, sehts ihm nach!

HAMLET: Bei Christi Wunden, zeig mir, was du tun willst:
Willst weinen? fechten? fasten? dich zerreißen?
Willst Essig saufen? Krokodile fressen?
Ich tus! Kommst du zu winseln her? zu trotzen
Mir ins Gesicht mit deinem Sprung ins Grab?
Laß dich lebendig hier mit ihr begraben,
Und *ich* wills *auch*! Und wenn du schwätzt von Bergen,
Laß sie Millionen Hufen auf uns werfen,
Bis unsre Erde sich verbrennt den Scheitel

Am höchsten Himmelsbrand und den Berg Ossa
Zur bloßen Warze macht! Nimmst du dein Maul voll,
Prahl ich so gut wie du!
KÖNIGIN: Das ist bloß Irrsinn;
So tobt sein Anfall eine Weile weiter,
Doch gleich darauf, geduldig wie die Taube,
Wenn sie ihr goldnes Pärchen ausgebrütet,
Sitzt dann sein Trübsinn still.
HAMLET: Hört Ihr, mein Herr?
Was ist der Grund, daß Ihr mir so begegnet?
Ich liebt Euch immer. – Doch das macht nichts aus.
Laßt Herkules selbst tun, was er vermag:
Die Katze mauzt, der Hund hat seinen Tag! *Ab*
KÖNIG: Ich bitt dich, Freund Horatio, bleib bei ihm. *Horatio ab*
(zu Laertes) Geduld! Denkt ans Gespräch von gestern abend;
Wir führen diese Sache nun gleich aus. – *(zur Königin)*
Lieb Gertrud, laßt doch Euren Sohn bewachen.
(wieder zu Laertes) Dies Grab soll ein lebendig Denkmal haben.
Bald werden wir der Ruhe Stunde sehn,
Bis dahin gilts geduldig vorzugehn. *Alle ab*

2. Szene

Saal im Schloß.
Hamlet und Horatio treten auf

HAMLET: Davon genug, Freund; nun seht gleich das andre.
Die Umstände wißt Ihr doch noch genau?
HORATIO: Genau, mein Prinz!
HAMLET: In meinem Herzen fand eine Art Kampf statt,
Der mich nicht schlafen ließ. Mir war, als läg ich
In Eisen, schlimmer noch als Meutrer. – Rasch dann –
Und Dank dem raschen Mut! denn, wirklich, manchmal
Kommt unser Unbedacht uns dort zustatten,
Wo tiefer Plan mißglückt; – das sei uns Lehre,
Daß eine Gottheit unser Schicksal formt,
Wie wirs auch roh entwerfen.
HORATIO: Das ist sicher.

HAMLET: Ich, auf aus der Kajüte,
Nur im Matrosenmantel, tappt' im Dunkeln,
Die zwei zu finden, was mir auch gelang,
Nahm ihr Paket und zog mich dann zurück
In mein Gemach; und dort erkühnt' ich mich,
Vor Sorge unhöflich, gleich zu entsiegeln
Des Königs Auftrag. Da, Horatio, fand ich –
O königlicher Schurkenstreich! – Befehl,
Gespickt mit vielen Gründen, wie des Königs
Von Dänmark Wohlergehn, und Englands auch –
Doch – heissa! – welch ein Spuk, falls ich entkäme! –
Daß, gleich auf Sicht und ohne jedes Zögern,
Nein, nicht so lang, auch nur das Beil zu schärfen,
Mein Kopf mir abzuschlagen sei.
HORATIO: Ists möglich?
HAMLET: Hier ist der Auftrag; lies ihn nur in Ruhe.
Doch willst du hören, was ich weiter tat?
HORATIO: Ich bitt Euch drum.
HAMLET: So, rings umstrickt von Schurkereien, fing
Mein Kopf, noch eh ich den Prolog ersonnen,
Das Spiel schon an. Ich setzte mich, entwarf
'nen anderen Befehl, schrieb ihn ins reine, –
Schönschreiben schien mir einst – wie unsren Großen –
Unwürdig, und ich wollt es gern verlernen,
Doch nun, Freund, tats mir guten Dienst. – Nun, fragst du,
Was ich da schrieb?
HORATIO: Ja, mein geliebter Prinz!
HAMLET: Das ernstlichste Ersuchen unsres Königs,
Wofern ihm England treue Lehnspflicht halte,
Wofern ihm Lieb erblühn sollt wie die Palme,
Wofern der Frieden mit dem Kranz aus Ähren
Der beiden Reiche Freundschaft binden sollt, –
Und mit noch mehr gewichtigen »Wofernen« –
Daß England, wenn er diese Schrift gelesen,
Ohn' alle weiteren Bedenken gleich
Die Überbringer sollt zum Tode bringen,
Rasch, ohne Beichtfrist.
HORATIO: Wie ward das versiegelt?

HAMLET: Ach; sogar darin waltete der Himmel.
Ich hatt im Beutel meines Vaters Petschaft,
Das dieses dänischen Siegels Vorbild war;
Ich faltete das Schreiben – wie das andre –
Und trugs zurück, gezeichnet und gesiegelt;
Der Wechselbalg blieb unerkannt. Tags drauf nun
War unser Seegefecht, und was drauf folgte,
Das weißt du schon.
HORATIO: Und Guildenstern und Rosencrantz gehen drauf?
HAMLET: Ach, Mensch, die rissen sich um diesen Auftrag!
Die drücken mein Gewissen nicht; ihr Unglück
Kommt nur von ihrem eignen Übereifer.
Gefährlich ists für mindere Naturen,
Zu kommen zwischen die entbrannten Klingen
Gewaltiger Gegner.
HORATIO: Doch was für ein König!
HAMLET: Ist es nicht, sag, nun meine Sache, ihn,
Der meinen König totschlug, meine Mutter
Zur Hure machte, sich zwischen die Wahl
Und meine Hoffnungen eindrängte und
Nach meinem Leben seine Angel auswarf –
Und das mit Arglist! – ists nicht völlig billig,
Mit diesem Arm ihn abzutun? Und ists nicht
Verdammnis, diesen Krebs an unsrem Fleische
Noch weitres Übel anrichten zu lassen?
HORATIO: Ihm muß von England bald gemeldet werden,
Was dort der Ausgang seines Anschlags war.
HAMLET: Ja, bald; die Zwischenzeit ist mein. Ein Mensch
Lebt nur so lang, wies dauert »eins« zu sagen. –
Doch eines tut mir leid, lieber Horatio,
Daß ich mich so vergaß gegen Laertes;
Denn in dem Spiegel *seiner* Sache seh ich
Mein eignes Bild. Ich möcht ihn gern versöhnen.
Jedoch sein Auftrumpfen mit seinem Leid
Trieb mich zu heller Wut.
HORATIO: Nur still! – Wer kommt da?

Osric tritt auf

OSRIC: Willkommen, Hoheit, wieder hier in Dänmark!

Hamlet: Ich dank ergebenst, Herr. – *(beiseite zu Horatio)*
Sag, kennst du diese Mücke?

Horatio *(beiseite zu Hamlet)*: Nein, bester Prinz.

Hamlet *(beiseite zu Horatio)*: Desto besser für dein Seelenheil, denn es ist ein Laster, ihn zu kennen. Er besitzt viel Land und fruchtbares: Laß ein Tier König der Tiere sein, dann wird *seine* Krippe an der Tafel des Königs stehen. Er ist eine Krähe, aber, wie gesagt, sein Besitz an Mist ist sehr weitläufig.

Osric: Geliebter Prinz, wenn Eure Hoheit Muße hätten, so sollte ich Euch etwas von Seiner Majestät mitteilen.

Hamlet: Ich wills mit aller Aufmerksamkeit zur Kenntnis nehmen, Herr. Tut Eure Mütze, wo sie hingehört, auf den Kopf.

Osric: Dank Eurer Hoheit, doch es ist sehr heiß.

Hamlet: Nein, glaubt mir, 's ist sehr kalt: es weht ein Nordwind.

Osric: Ja, in der Tat, s' ist ziemlich kalt, mein Prinz.

Hamlet: Und doch dünkt mich, daß es sehr schwül und heiß ist für mein Temperament.

Osric: Ja, außerordentlich, mein Prinz, es ist sehr schwül, – gewissermaßen – ich kann nicht sagen wie. Aber, mein Prinz, Seine Majestät trug mir auf, Euch in Kenntnis zu setzen, daß Deroselben eine große Wette auf Euren Kopf abgeschlossen haben. Herr, es handelt sich um folgendes:

Hamlet: Ich bitte Euch, vergeßt nicht –

Nötigt ihn, den Hut aufzusetzen

Osric: Nein, danke, bester Prinz! zu meiner eigenen Bequemlichkeit, auf Ehre! Vor kurzem, Herr, ist Laertes wieder hier an den Hof gekommen; glaubt mir, ein vollkommener Edelmann, voll der trefflichsten Auszeichnungen, von höchst gefälligen Umgangsformen und glänzendem Äußeren. In der Tat, um mit Gefühl von ihm zu sprechen, er ist der Almanach der feinen Lebensart, denn Ihr werdet in ihm den Inbegriff all dessen finden, was ein Edelmann nur wünschen kann.

Hamlet: Herr, seine Beschreibung erleidet durch Euch keine Einbuße, obwohl es, ich weiß, die Rechenkunst des Gedächtnisses schwindlig machen würde, eine inventarische Einteilung seiner Eigenschaften zu unternehmen; und doch würde das noch gieren, was nämlich die Schnelligkeit seines Segels betrifft. Aber, bei der Wahrhaftigkeit einer solchen Lobeserhebung, ich halte ihn für einen

Geist von hohen Graden und seinen Charakter für so erlesen und selten, daß, um die Wahrheit über ihn zu sagen, nur sein Spiegelbild ihm ähnlich sieht, und wer sonst seinen Spuren folgen wollte, nur sein Schatten wäre, nichts weiter.

OSRIC: Eure Hoheit spricht höchst unfehlbar von ihm.

HAMLET: Doch was betriffts, Herr? Warum hüllen wir diesen Edelmann in den rauheren Hauch unsres Atems?

OSRIC: Mein Prinz?

HORATIO: Ist es nicht möglich, sich in einer anderen Sprache zu verstehen? – Ihr werdet das doch können, Herr, wirklich.

HAMLET: Welche Bewandtnis hats mit der Benennung dieses Edelmanns?

OSRIC: Des Laertes?

HORATIO *(beiseite zu Hamlet)*: Sein Beutel ist schon leer; alle seine goldenen Worte sind ausgegeben.

HAMLET: Ja, des Laertes, Herr.

OSRIC: Ich weiß, Ihr seid nicht unwissend, …

HAMLET: Ich wollte, *Ihr* wüßtets, Herr! Obwohl es, meiner Treu, auch wenn Ihrs wüßtet, mich nicht sehr empfehlen würde. Nun, Herr?

OSRIC: Ihr seid nicht unwissend, welche Vollkommenheit Laertes besitzt…

HAMLET: Ich wag es nicht, das zu gestehen, um mich nicht mit ihm an Vollkommenheit messen zu müssen. – Aber einen Mann wirklich kennen, das hieße sich selbst kennen.

OSRIC: Ich meine, Herr, in der Führung seiner Waffe; darin aber ist er – nach dem, wie man ihn einschätzt – ohnegleichen.

HAMLET: Was ist seine Waffe?

OSRIC: Rapier und Stoßklinge.

HAMLET: Das wären schon zwei Waffen; doch seis drum.

OSRIC: Der König, Herr, hat mit ihm um sechs Berberhengste gewettet, wogegen er, höre ich, sechs französische Rapiere und Klingen zum Pfand gab, samt Zubehör, wie Gürtel, Gehänge und so weiter. Drei der Gestelle sind, auf mein Wort, vortrefflich anzusehn, sehr handlich im Griff; höchst geschmackvolle Gestelle und von großartiger Erfindung.

HAMLET: Was nennt Ihr »Gestelle«?

HORATIO *(beiseite zu Hamlet)*: Ich wußte, Ihr würdet Euch noch an seinen Randglossen erbauen müssen, eh Ihrs hinter Euch habt.

Osric: Die Gestelle, Herr, sind die Gehänge.

Hamlet: Der Ausdruck würde zu der Sache besser passen, wenn wir eine Kanone an der Seite führen könnten; bis dahin würde ich das Wort Gehänge vorziehen. Doch weiter: Sechs Berberhengste gegen sechs französische Rapiere, ihr Zubehör und drei geschmackvoll erfundene Gestelle? Das ist eine französische Wette gegen eine dänische! Und worauf ist all dies »zum Pfand gegeben«, wie Ihrs nennt?

Osric: Der König, Herr, hat gewettet, daß Laertes bei zwölf Stößen beiderseits Euch nicht mehr als drei Stöße voraus haben soll. Er hat zwölf gegen neun gewettet; und die Probe könnte sogleich abgelegt werden, wenn Eure Hoheit geruhte, zu erwidern.

Hamlet: Wie, wenn ich nun erwidere: nein?

Osric: Ich meine, mein Prinz, wenn Ihr in Person auf seine Waffen erwidert, in Gestalt jener Probe.

Hamlet: Herr, ich will hier im Saal auf und ab gehen. Mit Seiner Majestät Erlaubnis, 's ist meine Tageszeit, mir Luft zu machen. Laßt die Rapiere bringen, und wenn der andre Herr willens ist und der König bei seinem Vorsatz bleibt, so will ich für ihn siegen, wenn ichs kann. Wenn nicht, so werde ich nichts dabei davontragen als meine Schande und die überzähligen Stöße.

Osric: Soll ich das von Euch genau so bestellen?

Hamlet: In diesem Sinne, Herr; und nach solchen Ausschmückungen, wie Eure Natur sie Euch eingibt.

Osric: Ich empfehle Eurer Hoheit meine schuldige Ergebenheit!

Hamlet: Der Eure, der Eure! *Osric ab*

Gut, daß er sie selbst empfiehlt; ein andrer Mund täte ihm kaum den Dienst.

Horatio: Dieser Kiebitz läuft mit der Eierschale auf dem Kopf davon!

Hamlet: Der hat schon seiner Mutterbrust Komplimente gemacht, bevor er dran sog! So hat er – und noch viele von seinem Schlag, für den unsere heruntergekommene Zeit, ich weiß, so schwärmt – nur den Ton der Mode und das äußere Gehaben des geselligen Verkehrs zu fassen bekommen. Eine Art Schaum, der sich oben ansetzt und mit dem sie durchrutschen, sogar bei den tiefsten und erlesensten Köpfen; aber man blase sie zur Probe nur einmal an, und die Blasen platzen. *Ein Edelmann kommt*

Edelmann: Mein Prinz, Seine Majestät der König ließ sich Euch durch den jungen Osric empfehlen, und der bringt ihm Antwort, daß Ihr ihm in der Halle zu Diensten steht. Er schickt mich, um zu fragen, ob Ihr immer noch geneigt seid, mit Laertes zu fechten, oder ob Ihr Aufschub wollt.

HAMLET: Ich bleibe meinen Vorsätzen treu; die richten sich nach des Königs Belieben. Ists ihm gelegen, bin auch ich bereit; jetzt oder wann immer, vorausgesetzt, daß ich in rechter Verfassung bin wie jetzt.

EDELMANN: König und Königin und alle kommen schon herunter.

HAMLET: Zu guter Stunde.

EDELMANN: Die Königin wünscht, Ihr möchtet mit Laertes freundlich reden, eh Ihr zu fechten anfangt.

HAMLET: Sie rät mir gut. *Edelmann ab*

HORATIO: Ihr werdet diese Wette verlieren, mein Prinz.

HAMLET: Das denk ich nicht. Seit er nach Frankreich ging, bin ich immerzu in Übung geblieben; bei dieser Vorgabe werd ich gewinnen. Aber du würdest gar nicht glauben, wie weh mir ums Herz ist. Doch das tut nichts.

HORATIO: Nein, bester Prinz!…

HAMLET: Es ist nur Narrheit; aber es ist so eine Art Ahnung, wie sie vielleicht ein Frauenzimmer beschweren würde.

HORATIO: Wenn irgendwas nicht nach Eurem Kopf ist, so gehorcht der Regung. Ich will hin, eh sie herkommen, und ihnen sagen, Ihr seid nicht wohl.

HAMLET: Keine Spur! Vorzeichen bieten wir Trotz: eine besondere Vorsehung regiert selbst den Fall eines Spatzen. Ists jetzt, so ists nicht später; ists nicht später, so wird es jetzt sein; wird es nicht jetzt sein, kommts doch einmal später. Bereitsein ist alles. Da keiner das, was er verläßt, wirklich besitzt, was ists schon, es beizeiten zu verlassen? Seis drum.

König, Königin, Laertes, Herren vom Hof, Osric,
Diener mit Rapieren, Handschuhen;
ein Tisch wird aufgestellt, Wein wird gebracht

KÖNIG: Kommt, Hamlet, kommt! Nehmt diese Hand von mir.

Der König legt die Hand des Laertes in Hamlets Hand

HAMLET: Wollt mir verzeihen, Herr! Ich tat Euch Unrecht,
Jedoch verzeiht es mir als Edelmann.
Der Kreis hier weiß – so mußtet Ihrs auch hören –,
Wie ich gestraft bin mit beschwerlichem Trübsinn.

Mein Tun, das Euch Gefühl, Geduld und Ehre
Grob anstieß, das, erklär ich hier, war Wahnsinn. –
Wars Hamlet, der Laertes kränkte? Nein!
Ist Hamlet außer sich, sich selbst entrückt,
Und kränkt Laertes, weil er nicht er selbst ist,
Dann tut nicht Hamlet das; nein, Hamlet leugnets.
Wer denn tut es? Sein Wahnsinn. Wenn das so ist,
Ist Hamlet auf der Seite der Gekränkten:
Sein Wahnsinn ist des armen Hamlet Feind.
Herr, hier vor Zeugen
Laßt mein Bestreiten jeder bösen Absicht
Mich so weit freisprechen in Eurer Großmut,
Als hätt ich übers Haus geschossen und
Mein Pfeil träf meinen Bruder.
LAERTES: Dies ist Genugtuung für mein Gefühl,
Das mich in diesem Fall am stärksten triebe
Zu meiner Rache; doch im Punkt der Ehre
Halte ich Abstand und will nicht Versöhnung,
Eh mir nicht alterfahrene Ehrenrichter
Wege zum Frieden zeigen, die mir wahren
Den guten Namen. Doch einstweilen will ich
Euere Lieb als Lieb entgegennehmen
Und ihr kein Unrecht tun.
HAMLET: Gern nehm ich's an und
Fühl mich nun frei zum brüderlichen Wettkampf.
Gebt uns Rapiere. – Kommt!
LAERTES: Kommt, eines mir.
HAMLET: Ich werd Euch Stichblatt sein, Laertes. Eure Kunst
Sticht ab von meiner Schwäche wie vom Dunkel
Der Nacht ein Feuerstern.
LAERTES: Ihr höhnt mich, Herr.
HAMLET: Nein, nein; die Hand hier drauf!
KÖNIG: Rapiere, Junker Osric! – Vetter Hamlet,
Ihr kennt die Wette?
HAMLET: Ja, Herr, Eure Hoheit
Setzt auf den Schwächeren, dem man was vorgibt.
KÖNIG: Ich fürcht es nicht; ich sah euch beide fechten.
Er lernte zu, drum gibt man *uns* was vor.

LAERTES: Das ist zu schwer; laßt mich ein andres sehn.
HAMLET: Dies mag ich. – Die Rapiere sind gleich lang?

Sie bereiten sich zum Fechten

OSRIC: Ja, bester Prinz.
KÖNIG: Stellt mir die Humpen Wein da auf den Tisch.
Wenn Hamlet trifft als erster oder zweiter
Oder beim dritten Gang die Treffer ausgleicht,
Laßt von den Zinnen die Kanonen feuern:
Der König trinkt auf Hamlets längern Atem! –
Und in *den* Kelch da wirft er eine Perle,
Reicher als sie vier Könige nacheinander
In Dänmarks Krone trugen! Her die Kelche!
Und laßt die Pauke zur Trompete sprechen.
Und die Trompete draußen zum Geschütz,
Zum Himmel das Geschütz, zur Erd' den Himmel:
»Jetzt trinkt der König Hamlet zu!« – Kommt! Los! –
Und ihr, die Richter, habt ein scharfes Auge!
HAMLET: Kommt, Herr!
LAERTES: Kommt, mein Prinz! *Sie fechten*
HAMLET: Eins.
LAERTES: Nein.
HAMLET: Urteil!
OSRIC: Getroffen, klar und eindeutig getroffen.
LAERTES: Gut, nochmals!
KÖNIG: Halt! Wein her! – Hamlet, – dein ist diese Perle! Hier, auf dein Wohl! *(Trompetenstoß und Kanonenschuß hinter der Szene)*
Gebt ihm den Kelch.
HAMLET: Ich fecht erst diesen Gang; stellt ihn noch hin. –
Kommt! *(Sie kämpfen)* Nochmals getroffen; was?
LAERTES: Berührt, berührt! Ich geb es zu.
KÖNIG: Unser Sohn siegt.
KÖNIGIN: Er schwitzt, ist außer Atem. –
Hier, Hamlet, nimm mein Tuch, reib dir die Stirn ab.
Die Königin trinkt auf dein Glück, mein Hamlet!
HAMLET: Ach, gute Mutter,...
KÖNIG: Gertrud! trink es nicht!
KÖNIGIN: Doch, mein Gemahl; ich wills! gestattet mir! *(trinkt)*
KÖNIG *(beiseite)*: Es ist der Kelch mit Gift! – Es ist zu spät.

HAMLET: Ich trink noch nicht, Frau Mutter. – Doch dann gleich.
KÖNIGIN: Komm, laß mich dir die Stirne trocknen.
LAERTES *(zum König)*: Herr,
Jetzt werde ich ihn treffen.
KÖNIG: Ich glaub nicht.
LAERTES *(beiseite)*: Und doch, fast ist es gegen mein Gewissen.
HAMLET: Kommt: dritter Gang, Laertes! Hört, Ihr spielt nur!
Ich bitt Euch, stoßt nur zu nach besten Kräften;
Ich fürchte fast, daß Ihr mich nur verwöhnt.
LAERTES: Meint Ihr? So kommt! *Sie fechten*
OSRIC: Auf beiden Seiten nichts.
LAERTES: Jetzt seht Euch vor!
Laertes verwundet Hamlet, dann Handgemenge, in dem sie die Rapiere wechseln; Hamlet verwundet Laertes
KÖNIG: Trennt sie! sie sind erhitzt.
HAMLET: Nein, kommt! – Nochmals! *Die Königin fällt*
OSRIC: Seht nach der Königin! – Halt!
HORATIO: Sie bluten alle zwei. – Wie gehts, mein Prinz?
OSRIC: Wie gehts, Laertes?
LAERTES: Ach, wie dem Gimpel in der eignen Schlinge, Osric!
Ich sterb – zu Recht – durch meinen eignen Frevel.
HAMLET: Was hat die Königin?
KÖNIG: Ohnmächtig. Sie sah Blut.
KÖNIGIN: Nein, nein; der Wein, der Wein. – Oh, lieber Hamlet!
Der Wein, der Wein! – Ich bin vergiftet. *Sie stirbt*
HAMLET: O Schurkenstreich! – Halt! laßt die Tore schließen:
Verrat! – Sucht, wo er steckt! *Laertes fällt*
LAERTES: Hier steckt er, Hamlet. – Hamlet: du bist tot.
Keine Arznei der Welt kann dich mehr retten,
In dir ist keine halbe Stunde Leben.
Des Frevels Werkzeug ist in deiner Hand:
Die Spitze scharf – vergiftet; und mein Anschlag
Erschlug auch mich: Sieh mich hier liegen; nie
Steh ich mehr auf. – Deine Mutter ist vergiftet;
Ich kann nicht mehr: – Des Königs – Königs – Schuld!
HAMLET: Die Spitze scharf! – vergiftet auch? Dann, Gift,
Geh an dein Werk! *(ersticht den König)*
ALLE: Verrat! Verrat!

KÖNIG: O Freunde!
So helft mir doch noch! ich bin nur verwundet.
HAMLET: Hier, du verdammter Blutschänder! Mordbube
Von Dänenkönig! – Trink das Gift da aus!
Ist deine Perle drin? – Folg meiner Mutter! *König stirbt*
LAERTES: Ihm ist Recht geschehen!
Es ist ein Gifttrank, den er selbst gemischt hat. –
Laß uns Verzeihn austauschen, edler Hamlet:
Mein Tod – und meines Vaters Tod – er komme
Nicht über dich! – Deiner – nicht über mich... *Stirbt*
HAMLET: Der Himmel mach dich frei! – Ich folg dir. – Ich
Bin tot, Horatio. – Arme Königin:
Adieu! – Und ihr, die blaß und zitternd dasteht,
Nur stumm, nur Zuhörer, was hier geschieht;
Hätt' ich nur Zeit *(*der grimmige Scherge Tod
Führt streng mich ab*)* – Oh, ich könnte euch sagen! – – –
Doch sei es drum. – Horatio, *ich* bin tot,
Du lebst; von mir und meinem Fall sag denen,
Die's nicht zufrieden sind.
HORATIO: Nein; *das* glaub nicht!
Ich bin mehr alter Römer als ein Däne:
Hier bleibt mir noch ein Schluck.
HAMLET: Wenn du ein Mann bist,
Gib mir den Kelch! Laß los! Bei Gott, ich wills! –
Guter Horatio! welch ein wunder Name –
Wenn alles so versteckt bleibt – lebt dann nach mir!
Hast du mich jemals in dein Herz geschlossen,
Bleib eine Zeit noch fern der Seligkeit, und
In dieser bittern Welt hol mühsam Atem
Und sag, wies mir erging. –
(Marsch in der Ferne, Salve hinter der Szene)
Was ist der Kriegslärm?
OSRIC: Jung Fortinbras kehrt siegreich heim von Polen
Und gibt den Abgesandten Englands diese
Salve zum Gruß.
HAMLET: Horatio, oh, ich sterbe;
Das starke Gift benimmt mir ganz den Sinn;
Ich leb nicht lang genug für Englands Nachricht, –

Aber ich prophezei: die Wahl wird fallen
Auf Fortinbras; für ihn stimm ich im Sterben;
Das sag ihm; und was vorfiel, alles – alles,
Was dazu beitrug, daß… Der Rest ist Schweigen. *Stirbt*

HORATIO: Da bricht ein edles Herz. – Gut Nacht, mein Prinz:
Ein Flug von Engeln singe dich zur Ruh! –
Was kommt die Trommel her?

Marschmusik hinter der Szene. Fortinbras tritt auf, die Gesandten aus England, mit Trommeln, Feldzeichen. Gefolge

FORTINBRAS: Wo ist dies anzusehn?

HORATIO: Was ist es, das Ihr sehn wollt?
Wenns Weh und Wunder ist, hört auf zu suchen.

FORTINBRAS: Dies Blutbad hier schreit Mord. – O stolzer Tod!
Welch Fest wird das in deinem ewigen Haus,
Für das mit *einem* Schuß du soviel Fürsten
So blutig trafst?

ERSTER GESANDTER: Der Anblick ist voll Grauen,
Und unsres Königs Brief aus England kommt zu spät.
Taub sind die Ohren, die uns hören sollten
Ihm sagen, sein Befehl ist ausgeführt
Und Rosencrantz und Guildenstern sind tot.
Wo wird uns Dank nun?

HORATIO: Nicht aus *seinem* Mund,
Auch nicht, wenn er noch Leben hätt, zu danken:
Er gab nie den Befehl zu ihrem Tod. –
Doch da ihr grad nach diesem blutigen Fall
Hier ankamt, ihr vom Polenkrieg und ihr
Aus England, ordnet an, daß diese Leichen
Man hier zur Schau stellt, hoch auf einer Bühne;
Und laßt der Welt, die's noch nicht weiß, mich sagen,
Wie dies geschehen ist. So sollt ihr hören
Von fleischlich-blutigen, unnatürlichen Taten,
Von Zufalls-Urteil, blindem Blutvergießen,
Von Tod, bewirkt durch List und durch Gewalt,
Und auch von Plänen, die, gescheitert, fielen
Auf der Erfinder Haupt: das alles kann ich
Treulich berichten.

FORTINBRAS: Eilen wir, zu hören,

Und ruft die Edelsten, ihr Ohr zu leihn!
Ich für mein Teil umarm voll Leid mein Glück:
Ich habe alte Rechte an dies Reich,
Die zu behaupten mich mein Vorteil einlädt.
HORATIO: Auch davon hab ich noch ein Wort zu sagen,
Aus *seinem* Mund, des Stimme andre mitzieht.
Doch das soll gleich geschehn, solang noch alle
Verstört sind, daß nicht *mehr* Unheil noch wachse
Aus Plan und Irrtum.
FORTINBRAS: Laßt vier Hauptleut Hamlet
Als Krieger auf die Bühne tragen, denn
Wär er zur Macht gekommen, er hätt sicher
Als König sich bewährt. Zu seinem Hingang
Solln Feldmusik und kriegerische Ehren
Laut für ihn sprechen. –
Die Leichen nehmt. – So siehts wohl aus im Feld,
Doch hier zeigt es: um viel wars schlecht bestellt. –
Geht, heißt die Truppen feuern.
Totenmarsch. Sie nehmen die Leichen auf und gehen ab.
Draußen eine Artilleriesalve

Othello

Personen

Othello
Brabantio, Senator, Desdemonas Vater
Cassio, Othellos Leutnant
Jago, Othellos Fähnrich
Rodrigo, ein junger Herr aus Venedig
Der Doge von Venedig
Mehrere Senatoren
Montano, Othellos Vorgänger als Gouverneur von Zypern
Gratiano, Lodovico, Verwandte Brabantios
Clown, ein Diener Othellos
Desdemona, Othellos Frau, Brabantios Tochter
Emilia, Jagos Frau
Bianca, Cassios Geliebte
Ein Matrose, ein Bote, ein Herold, Offiziere, Herren, Musikanten und Bediente.

Ort der Handlung:
1. Akt: Venedig; 2.–5. Akt: Zypern

Diese *Othello*-Übersetzung ist dem Recht Ehrenwerten Reginald Maudling, Geheimer Rat, Parlamentsmitglied, gewidmet, sowie dem britischen Innenministerium, dem er derzeit vorsteht. Seine und seiner Helfer Rührigkeit gegen Rudi Dutschke, ihre Andeutungen und Anwürfe und ihre höchst eindrucksvoll zur Schau gestellte Geheimtuerei haben meine Übersetzungsarbeit oft unterbrochen. Dafür haben sie mich aber reichlich dadurch entschädigt, daß sie mich lebhaft empfinden machten, wie aktuell dieses Drama immer noch ist, etwa wenn hinter Desdemonas Rücken Indizienbeweise gegen sie zusammengetragen werden. Das half mir mehrmals die rechten Worte finden.

Diese Widmung soll eine kleine, aber bleibende Erkenntlichkeit für alles sein, was ich und viele andere dieser Erfahrung verdanken.

Erich Fried, London, 8. Januar 1971

Erster Akt

1. Szene

Venedig, Straße.
Jago und Rodrigo treten auf

RODRIGO: Nein, sag mir nichts! Ich nehme das sehr übel,
Daß du, Jago, dem meine Börse freistand,
Als wär sie deine, von der Sache weißt.
JAGO: Gotts Blut! Ihr wollt nicht hören!
Wenn ich mir je davon nur träumen ließ,
Verabscheut mich!
RODRIGO: Du sagtest mir, du haßt ihn.
JAGO: Wenn nicht, verachte mich! Drei große Herren
Hier in der Stadt baten ihn höchstpersönlich,
Hut in der Hand, mich doch zu seinem Leutnant
Zu machen; und, bei unsrem Glauben, ich
Verdien das auch; ich weiß doch, was ich wert bin.
Doch er, dems nur nach seinem Kopf und Stolz geht,
Weicht ihnen aus mit schwülstigem Gerede,
Mit kriegerischen Phrasen vollgestopft,
Und, kurz und gut,
Schlagts ihnen ab, denn »Wirklich«, sagt er ihnen,
»Ich habe mir schon einen ausgesucht.«
Und wer war das?
Nun ja, ein großer Rechenmeister, ein
Michael Cassio, aus Florenz; der Teufel
Hat fast ein schönes Weib aus ihm gemacht!
Der hat nie eine Schar ins Feld geführt
Und weiß von Schlachtordnung nicht mehr als eine
Jungfer, außer den Theorien aus Büchern;
Die kennt jeder Senator in der Toga
So gut wie er: Geschwätz bloß ohne Praxis
Ist sein Soldatentum. Doch, Freund, *ihn* wählt er.
Und mir, von dem er selbst sah, wie ich kämpfte
Auf Rhodos, Zypern und noch sonst bei Christen
Und Heiden, wird der Wind aus meinen Segeln
Genommen von dem Soll- und Habenschreiber!
Der Rechenknecht – wohl schmecks ihm! – wird sein Leutnant,

Und ich – Gott helf mir! – seiner Mohrschaft Fähnrich!
Rodrigo: Himmel, da wär ich lieber noch sein Henker!
Jago: Hilft nichts, das ist der Fluch in unserm Dienst:
Beförderung geht nach Protektion und Laune,
Nicht nach dem alten Dienstrang, wo der Zweite
Des Ersten Erbe war. Freund, urteilt selbst,
Ob mich noch irgendetwas bindet, diesen
Mohren zu lieben.
Rodrigo: Nun, dann dien ihm nicht!
Jago: Ah, Freund, seid ruhig:
Ich dien ihm, um mich seiner zu bedienen.
Nicht jeder kann gleich Herr sein, und nicht jeder
Herr kann nur treue Diener haben. Seht nur,
Wie mancher pflichteifrig-ergebne Narr
So hängt an seiner eignen Sklavenfessel,
Daß er sich rackert wie des Herren Esel
Für nichts als Fraß, und wird er alt: ade!
Peitscht mir so ehrliche Narrn! Da gibts doch andre,
Die Demut zeigen in Gesicht und Haltung,
Im Herzen aber tragen sie nur sich,
Und nur zum Schein dienen sie ihrer Herrschaft.
Denen gehts gut, und haben sie sich erst
Den Pelz gefüttert, sind sie selber ihre
Eigenen Herrn: die Kerle haben Herz!
So einer will auch ich sein, denn, mein Freund,
So sicher wie Ihr selbst Rodrigo seid:
Wär ich der Mohr, Jago wollt ich dann *nicht* sein!
Und dien ich ihm, so dien ich nur mir selbst,
Ich – weiß der Himmel! – nicht aus Pflicht und Liebe.
Nein, nein, ich tu nur so und weiß, warum.
Denn wenn ich offen zeig, wies mir ums Herz ist,
Dann brauchts nicht lang, so wollt ich auch mein Herz
An meinem Ärmel tragen, daß die Dohlen
Dran pecken; dann bin *ich* nicht, was ich bin.
Rodrigo: Doch welch ein Glück für seine wulstigen Lippen,
Wenn er das schafft!
Jago: Hetz ihren Vater auf!
Weck ihn! Ihm nach! Vergifte seine Freuden!

Schreis in den Straßen aus; ihre Verwandtschaft
Mach wild! Lebt er auch hier, wo ihm das Klima
Recht günstig ist, plag ihn mit Fliegen! Auch wenn
Er Lust zur Lust hat, wirf ihm doch so bunten
Verdruß hinein, daß sie sich etwas trübt.
RODRIGO: Hier wohnt ihr Vater, Ich will gleich laut rufen!
JAGO: Tus nur: mit Angstgeschrei und Schreckenstimme,
Wie Feuer, das durch Nachlässigkeit ausbrach
In dichtgedrängten Städten!
RODRIGO: Brabantio, auf! Signor Brabantio, auf!!
JAGO: Auf, auf, Brabantio! Diebe! Diebe! Diebe!
Gebt acht auf Euer Haus, auf Eure Tochter,
Auf Euer Geld! Ja, Diebe! Diebe! Diebe!
Brabantio kommt oben an ein Fenster
BRABANTIO: Was soll denn dieses schreckliche Geschrei?
Was wollt ihr?
RODRIGO: Signor, ist Eure ganze Familie zu Hause?
JAGO: Die Türen zugesperrt?
BRABANTIO: Was? Warum fragt ihr?
JAGO: Gotts Wunden, Herr! Ihr seid beraubt! O Schande!
Zieht doch den Mantel an! Euch brach das Herz,
Und eure halbe Seele ist verloren!
Jetzt, jetzt! rammelt ein alter, schwarzer Bock
Euch Euer weißes Schäfchen! Auf drum! auf!
Sonst macht der Teufel Euch zum Großpapa!
He, auf!
BRABANTIO: Was? Habt Ihr den Verstand verloren?
RODRIGO: Ehrwürdiger Herr, kennt Ihr nicht meine Stimme?
BRABANTIO: Ich? Nein. Wer seid Ihr?
RODRIGO: Herr, mein Name ist
BRABANTIO: Desto weniger willkommen!
Ich hab dir doch gesagt, bleib weg von hier!
Ich hab dirs ins Gesicht gesagt, daß *meine*
Tochter für dich nicht ist! und nun, ganz toll
Vom nächtlichen Gelage und vom Trinken,
Kommst du jetzt, voll von bösem Übermut,
Und störst mir meine Ruhe?
RODRIGO: Herr! Herr! Herr!

BRABANTIO: Doch sei du sicher, ich bin in der Lage,
Dafür zu sorgen, daß dich das noch reut.
RODRIGO: Geduld, Herr!
Brabantio: Was? Sagst *du* mir Raub? Hier sind wir
Doch in Venedig! Hier mein Haus ist kein
Entlegner Bauernhof!
RODRIGO: Werter Brabantio!
Ich komm zu Euch in bester, reinster Absicht.

JAGO: Gotts Blut, Herr! Ihr seid einer von denen, die dem Herrgott nicht dienen wollen, und wenns Euch der leibhaftige Teufel befiehlt. Weil wir kommen, Euch einen Dienst zu erweisen, glaubt Ihr, wir sind Tunichtgute. Euch ists lieber, daß ein Berberhengst Eure Tochter beschält, daß Eure Enkel Euch zuwiehern, daß Ihr Rennpferde zu Vettern habt und Gäule zu Neffen!

BRABANTIO: Was bist du für ein Schandmaul?

JAGO: Ich bin einer, Herr, der Euch sagen kommt, daß Eure Tochter und der Mohr jetzt drauf und dran sind, das Tier mit den zwei Rücken zu machen.

BRABANTIO: Du bist ein Schurke!
JAGO: Ihr seid – ein Senator.
BRABANTIO: Du haftest mir, denn dich, Rodrigo kenn ich!
RODRIGO: Ich hafte, Herr, für alles, doch ich bitt Euch,
Ists Euer wohlerwogner Wunsch und Wille,
Wies mir fast scheint, daß Eure schöne Tochter
Zu dieser nachtschlafenden, späten Stunde
Mit keinem bessern oder schlechterem Schutz
Als 'nem billig gemieteten Gondoliere
Fortgebracht wird und in die rohen Hände
Des Mohren, der sie brünstig packt, gegeben! –
Wenn Ihr das wißt und laßt es zu, dann haben
Wir Euch gekränkt und waren keck und frech.
Doch wißt Ihrs nicht, dann lehrt mein Anstand mich:
Ihr tadelt uns zu Unrecht! Glaubt nur ja nicht,
Daß ich so alle Höflichkeit vergäße,
Mit Euer Ehren Spott und Spiel zu treiben!
Euere Tochter – falls Ihrs noch nicht wißt –
Ich sag es nochmals, hat sich schwer versündigt,
Schönheit, Gehorsam, Geist, Vermögen dem

Unsteten Abenteurer auszuliefern,
Der da und dort ist! Seht doch selber: Wenn sie
In ihrer Kammer ist, in Eurem Haus,
Dann übergebt mich dem Gesetz der Stadt,
Denn ich betrog Euch!

BRABANTIO: Schlage einer Feuer!
Licht! Eine Kerze! Weckt all meine Leute!
Das ist ja fast genau so wie mein Traum.
Schon der Gedanke drückt mich! – Licht! He! Licht! *Geht oben ab*

JAGO: Lebt wohl, ich muß Euch lassen.
Das wär nicht gut, glaub ich, und mir nicht dienlich,
Wenn man mich vorführt – bleib ich hier, so tut mans –
Als Zeuge gegen diesen Mohren. Denn
Ich weiß: Hier diese Stadt, wie sehr sie all das
Auch tadeln mag, kann ihn nicht fallen lassen
Mit Sicherheit; denn sie braucht ihn so nötig
Zum Krieg um Zypern, der uns jetzt bevorsteht,
Daß sie, und wärs selbst um ihr Seelenheil,
Keinen mit seinen Fähigkeiten fände,
Sie anzuführen. Drum muß ich, obwohl er
Mir so verhaßt ist wie die Höllenqualen,
Doch notgedrungen jetzt der Liebe Flagge
Aufziehn und flattern lassen. Freilich, *die*
Ist wirklich flatterhaft! – Wollt Ihr ihn finden,
So führt die Sucher nur zum »Schützen« hin;
Und dort werd ich bei ihm sein. Nun lebt wohl! *Geht ab*

Brabantio kommt mit Dienern und Fackeln

BRABANTIO: Nur allzu wahr, das Unglück: Sie ist fort!
Nun bleibt mir von meinem verpfuschten Leben
Nichts mehr als Bitterkeit. – Rodrigo, sag:
Wo sahst du sie? Das Unglücksmädchen!? – Mit dem
Mohren sagst du? – Wer wollt da Vater sein!?
Wie weißt du, daß es sie war? – Undenkbar,
Kind, wie du mich betrogen hast! – Was hat sie
Zu dir gesagt? Mehr Kerzen her! Weckt alle
Die Meinen! – Sag, sind sie verheiratet?

RODRIGO: Ja, doch; ich glaub, sie sinds.

BRABANTIO: Du lieber Himmel!

Wie kam sie fort? Verrat: mein eignes Blut!
Väter, traut nie mehr euren Töchtern, auch wenn
Alles ganz recht scheint! Gibts denn keine Schwarzkunst,
Die ihre Jugend, ihre Mädchenunschuld
Mißbrauchen könnte? Du, Rodrigo, hast du
Von sowas nie gelesen?

RODRIGO: Ja, Herr, sicher.

BRABANTIO: Ruf meinen Bruder! – Oh, hättest doch du sie! –
Ihr geht jetzt *da*, ihr *dort*! – Wißt Ihr, wo wir
Sie und den Mohren vielleicht fassen könnten?

RODRIGO: Ich denk, ich find ihn schon, wenns Euch beliebt,
Mit handfester Bedeckung mitzukommen.

BRABANTIO: Ich bitt Euch, führt. Ich ruf vor jedem Haus!
In jedem fast kann ich befehlen. – Holt noch
Mehr Waffen her – und einige Offiziere
Der Nachtwache! Rodrigo, los! Ich lohns Euch. *Alle ab*

2. Szene

Eine andere Straße.
Othello, Jago und Gefolge mit Fackeln

JAGO: Gewiß, im Krieg schlug ich schon Menschen tot,
Doch gehts mir durchaus gegen mein Gewissen,
Mit Vorsatz einen zu ermorden. Mir fehlt
Bösartigkeit, zur Unzeit selbst. Sonst hätt ich
Ihn sicher neunmal oder zehnmal schon
Hier zwischen seine Rippen stechen mögen.

OTHELLO: Doch besser so, wies ist.

JAGO: Nein, denn er schwatzte
So bös und schändlich gegen Euer Ehren,
Daß mir mein bißchen Frömmigkeit kaum reichte,
Mich noch zu zügeln. Aber sagt mir, Herr,
Seid Ihr richtig verheiratet? Denn, glaubt mir,
Dieser Magnifico ist sehr beliebt,
Und seine Stimme, die zählt wirklich doppelt
Wie die des Dogen, und er will Euch scheiden
Oder Euch festhalten und lästigfallen,

Soweit ihm das Gesetz und seine Macht,
Es durchzusetzen, freie Schiffahrt läßt.
OTHELLO: Soll er sein Ärgstes tun! denn meine Dienste,
Die ich der Signorie geleistet habe,
Schrein seine Klagen nieder. Man soll wissen –
Und weiß ich erst, daß Prahlen Ehre einbringt,
Dann sag ichs laut – daß ich aus edlem Stamm bin,
Aus Königsblut! und mein Verdienst darf barhaupt
Selbst so ein hohes, stolzes Glück ansprechen,
Wie das, das ich erreicht hab. Wisse, Jago,
Liebte ich nicht die schöne Desdemona
So hätt ich meine unbehauste Freiheit
Nie eingezwängt, beschränkt; nicht um die Schätze
Des ganzen Meers! – Was kommt denn dort an Lichtern?
Cassio kommt mit einigen Offizieren und Fackeln
JAGO: Der aufgebrachte Vater und sein Anhang!
Geht doch hinein!
OTHELLO: Nein: Mich soll man nur finden.
Mein Ruhm, Rang, reines Herz solln für mich zeugen!
Nun, sind sie es?
JAGO: Beim Janus, ich glaub nicht.
OTHELLO: Diener des Dogen und mein Leutnant sind es.
Freunde, Gott segne euch die Nacht! Was gibts?
CASSIO: Der Doge grüßt Euch, General, und will
Daß Ihr, so schnell Ihr könnt, vor ihm erscheint,
Ohne Verzug.
OTHELLO: Was, meint Ihr, gibt es Neues?
CASSIO : Nachricht aus Zypern, wenn ich recht vermute.
Die Sache brennt etwas, denn die Galeeren
Haben ein Dutzend Boten ausgesandt
Heut nacht, einer dem andern auf den Fersen;
Und viele von den Senatoren halten
Schon mit dem Dogen Rat. *Euch* braucht man dringend.
Da man Euch nicht in Eurer Wohnung fand,
Hat der Senat jetzt schon drei Trupps geschickt,
Nach Euch zu suchen.
OTHELLO: Gut, daß Ihr mich fandet.
Ich will nur noch ein Wort sagen im Haus,

Dann komm ich mit. *Ab*

CASSIO: Fähnrich, was tut er hier?

JAGO: Er kaperte heut nacht ne reiche Landbrigg!
Wird sie ihm zuerkannt als gute Prise,
Ist er für immer ein gemachter Mann.

CASSIO: Versteh ich nicht.

JAGO: Er ist verheiratet.

CASSIO: Mit wem? *Othello kommt zurück*

JAGO: Was glaubt Ihr wohl, mit wem?… Ihr, General?!

OTHELLO: Nur zu!

CASSIO: Hier kommt ein zweiter Trupp, Euch suchen.

Brabantio, Rodrigo und Offiziere der Nachtwache, bewaffnet, mit Fackeln

JAGO: Das ist Brabantio. Vorsicht, General,
Er hat nichts Gutes vor!

OTHELLO: He, ihr! Bleibt stehen!

RODRIGO: Signor, es ist der Mohr!

BRABANTIO: Dieb! Macht ihn nieder!

Auf beiden Seiten ziehen sie vom Leder

JAGO: Ihr, Herr Rodrigo? Kommt und steht mir Rede!

OTHELLO: Steckt eure blanken Schwerter ein, sie rosten
Vom Nachttau sonst! Bester Signor, Ihr könnt
Mit Euren Jahren mehr ausrichten als
Mit Euren Waffen!

BRABANTIO: Du elender Dieb! wo hast du meine Tochter?
Du bist des Teufels und hast sie behext!
Denn alles, was Vernunft hat, frag ich, ob, wenn
Sie nicht in Ketten läg von Zauberkünsten,
Ein Mädchen, glücklich, schön und zart wie sie,
Männern so feind, daß sie sogar die reichen
Lockigen Lieblingssöhne unsrer Stadt mied,
Jemals denn so sich zum Gespött gemacht hätt,
Zu fliehn ihr Haus, und in die rußigen Arme
Von Einem wie du; zum Grauen, nicht zur Lust!
Die Welt soll richten, obs nicht mehr als klar ist,
Daß du mit elender Schwarzkunst sie behext
Und ihre zarte Jugend ausgenutzt hast
Mit Giften oder Tränken, die den Sinn

Verwirren: Ja, das laß ich untersuchen,
Denn der Gedanke liegt doch auf der Hand!
Drum nehm ich dich in Haft und klag dich an
Als Bösewicht, gemeingefährlich, einen,
Der unbefugt verbotne Künste treibt.
Legt Hand an ihn, und wehrt er sich, so zwingt ihn
Auf seine eigene Gefahr!

OTHELLO: Zurück,
Ihr, die für mich Partei nehmt, und ihr andern!
Wär Fechten jetzt mein Stichwort, wüßt ich das
Ohne Souffleur! Wohin wollt Ihr mich bringen
Rede zu stehn?

BRABANTIO: In Haft, bis Fug und Recht
Dich vor Gericht bringt.

OTHELLO: Wie, wenn ich Euch folge?
Wie wär der Doge dann damit zufrieden,
Der seine Boten hier geschickt hat, um
In Staatsgeschäften, dringlich, mich zu ihm
Zu bringen?

ERSTER OFFIZIER: Ja, das stimmt, ehrwürdiger Herr:
Der Doge hält Rat, und Euer Gnaden selber
Sind sicher auch bestellt.

BRABANTIO: Was? Jetzt? Hält Rat?
Um diese Nachtzeit! – Führt ihn hin. Doch ich komm
Nicht in geringer Sache. Selbst der Doge
Und jeder meiner Brüder Senatoren
Muß meine Klage fühlen, als wärs seine;
Denn bleiben solche Taten ohne Strafe,
Regiert uns jeder Heide bald und Sklave. *Alle ab*

3. Szene

Beratungssaal.
Doge und Senatoren sitzen an einer Tafel mit Kerzen, Diener

DOGE: In diesen Meldungen ist keine Einheit,
Die sie glaubwürdig macht.

ERSTER SENATOR: Ja, sie sind widersprüchlich.

Mein Brief hier sagt hundertundsieben Galeeren.
DOGE: Und meiner hundertvierzig.
ZWEITER SENATOR: Meiner zweihundert.
Doch stimmt die Zahl auch nicht genau, wie's oft ist
In diesen Fällen, wo Berichte einmal
Dies sagen, einmal das, melden doch alle,
Die Türkenflotte hält jetzt Kurs auf Zypern.
DOGE: Ja, das ist leicht genug zu sehn. Ich will mich
Auch nicht in Sicherheit wiegen; etwa daß die
Unsichre Zahl es als Gerücht erweise.
Der Kern der Meldung muß uns Sorge machen.
MATROSE: *(draußen)*: He! Hallo! Hallo!
Offizier tritt auf, gefolgt von einem Matrosen
OFFIZIER: Botschaft von den Galeeren.
DOGE: Nun, wie stehts?
MATROSE: Die Türken wollen gegen Rhodos vorgehn.
Das soll ich dem Senat melden im Auftrag
Von Signor Angelo.
DOGE: Nun? Wieder anders! Was meint Ihr?
ERSTER SENATOR: Unmöglich,
Ganz gegen die Vernunft! Das ist ein Schauspiel,
Uns abzulenken. Denn bedenken wir,
Wie wichtig Zypern für den Türken ist,
Und geben uns nur zu, daß es dem Türken
Viel wichtiger als Rhodos ist und auch
Für ihn viel leichter zu erobern wäre,
Weil es nicht so zum Krieg gerüstet ist
Und ihm Verteidigungsanlagen fehlen,
Von denen Rhodos starrt. Drum dürfen wir
Den Türken nicht für unklug halten, daß er
Sich für zuletzt läßt, was bei ihm zuerst kommt,
Und einen leichten, nützlichen Streich nicht führt,
Und sich dafür in unnütze Gefahr stürzt.
DOGE: Nein, das steht fest: Um Rhodos gehts ihm nicht.
ERSTER OFFIZIER: Da: neue Nachricht!
BOTE *(tritt auf)*: Weise gnädige Herrn!
Die Ottomanen hielten Kurs auf Rhodos,
Doch haben vor der Insel sich vereint

Mit einer zweiten Flotte.
ERSTER SENATOR: Dacht ichs doch!
Wieviele, glaubt Ihr?
BOTE: An die dreißig Segel.
Jetzt wenden sie und halten offenkundig
Auf Zypern zu. Das läßt Signor Montano,
Euer getreuer und beherzter Diener,
Mit untertänigen Grüßen mich Euch melden
Und bittet, schenkt ihm Glauben.
DOGE: Also Zypern! –
Marcus Luccicos!? – Ist er in der Stadt hier?
ERSTER SENATOR: Nein, in Florenz.
DOGE: Schreibt ihm von uns: Er muß zurück, sofort!
ERSTER SENATOR: Da kommt Brabantio und der tapfere Mohr.
Brabantio, Othello, Jago, Rodrigo und Offiziere kommen
DOGE: Tapfrer Othello, wir brauchen Euch sofort
Gegen den Türken, unser aller Feind.
(zu Brabantio) Ich sah Euch nicht. Willkommen, edler Herr!
Uns fehlte heute nacht Euer Rat und Beistand.
BRABANTIO: Und Eurer mir. Verzeiht mir, Euer Gnaden;
Denn nicht mein Amt, noch Nachricht hier vom Kriegsrat
Rief mich vom Bett, und die gemeinsame Sorge
Erfüllt mich noch nicht, denn mein eigner Kummer
Brach über mich herein wie eine Sturzflut,
So daß er jedes andere Leid verschlingt und
Doch noch er selbst bleibt.
DOGE: Doch warum? Was ist es?
BRABANTIO: Oh, Tochter! meine Tochter!
ERSTER SENATOR: Tot?
BRABANTIO: Für mich.
Sie wurde mir entführt, mißbraucht, befleckt
Durch schwarze Kunst, Quacksalber-Liebestränke!
Denn daß Natur so widersinnig irrte,
Da sie nicht schwachsinnig, blind oder stumpf ist,
Konnt' ohne Zauberei nicht sein.
DOGE: Wer es auch sei, der auf so schändliche Weise
Euere Tochter um sich selbst betrog
Und Euch um sie, – das blutige Buch des Rechts sollt

Ihr selbst ihm lesen und den bittern Wortlaut
Genau erfülln nach Eurer Weisheit; ja,
Und wärs auch unser eigner Sohn, den Eure
Anklage trifft.

BRABANTIO: Ergebnen Dank, Euer Gnaden!
Hier ist er: dieser Mohr, den jetzt, scheints, Euer
Besonderes Gebot zu Staatsgeschäften
Hierher rief.

ALLE: Das ist furchtbar! Welch ein Unglück!

DOGE *(zu Othello)*: Was könnt Ihr Eurerseits darauf erwidern?

BRABANTIO: Nichts, als das es so ist.

OTHELLO: Mächtige, ehrwürdige, erlauchte Ratsherrn,
Meine hochedlen, huldvollen Gebieter!
Daß ich dem alten Mann die Tochter fortnahm,
Ist wahr. Ja, wahr: Sie ist mit mir vermählt.
Darin liegt meine Schuld, und so weit reicht sie,
Nicht weiter. Meine Rede ist rauh und nicht sehr
Gesegnet von des Friedens sanften Phrasen,
Denn seit mein Arm die Kraft von sieben Jahren
Gewann, bis heut, neun Monate abgerechnet,
War Zelt und Schlachtfeld Schauplatz seiner Tatkraft;
Und wenig weiß ich von der großen Welt,
Als was zu Kriegstaten gehört und Kämpfen.
Drum werd ich meine Sache wenig schmücken,
Wenn ich für mich das Wort führ. Doch, vergönnt ihrs,
So will ich einfach, ungeschminkt erzählen,
Wie diese meine Liebe ihren Lauf nahm,
Und was für schwarze Kunst und Zauberei,
Beschwörung und großmächtige Magie
– Denn dessen bin ich angeklagt – mir seine
Tochter gewann.

BRABANTIO: Ein Mädchen, das nie keck war!
So stillen, ruhigen Sinns, daß sie bei jedem
Schritt rot wurde, sollt' trotz ihrer Natur,
Trotz Jugend, Herkunft, Stand, – all denn zum Trotz –
Das lieben, was sie fürchtete nur zu sehen?!
Das ist ein krankes, unzulängliches Urteil,
Das einräumt, die Vollkommenheit könnt' so irren,

So gegen alle Regeln der Natur!
Drum tut es not, die arglistigen Künste
Der Hölle aufzuspüren, die der Grund sind,
Aus dem es dazu kam. Drum sag ich nochmals,
Daß er mit Mitteln, die das Blut aufrühren
Oder mit einem Trunk zu solchen Zwecken
Sie so in Bann schlug.

DOGE: Doch dies Wort beweist nichts
Ohne sichre Indizien, fester haltbar
Als diese fadenscheinigen Vergleiche.

ERSTER SENATOR: Sagt selbst, Othello:
Habt Ihr auf Umwegen, durch künstlichen Zwang
Hier dieser Jungfrau Neigungen vergiftet,
Oder gewannt Ihr sie durch Antrag und
Erlaubte Werbung, wie sie Herz zu Herz bringt?

OTHELLO: Ich bitt euch, holt das Fräulein her vom »Schützen«,
Laßt sie vor ihrem Vater von mir sprechen.
Entlarvt ihr Zeugnis mich als Übeltäter,
Nehmt mir Vertraun und Amt, daß ihr mir gabt.
Und mehr als das: Laßt euren Urteilsspruch
Mein Leben enden.

DOGE: Holt Desdemona her. *Zwei oder drei vom Gefolge ab*

OTHELLO: Fähnrich, führt Ihr sie! Ihr kennt ja den Weg. *Jago ab*
Und bis sie kommt, – so wahr, wie ich dem Himmel
Die Sünden und Fehler meines Blutes beichte –
Will ich euren ehrwürdigen Ohren treulich
Sagen, wie ich das Herz des schönen Fräuleins
Gewann, und sie das meine.

DOGE: Sprecht, Othello.

OTHELLO: Ihr Vater liebte mich, lud mich oft ein
Und fragte mich nach meinem ganzen Leben
Von Jahr zu Jahr; Belagerungen, Schlachten,
Und wie es mir erging.
Ich ging das durch, von meinen Kindertagen
Bis zu dem Augenblick, da er mich fragte.
Da sprach ich von furchtbaren Wechselfällen,
Von Abenteuern zur See und auf dem Schlachtfeld,
Vom Tod, dem ich beim Sturm auf eine Bresche

Um Haaresbreite nur entging, und wie ich
Einst als Gefangener hochmütiger Feinde
Verkauft wurde als Sklave, und wie ich dann
Dort wieder loskam. Da erzählte ich
Auch die Geschichte aller meiner Reisen.
Von riesigen Höhlen und öden Wüsten mußt ich
Berichten, rauhen Steinbrüchen, Felsen, Bergen
Mit Gipfeln, die bis an den Himmel ragten,
Und von den Kannibalen, die einander
Auffressen, den Anthropophagen, und von
Männern, denen die Köpfe unterhalb
Der Schultern wachsen. All dem zuzuhören
War Desdemona stets voll Interesse.
Oft aber nahm der Haushalt sie in Anspruch,
Doch tat sie das dann immer eilig ab
Und kam zurück, und mit begierigem Ohr
Verschlang sie jedes Wort. Das merkte ich.
Da nahm ich eine günstige Stunde wahr und
Machte ihr Mut, daß sie mich herzlich bat,
Ihr all meine Erlebnisse zu erzählen;
Sie habe sie nur stückweise gehört,
Nicht im Zusammenhang. Ich sagte zu,
Und oft entlockt' ich ihren Augen Tränen,
Wenn ich von argen Schicksalsschlägen sprach,
Die meine Jugend litt. Und dann, am Ende,
Lohnte sie mirs mit einer Welt von Seufzern:
Beim Himmel, das sei seltsam, mehr als seltsam
Und herzergreifend, ja, ganz herzergreifend;
Sie wünschte, sie hätts nicht gehört, doch wünsche,
Der Himmel hätte einen solchen Mann
Aus *ihr* gemacht. Sie dankte mir und bat mich,
Falls je ein Freund von mir sie lieben solle,
Ich müßt' ihn nur lehren, meine Geschichte
So zu erzählen, dann wär sie ihm sicher. –
Nach diesem Wink erklärte ich mich ihr.
Sie liebte mich um all meiner Gefahren,
Ich liebte sie um ihres Mitleids willen,
Und das war meine ganze Zauberkunst.

Da kommt das Fräulein, laßt sie es bezeugen.

Desdemona tritt mit Jago und Gefolge auf

DOGE: Diese Geschichte hätt auch *meine* Tochter
Gewonnen. Nehmt, lieber Brabantio, doch
Den leidigen Fall von seiner besten Seite:
Ein Mann bedient sich eben eher seiner
Zerbrochnen Waffen als der bloßen Hand.

BRABANTIO: Ich bitt Euch, hört sie an.
Gesteht sie, daß sie selbst zur Hälfte warb,
Dann treffe Fluch mein Haupt, wenn meine Klage
Den Mann verfolgt! – Komm her, mein zartes Kind! –
Wem hier in diesem edlen Kreis bist du
Höchsten Gehorsam schuldig?

DESDEMONA: Edler Vater,
Ich sehe hier einen Konflikt der Pflichten:
Ich dank mein Leben Euch, meine Erziehung;
Und Leben und Erziehung lehren mich,
Daß ich Euch ehr; Ihr seid Herr meiner Treue.
Euch war ich Tochter. Doch hier steht mein Gatte,
Und wie Euch meine Mutter Treu erwies,
Als sie Euch ihrem eignen Vater vorzog,
Muß *ich* fordern, daß ich sie meinem Gatten
Erweisen darf, dem Mohren, meinem Herrn.

BRABANTIO: Gott sei mir dir! So ist mein Fall zu Ende. –
Beliebts, Hoheit, nun zu den Staatsgeschäften! –
Hätt' ich doch lieber als ein eignes Kind
Eins angenommen! – Komm zu mir her, Mohr:
Ich geb dir hier von ganzem Herzen das,
Was, hättest dus nicht schon, von ganzem Herzen
Ich dir verweigern wollt. *(zu Desdemona)* Um dich, mein Kleinod,
Freuts mich, daß ich kein zweites Kind mehr habe,
Denn deine Flucht hätte mich zum Tyrannen
Gemacht: Ich hätt ihr Ketten angehängt.
Ich bin zu Ende, Herr.

DOGE: Laßt mich für Euch
Ein Wort sagen, das diesen Liebenden
Als Stufe helfen mag zu Eurer Gunst:
Wenn nichts mehr hilft, das Schicksal zeigt sich offen,

Dann gilt kein Kummer mehr wie auch kein Hoffen,
Drum trauert nicht um das, was schon geschah,
Sonst ist ein neuer Schicksalsschlag bald da.
Was nicht zu retten ist, laßt fahren hin.
Geduld nimmt selbst dem Unglück seinen Sinn.
Wer lächeln kann, bestiehlt selbst seinen Dieb.
Fruchtlose Klage tut sich nichts zulieb.

BRABANTIO: Da sollten wir dem Türken Zypern gönnen:
's ist kein Verlust, solang wir lächeln können!
Leicht trägt ein Urteil der, den es nicht stört,
Und der drin nichts als billige Tröstung hört.
Doch schwer trägt der das Urteil samt den Sorgen,
Der von Geduld, der Bettlerin, muß borgen
Genug, zu zahlen für sein bitteres Leid.
Denn solche Sprüche sind zu jeder Zeit
So süß wie Zucker oder bittre Galle,
Stark so und so, gültig in jedem Falle.
Doch Wort bleibt Wort; nie hörte ich noch, daß
Das wunde Herz durchs Ohr geheilt genas. –
Ich bitt Euch demütig, fahrt fort mit den Staatsgeschäften.

DOGE: Der Türke hält mit einer ganz gewaltigen Kriegsflotte Kurs auf Zypern. Othello, die Befestigungen dort kennt Ihr am besten, und obwohl wir dort einen Statthalter von höchst anerkannter Fähigkeit haben, wendet doch die öffentliche Meinung, jene unumschränkte Herrin des Erfolges, ihre Stimme Euch zu: Ihr müßt es deshalb zufrieden sein, Euch den Glanz Eures jungen Glücks durch dieses rauhere und stürmischere Unternehmen beflecken zu lassen.

OTHELLO: Herrn vom Senat! Gewohnheit, die Tyrannin,
Hat mir des Kriegs Lager aus Stahl und Stein
Zum allerweichsten Daunenbett gemacht.
Ja, ich gesteh, ich find im Ungemach
Eine natürliche, wache Munterkeit.
Ich bin bereit zu diesem Türkenkrieg,
Drum bitte ich, in Demut mich euch beugend,
Um passende Versorgung meiner Frau,
Standesgemäße Vorsorge für sie,
Und Unterkunft und Dienerschaft, wies ihr
Geziemt.

DOGE: Wenn es Euch recht ist, soll sie wohnen
Bei ihrem Vater.
BRABANTIO: Nein, das will ich nicht.
OTHELLO: Ich auch nicht.
DESDEMONA: Und auch ich nicht. Ich möcht nicht dort
Wohnen und meines Vaters Ungeduld
Herausfordern, indem ich ständig ihm
Vor Augen bin. Gnädigster Doge, leiht
Dem, was ich sage, freundliches Gehör.
Schenkt einen Freibrief mir mit Eurer Stimme
Für meine Einfalt...
DOGE: Nun, was wollt Ihr? Sprecht.
DESDEMONA: Daß ich den Mohren lieb, mit ihm zu leben,
Das mag mein eigenmächtig Tun und meine
Verachtung für mein Wohlergehn der Welt
Nur ausposaunen: Ja, mein Herz ist ganz
Untertan *jedem* Willen meines Herren.
Ich sah Othellos Bild in *seinem* Geist;
Und seinem Ruhm und seinem tapferen Wesen
Hab ich mein Herz geweiht und all mein Gut.
Drum, gute Herrn, wenn *ich* zurückbleib hier als
Motte des Friedens, und *er* zieht ins Feld,
So raubt man meiner Liebe die Erfüllung,
Und ich muß eine schwere Zeit ertragen,
Weil er mir fehlt; drum laßt mich mit ihm gehn!
OTHELLO: Ich bitt euch, Herrn, stimmt zu, erlaubt es ihr.
Ich bitte nicht drum, um den Gaumen meiner
Lust zu erfreun, noch um die Glut zu stillen
Der ersten Jugend, die bei mir vorbei ist.
Doch ihrer Seele will ich ganz begegnen.
Und helf der Himmel euch, daß ihr nicht denkt,
Ich will der ernsten, großen Sache schaden,
Weil sie mit mir ist... Nein, wenn leichtbeschwingtes
Getändel oder der geflügelte Amor
Mit üppiger Stumpfheit meine Sinne lähmen,
So daß mein Tun mein Amt verdirbt, mich ablenkt,
Und mein Kommando Schaden nimmt, so solln
Mir Hausfraun meinen Helm zum Kochtopf machen

Und allen Schimpf und jede schändliche Strafe
Heraufbeschwören gegen meinen Ruf!
DOGE: So sei es, wie ihr selbst es abmacht, ob sie
Bleibt oder geht. – Die Sache ruft zur Eile.
Da gibts kein Warten. Ihr müßt fort heut nacht.
DESDEMONA: Heut nacht, Herr?
DOGE: Heute nacht.
OTHELLO: Von ganzem Herzen!
Doge (zu Signorie) Morgen um zehn Uhr treffen wir uns wieder. –
Laßt einen Offizier zurück, Othello,
Der soll Euch unsere Vollmacht überbringen
Samt allem, was die Würde Eures Amtes
Erheischt.
OTHELLO: Wenn Eure Hoheit will: Mein Fähnrich!
Er ist ein Mann von Ehrlichkeit und Treue,
Und er soll meine Frau zu mir begleiten
Und alles, was sonst Eure Hoheit will,
Mir nachbringen.
DOGE: So seis. – Gut Nacht euch allen! *(zu Brabantio)*
Und, werter Herr:
Wenn Ihr der Tugend nicht Schönheit absprechen wollt,
Ist Euer Schwiegersohn nicht dunkel, sondern Gold!
ERSTER SENATOR *(zu Othello)*: Lebt wohl! Seid gut zu Eurer Desdemona!
BRABANTIO: Gib acht, Mohr, tu nur brav die Augen auf:
Zuerst betrog sie mich, vielleicht folgst du bald drauf!
Doge, Senatoren, Offiziere, usw. ab
OTHELLO: Für ihre Treu mein Leben! – Lieber Jago,
Ich muß dir meine Desdemona lassen.
Laß, bitte, deine Frau sich um sie kümmern,
Und bring sie beide nach, sobald du kannst.
Komm, Desdemona; eine Stunde nur bleibt uns
Für Liebe und für unsern ganzen Haushalt
Mit dir allein, denn uns beherrscht die Zeit. *Othello, Desdemona ab*
RODRIGO: Jago!
JAGO: Was sagst du, edles Herz?
RODRIGO: Was, meinst du, werd ich tun?
JAGO: Zu Bett gehn, schlafen.
RODRIGO: Ich geh mich jetzt stehenden Fußes ertränken.

JAGO. Wenn du das tust, werde ich dich nachher nie mehr lieben. Nein, so ein dummer Junker!

RODRIGO: Es ist dumm, zu leben, wenn das Leben eine Qual ist; außerdem, wenn der Tod unser Arzt ist, gibt er uns ein Rezept zum Sterben.

JAGO: O, wie erbärmlich? Seit viermal sieben Jahren hab ich mir diese Welt angesehen, und seit ich zwischen einer Wohltat und einer Kränkung unterscheiden lernte, hab ich noch nie einen Mann gefunden, der sich selber zu lieben verstand. Eher würde ich sagen, ich würde mich aus Liebe zu einem Perlhuhn ertränken, als daß ich mein Menschentum mit einem Pavian tauschen wollte.

RODRIGO: Was soll ich tun? Ich gestehe, meine Affenliebe ist eine Schande für mich, aber es steht nicht in meiner Macht, das zu ändern.

JAGO: In deiner Macht? Ach was! An uns selber liegts, ob wir so sind oder so! Unser Körper ist ein Garten, und unser Wille ist der Gärtner dazu. Ob wir also Nesseln drin pflanzen wollen oder Salat säen, Ysop großziehen und Thymian ausjäten wollen, ihn mit nur *einer* Pflanzenart oder mit einer bunten Vielfalt besetzen wollen; ob wir ihn durch Nichtstun unfruchtbar werden lassen oder ihn fleißig düngen wollen, – ach, das steht in unserer Macht, und das alles können wir ändern und korrigieren, je nach unserem Willen. Wenn die Waage unseres Lebens nicht eine Schale der Vernunft hätte, um eine andere Schale der Sinnlichkeit aufzuwiegen, dann würde das Blut und das Niedrige in uns uns zu den ausgefallensten Sachen verführen: Aber wir haben die Vernunft, um unsere wilden Leidenschaften zu kühlen, unsere fleischlichen Anstachelungen, unsere zügellosen Begierden. Und daraus schließe ich: Das, was du Liebe nennst, ist nur ein Setzling, nur ein Ableger.

RODRIGO: Das kann nicht sein.

JAGO: Es ist nur eine Begierde des Blutes und eine Nachgiebigkeit des Willens. Komm, sei ein Mann! Dich ertränken? Da ertränke lieber Katzen und blinde junge Hunde. Ich habe gesagt, ich bin dein Freund, und ich gestehe, daß ich an dein Verdienst festgeknüpft bin, mit Ankertauen von unverwüstlicher Zähigkeit. Nie könnte ich dich besser unterstützen als jetzt. Tu Geld in deinen Beutel, zieh mit in diesen Krieg, verbirg dein Aussehen hinter einem falschen Bart! ich sage dir, tu Geld in deinen Beutel! das kann gar nicht sein, daß Desdemona lang in diesen Mohren verliebt bleibt – tu Geld in deinen Beutel! – oder er in sie: es war ein stürmischer Anfang, und, du wirst sehen, entsprechend wird auch das Ende sein; tu nur Geld in deinen Beutel! Diese Mohren sind veränderlich in ihrem Willen. – Füll du nur deinen Beutel mit Geld! Die Speise, die ihm jetzt noch süß wie Honig schmeckt, die wird ihm bald bitter wie Coloquinten scheinen. Sie muß es sich überlegen und was jüngeres suchen: Wenn sie genug hat von seinem Körper, dann wird sie sehen, wie falsch sie gewählt hat. Dann muß sie Abwechslung haben, sie muß! Drum tu Geld in deinen Beutel. Wenn du um jeden Preis zur Hölle fahren mußt, dann tus doch auf angenehmere Art als durch Ertrinken. Mach alles Geld flüssig, das du kannst: Wenn Frömmelei und ein gebrechliches Gelübde zwischen einem herumstrolchenden Barbaren und einer überfeinerten Venezianierin kein zu großes Hindernis für meine List und für die ganze Brut der Hölle sind, dann sollst du dir an ihr gütlich tun; drum mach Geld flüssig! Dich ertränken? Daß dich der Aussatz! Das kommt überhaupt nicht in Frage. Legs doch eher drauf an, gehängt zu werden dafür, daß du deine Lust hast, als zu ertrinken, ohne sie gehabt zu haben.

RODRIGO: Darf ich fest auf dich hoffen, wenn ichs drauf ankommen lasse?

JAGO: Auf mich kannst du bauen: Geh, hol Geld! Ich hab es dir schon oft gesagt, und ich sag es dir immer wieder: ich hasse den Mohren! Mir kommt das vom Herzen, und du hast nicht weniger Grund dazu. Wir wollen uns zu unserer Rache an ihm zusammentun. Wenn du ihm Hörner aufsetzen kannst, dann ist das für dich ein Genuß und für mich ein Vergnügen. Da liegt noch manches im Schoß der Zeit, was zur Welt kommen muß. Nur zu : geh, beschaffe das Geld! Morgen mehr davon. Adieu.

RODRIGO: Wo treffen wir uns morgen?

JAGO: Wo ich wohne.

RODRIGO: Ich bin ganz früh bei dir.

JAGO: Geh nur, leb wohl… Und hörst du, Rodrigo!

RODRIGO: Was sagst du?

JAGO: Und hörst du: nicht ein Wort mehr vom Ertrinken!

RODRIGO: Ich bin ein anderer Mensch!

JAGO: Geh, geh! Leb wohl. Tu genug Geld in deinen Beutel.

Rodrigo ab

So wird mein Narr mir immer auch mein Beutel,

Denn meine bittere Erfahrung wär entweiht,
Wenn ich mit so 'nem Gimpel Zeit verbrächte,
Außer zu meinem eignen Spaß und Nutzen.
Den Mohren haß ich, und es heißt auch, daß er
In meinem Bett mein Amt versehen hat.
Ich weiß nicht, ob es wahr ist, doch ich will schon
Auf den Verdacht hin tun, als stünd es fest.
Er hält was von mir; desto besser kann ich
Mein Ziel bei ihm verfolgen. Erstens Cassio:
Ein schöner Mann; so will ich sehn, wie ich
Sein Amt und meinen Willen haben kann.
Doppelter Schurkenstreich … Wie? wie? … Mal sehen …
Nach einiger Zeit Othello einflüstern,
Daß er mit seiner Frau viel zu vertraut sei.
Sein Aussehn und sein glattes Wesen läßt
Leicht den Verdacht zu, daß er Frauen nachstellt.
Der Mohr ist von Natur aus frei und offen
Und hält jeden für ehrlich, der so tut;
Der läßt sich so sanft an der Nase führen
Wie nur ein Esel.
Ich habs! Mein Geisteskind! Durch Hölle und Nacht
Wird diese Mißgeburt ans Licht der Welt gebracht. *Ab*

Zweiter Akt

1. Szene

Hafen in Zypern, Platz nahe dem Kai.
Montano und zwei Herren

MONTANO: Was seht Ihr hier vom Kap aus auf dem Meer?
ERSTER HERR: Gar nichts. Die Flut geht mehr als hoch, und zwischen Himmel und Meer entdecke ich kein Schiff.
MONTANO: Mir scheint, der Wind spricht noch zu laut zum Land,
Nie hat er unsere Bastionen so
Erschüttert. Wenn ers draußen grad so roh trieb,
Wie können Eichenspanten halten, wenn die
Berge des Wassers auf sie niederschmelzen?!

Was werden wir da hören?

ZWEITER HERR: Die türkische Flotte muß zerschmettert sein.
Steht hier am Ufer, das die Flut zurückdämmt:
Die Woge grollt und sprüht bis an die Wolken.
Die windzerfetzte Brandung will hinauf
Zum Großen Bären dort ihr Wasser schleudern,
Den ewigen Polarstern auszulöschen! –
Noch nie sah ich so einen wilden Aufruhr
Der wütenden Flut.

MONTANO: Wenn nicht die Türkenflotte
Zuflucht in einer Bucht fand, sind sie alle
Ertrunken; das hält sie unmöglich aus.

DRITTER HERR *(tritt auf)*: Nachricht, ihr Herren! Euer Krieg ist aus.
Der rasende Sturm zerschlug die Türken so, daß
Ihr Plan zunichte ist. Ein andres Schiff,
Das von Venedig eintraf, sah, wie furchtbar
Der größte Teil der Flotte Schiffbruch litt.

MONTANO: Ists wahr?

DRITTER HERR: Das Schiff ist eingelaufen; eines
Vom Typ Verona. Michael Cassio, Leutnant
Des tapfern Mohren Othello, kam an Land.
Er selbst, der Mohr, ist noch auf See und ist
Mit höchster Vollmacht für Zypern ausgestattet.

MONTANO: Freut mich: er ist ein tüchtiger Kommandant.

DRITTER HERR: Doch dieser Cassio spricht zwar tröstlich, was den
Verlust der Türken anlangt, doch blickt trüb drein
Und betet, daß der Mohr auch sicher sei;
Der Sturm hat sie getrennt.

MONTANO: Des walte Gott!
Denn ich hab unter ihm gedient: Er ist
Ein großer Feldherr. Gehen wir ans Meer
Und sehn das Schiff, das kam, und halten Ausschau
Dort draußen nach dem tapferen Othello,
Bis uns die Meerflut und das Blau des Himmels
In eins verschmilzt.

DRITTER HERR: So kommt jetzt, gehen wir!
Jede Minute läßt die Ankunft neuer
Gäste erwarten. *Cassio tritt auf*

CASSIO: Dank all den Tapfern dieser guten Insel,
Die so Othello lieben! Mag der Himmel
Ihn schützen vor der Wut der Elemente!
Ich hab ihn auf dem wilden Meer verloren.
MONTANO: Sein Schiff? ists gut?
CASSIO: 'ne Barke, festes Holz,
Und sein Pilot ist tüchtig und erprobt,
Drum liegt mein Hoffen nicht zum Tode krank,
Nein, zählt noch auf Genesung.

(Rufe draußen: »Ein Segel! ein Segel!«)

Bote tritt auf

CASSIO: Was ist der Lärm?
BOTE: Die Stadt ist leer, am Rand des Meeres steht
Das Volk in Haufen, und sie schrein: »Ein Schiff!«
CASSIO: Ich hoff, das ist der Gouverneur Othello.

(Man hört einen Schuß)

ZWEITER HERR: Da feuern sie einen Salutschuß ab.
So sind es Freunde.
CASSIO: Bitt Euch Herr, geht hin
Und bringt uns Nachricht, wer da kam.
ZWEITER HERR: Das will ich.
MONTANO: Sagt, Leutnant, ist der General vermählt?
CASSIO: Ja, äußerst glücklich. Er gewann ein Mädchen,
Vorbildlich, wie mans gar nicht schildern kann,
Schöner als jede Feder sie Euch zeichnet,
Und von Natur aus so geschaffen, daß
Alles, was Tugend … *Zweiter Herr kommt*
Nun, wer kam da?
ZWEITER HERR: Einer,
Der Jago heißt, Fähnrich des Generals.
CASSIO: Dann war das eine rasche, glückliche Fahrt!
Das Wetter selbst, die hohe See, der Sturmwind,
Die wilden Klippen und Sandbänke alle,
Heimtückisch in der Tiefe, die dem Kiel
Des armen Schiffes ihre Fallen stellen,
Lassen, als ob sie Sinn für Schönheit hätten
Von ihrem Wesen ab, um zu gewähren
Sichres Geleit der göttlichen Desdemona!

MONTANO: Wer ist sie?
CASSIO: Die, von der ich sprach, die Herrin
Unseres großen Herrn. Der tapfere Jago
Gibt ihr Geleit, der eine Woche früher
Selbst als wir hofften, eintraf hier. O Gott,
Schütz du Othello! Schwelle seine Segel
Mit deinem eignen mächtigen Atem, daß er
Mit seinem großen Schiff die Bucht hier segne,
Mit seiner Liebe Desdemonas Arme.

Desdemona, Jago, Emilia, Rodrigo treten auf

Unsern erloschnen Mut entzünd aufs neue
Und bring ganz Zypern Trost! – Doch da, seht her!
Des Schiffes Reichtum ist an Land gekommen!
Ihr Männer Zyperns, grüßt sie auf den Knien:
Gott grüß dich, hohe Frau! Des Himmels Gnade
Geh dir voraus und nach und rechts und links
Und hülle ganz dich ein!
DESDEMONA: Ich dank Euch, tapfrer Cassio.
Was könnt Ihr mir von meinem Herren melden?
CASSIO: Er lief hier noch nicht ein, doch meines Wissens
War er wohlauf und wird in Kürze hier sein.
DESDEMONA: Ach? doch ich fürcht... Wie wurdet ihr getrennt?

(Stimme hinter der Szene: »Ein Schiff! Ein Schiff!«)

CASSIO: Der große Streit des Meeres mit den Himmeln
Kam zwischen unsre Fahrzeuge... Doch hört!
Ein Schiff! *(Ein Schuß)*
ZWEITER HERR: Salutschuß für die Zitadelle!
Auch das sind Freunde!
CASSIO: Das sagt ihr Geschütz.
Willkommen, bester Fähnrich! *(zu Emilia)* Willkommen, Herrin!
Laßt es Euch nicht verdrießen, lieber Jago,
Daß ich so frei bin, denn dort, wo ich herkomm,
Sind wir so kühn in unserer Höflichkeit. *Küßt sie*
JAGO: Herr, gäb sie Euch so viel von ihren Lippen,
Wie mir von ihrer Zunge oft, Ihr hättet
Genug!
DESDEMONA: O weh! Sie spricht ja kaum.
JAGO: Zuviel!

Ja, ja! Das find ich, wenn ich schlafen möchte.
Nun ja, vor Euer Gnaden, ich gebs zu,
Steckt sie die Zunge ein wenig in ihr Herz
Und keift nur in Gedanken.

EMILIA: Ihr sprecht grundlos!

JAGO: Geh, geh nur! Außer Haus seid ihr Gemälde,
Klatschmohn bei Tisch und Wildkatzen beim Kochen,
Heilige bei der Nachred', Teufelinnen,
Wenn man euch kränkt, – und immer ganz verspielt nur
Als Hausfraun; immer Hausfraun nur im Bett!

DESDEMONA: Schäm dich! Verleumder du!

JAGO: Ich will ein Türk sein,
Wenn meine Worte das nicht richtig trafen:
Zum Spielen steht ihr auf, zur Arbeit geht ihr schlafen!

EMILIA: Ihr sollt mein Lob nicht schreiben!

JAGO: Nein, ich nicht.

DESDEMONA: Was schriebet Ihr von *mir*, wenn Ihr mich loben solltet?

JAGO: O, edle Dame, tut mir das nicht an,
Denn ich bin nichts, wenn ich nicht nörgeln kann.

DESDEMONA: Nein, kommt nur! – Ging einer zum Hafen hin?

JAGO: Ja, gnädige Frau.

DESDEMONA: Ich bin nicht lustig, aber ich verhülle
Das, was ich bin, durch einen andern Anschein. –
Sag, wie willst du mich loben?

JAGO: Ich bin schon dran; doch wirklich, das Erfinden
Geht mir vom Kopf wie Vogelleim vom Dachfries:
Mir reißts das Hirn aus. Aber meine Muse
Liegt schon in Wehn, und dieses ist ihr Kind:
Wenn sie schön blond und klug ist, – wozu taugt es?
Das eine *wird* gebraucht, das andere braucht es.

DESDEMONA: Ein schönes Lob! Doch wenn sie schwarz und klug ist?

JAGO: Ja, wenn sie schwarz ist und will klug auch heißen,
Sucht sie für ihre Schwärze sich 'nen Weißen.

DESDEMONA: Immer schlimmer!

EMILIA: Und wenn sie schön blond aber dumm ist?

JAGO: Die wirklich schön war, war noch niemals dumm,
Denn keine Dummheit nimmt man ihr je krumm!

DESDEMONA: Das sind dumme alte Spitzfindigkeiten, über die die

Narren in der Schenke lachen! Was für ein erbärmlich Lob hast du für eine, die häßlich und dumm ist?

Jago: So häßlich und so dumm ist nie ein Weib,
Daß sie's nicht wie die Schönen, Klugen treibt!

Desdemona: O plumpe Unwissenheit, die das Schlechteste am besten zu loben weiß! Aber welches Lob würdest du einer Frau spenden, die es wirklich verdient? einer, die im Vollgefühl ihrer Verdienste ein Recht darauf hat, sogar die leibhaftige Bosheit herauszufordern?

Jago: Die immer schön war, doch nie drauf vertraut,
Die zungenfertig war und doch nie laut,
Der Gold nicht fehlte, doch die protzte nie,
Die sich beherrscht, doch spricht: »Nun oder nie!«
Die, lang erzürnt, wenn dann die Rache winkt,
Das Unrecht trägt und ihren Zorn bezwingt,
Sie, die die Weisheit nie vergaß so ganz,
Daß die den Stockfischkopf vorzieht dem Lachsenschwanz,
Die denken kann, doch nie viel davon spricht,
Die sich nach ihren Freiern umdreht nicht,
Die wäre gut genug, – und wer wollt es ihr neiden.

Desdemona: Wozu?

Jago: Narren zu säugen und Dünnbier anzukreiden!

Desdemona: O was für ein lahmer, schwächlicher Schluß! Von ihm lerne nichts, Emilia, wenn er auch dein Mann ist! Was meint Ihr, Cassio? Ist es nicht ein ganz heilloser und sittenloser Ratgeber?

Cassio: Er redet, wie ihm der Schnabel gewachsen ist, gnädige Frau. Der Soldat in ihm wird Euch besser gefallen als der Gelehrte.

Jago *(beiseite)*: Er nimmt sie bei der Hand. – *(laut)* Ah, gut gesagt! – *(wieder leise)* Flüstert nur! Mit so einem kleinen Spinnnetz will ich eine so große Fliege fangen wie diesen Cassio. Ja, lächle ihr nur zu! So ists recht, ich will dich mit deinem eigenen Schöntun fangen. *(laut zu Cassio)* Ihr habts getroffen, ganz wahr, so ist es! *(wieder leise)* Wenn dieses Schöntun dich um deinen Leutnantsrang bringt, dann hättest du besser dran getan, dir deine Kußhände öfters zu ersparen, mit denen du jetzt wieder den feinen Herrn spielen willst. Gut, gut! Schöne Kußhand! Eine ausgezeichnete Huldigung! wirklich! Schon wieder deine Hand an die Lippen; ich wollt um deinetwegen, deine Finger wären Klistierspritzen.

(Trompetenstoß hinter der Szene. Jago wieder laut)
Der Mohr! *Seine* Trompete!
CASSIO: Ja, er ists!
DESDEMONA: Gehn wir ihm doch entgegen!
CASSIO: Seht, da kommt er! *Othello kommt mit Gefolge*
OTHELLO: O, meine schöne Kriegerin!
DESDEMONA: Othello!
OTHELLO: Mein Staunen ist so groß wie meine Freude,
Euch vor mir hier zu sehn: Du, meine Wonne,
Wenn jedem Seesturm solche Stille folgte,
Dann braust, ihr Winde, bis ihr selbst den Tod weckt!
Laßt ächzende Barken Wogenberge erklimmen,
Hoch wie Olymp, und wieder niedertauchen
Tief, wie die Hölle unterm Himmel ist! –
Müßt ich jetzt sterben, wärs ein Augenblick
Des höchsten Glückes, denn ich fürcht, mein Herz
Hat alles, was es will, so ganz und gar, daß
Die unbekannte Zukunft uns kein Glück mehr
Wie dieses schenkt.
DESDEMONA: Da sei der Himmel vor,
Daß unsrer Liebe Glück nicht wachsen sollte
Wie unsrer Tage Zahl!
OTHELLO: Amen! beim Himmel,
Ich find nicht Dankesworte für dies Glück.
Es schließt den Mund mir zu … Zu groß die Freude.
Und das, und das da, sei der größte Mißklang, *Er küßt sie*
Der je aus unsren Herzen steigt!
JAGO *(leise)*: Ach, ihr
Seid gut gestimmt! Doch diese Harmonie
Schraub ich noch klein, so wahr ich ehrlich bin!
OTHELLO: Kommt, Freunde, kommt ins Schloß!
Der Krieg ist aus, die Türken sind ertrunken.
Wie gehts hier meinen Freunden auf der Insel?
Mein süßer Schatz, für dich soll Zypern schwärmen!
Ich fand hier sehr viel Liebe. Aber, Süße,
Ich schwatze ungehörig und bin närrisch
Vor lauter Glück. Ich bitt dich, guter Jago,
Geh nach dem Hafen, hol vom Schiff die Koffer,

Und bring den Kapitän zur Zitadelle.
Er ist ein braver Mann, seine Verdienste
Erfordern hohes Lob. – Komm, Desdemona!
Nochmals: Willkommen auf Zypern!

Desdemona, Othello und Gefolge ab.
Jago und Rodrigo bleiben zurück

JAGO: Du triff mich dann gleich am Hafen. Komm her! Wenn du Mut hast, – und man sagt ja, auch ganz gewöhnliche Kerle haben, wenn sie verliebt sind, einen Adel, den sie von Haus aus gar nicht hatten – dann hör mir zu: Der Leutnant hat heute nacht Wache im Schloßhof. Und erstens muß ich dir sagen, Desdemona ist richtig verliebt in ihn.

RODRIGO: In ihn? Das ist doch gar nicht möglich!

JAGO: Leg deinen Finger so – und laß mich deine Seele belehren. Denk nur dran, wie heftig sie zuerst den Mohren geliebt hat, nur auf Grund seiner Prahlereien und der phantastischen Lügen, die er ihr erzählt hatte. Und wird sie ihn auf Grund seines Geschwätzes immer noch lieben? Das kann ein gewitzigtes Herz doch nicht denken. Ihr Auge verlangt Nahrung, und welche Freude soll sie denn haben, wenn sie den Teufel ansieht? Wenn das Blut durch die Liebesfreuden schon etwas gleichgültig ist, dann braucht es, um wieder in Brand zu kommen und einem frischen Appetit wirklich Befriedigung zu gewähren, ein schönes Aussehen, eine gewisse Übereinstimmung an Jahren, Manieren und Schönheit; das alles fehlt dem Mohren. Nun, wenns ihr aber an diesen Annehmlichkeiten fehlt, die sie doch haben will, dann wird ihr feiner Sinn sich mißbraucht fühlen; das Ganze wird ihr hochkommen, sie wird den Mohren widerwärtig finden und sich vor ihm ekeln. Die Natur selbst wird ihre Lehrmeisterin sein und sie zwingen, eine zweite Wahl zu treffen. Nun, Freund, das alles zugegeben – und es ist ja wirklich ein bedeutungsschwangerer und gar nicht an den Haaren herbeigezogener Gedankengang, – wer steht da so an hervorragender Stelle auf der Höhe seines Glücks wie Cassio? Der Kerl ist sehr zungenfertig, und sein Gewissen reicht nur so weit, daß er sich den äußeren Anschein eines sittsamen und gebildeten Betragens zu geben versteht, um heimlich seine wilden, losen Neigungen desto besser fördern zu können. Warum nicht gar! nein, warum nicht gar: ein glatter, gewiegter Kerl; einer, der die Gelegenheit zu ergreifen weiß; einer, der ein Auge dafür hat, seinen Vorteil wahrzunehmen oder durch Falschmünzerei zu ergattern, wenn sich ihm ein wahrer Vorteil nicht bietet: ein Teufelskerl! Dazu kommt noch, der Kerl sieht gut aus, ist jung und hat alles in sich, wonach Einfalt und Unerfahrenheit Ausschau halten: ein Teufelskerl! Und das Weib hat auch schon ein Auge auf ihn.

RODRIGO: Das kann ich von ihr nicht glauben. Sie ist doch so fromm wie nur…

JAGO: Fromm? Ja: So! – Der Wein, den sie trinkt, ist aus Trauben gepreßt. Wenn sie fromm wäre, dann hätte sie sich nie in den Mohren verliebt. Fromm, oder was beißt mich! – Hast du nicht gesehen, wie sie ihm die flache Hand getätschelt hat? Hast du das nicht bemerkt?

RODRIGO: Bemerkt schon, doch das war nur Höflichkeit.

JAGO: Lüsternheit! da setz ich meine Hand drauf! Ein Inhaltsverzeichnis wars, und ein dunkles Vorwort, zur Komödie der Lust und der sündhaften Gedanken. Die sind sich mit ihren Lippen so nahe gekommen, daß ihr Atem sich schon vermischt hat. Schlimme Gedanken, Rodrigo! Wenn erst diese Intimitäten den Weg weisen, dann ist auch bald das Hauptstück bei der Hand, das dicke Ende, die allgemeine Einverleibung! Aber, Freund, laß dich von mir leiten! Ich hab dich aus Venedig hergebracht, da steh heut nacht Wache; ich weise dir den Posten an. Cassio kennt dich nicht, ich werde in deiner Nähe bleiben; du finde nur irgendeinen Anlaß, Cassio zu reizen, entweder indem du zu laut sprichst oder indem du seine Anordnungen bekrittelst, oder wie immer du willst, wie es sich dann gerade ergibt.

RODRIGO: Schön, und?

JAGO: Freund, er ist heftig und jähzornig. Vielleicht schlägt er mit seinem Stab nach dir. Ärgere ihn nur, daß er's tut; denn das genügt mir schon, hier die auf Zypern gegen ihn aufzubringen, daß nichts sie wieder beschwichtigt als Cassios Absetzung. So wird dein Weg ans Ziel deiner Wunsche desto kürzer sein, dank den Mitteln, die ich dann habe, dich zu fördern; und so schaffen wir auf die vorteilhafteste Art das Hindernis aus dem Wege, das uns sonst alle Aussichten auf Erfolg verstellt.

RODRIGO: Ich wills tun, wenn ich nur Gelegenheit finde.

JAGO: Dafür sorg ich schon. Triff mich jetzt gleich auf der Zitadelle. Ich muß Othellos Gepäck an Land bringen. Machs gut!

RODRIGO: Adieu! *Ab*

JAGO: Daß Cassio *sie* liebt, ja, das glaub ich wohl.
Daß sie ihn liebt, scheint einleuchtend, leicht glaubhaft.
Der Mohr - obwohl ich ihn nicht riechen kann,
Ist von Natur aus liebevoll, treu, edel
Und ist für Desdemona, denke ich,
Ein guter Mann. Nun aber lieb auch ich sie;
Nicht nur aus Lüsternheit - obwohl vielleicht
Auch meine Sünde nicht viel leichter wiegt -
Doch teilweise, um mich an ihm zu rächen,
Denn ich vermut ja, daß der geile Mohr
Einsprang für mich, und der Gedanke daran
Nagt wie ein Gift in meinen Eingeweiden,
Und nichts kann oder soll mein Herz befriedigen,
Bis ich quitt bin mit ihm, ja: Weib um Weib!
Oder, wenn mirs mißlingt, mach ich den Mohren
Doch wenigstens so furchtbar eifersüchtig,
Daß ihn Vernunft nicht heilen kann. Und darum,
Wenn nur mein armer Köter aus Venedig
Durchhält, den ich zur Hetzjagd hier mir ködre -
Stürz ich Freund Michael Cassio wie ein Ringer,
Verleumde ihn erst rundheraus beim Mohren,
Denn Cassio, fürcht ich, kommt auch mir ins Nest. -
Dann dankt der Mohr mir, liebt mich und belohnt mich
Dafür, daß ich ihn ganz zum Esel mache
Und seine Ruh und seinen Frieden ihm
Raub bis zum Wahnsinn. - Ja, mein Plan wird gar.
Erst, wenns getan ist, sieht man Böses klar. *Ab*

2. Szene

Straße auf Zypern.
Herold tritt auf und verliest eine Bekanntmachung

HEROLD: Othello, unser edler und tapferer General, geruht zu verfügen, daß, da jetzt zuverlässige Nachricht über den völligen Untergang der türkischen Flotte eingegangen ist, jedermann den Sieg feiern soll. Bei Tanz oder Freudenfeuern soll jeder sich vergnügen, wie es ihm am besten gefällt. Denn außer dieser Freudenbotschaft gilt die Feier auch der Hochzeit unseres Generals. Dies wird auf seinen Wunsch öffentlich bekanntgemacht. Küche und Keller des Palastes sind geöffnet, und von jetzt, fünf Uhr an, bis die Glocke elf geschlagen hat, steht alles frei. Der Himmel segne die Insel Zypern und unsern edlen General Othello! *Ab*

3. Szene

Saal im Schloß.
Othello, Desdemona, Cassio und Gefolge

OTHELLO: Freund Michael, haltet heut nacht gute Wache.
Wir müssen selbst uns lehren, Maß zu halten,
Daß unsre Feier nicht ein schlechtes Beispiel gibt.
CASSIO: Jago hat Weisung, was zu tun ist. Aber
Ich selbst will sehn, wies geht.
OTHELLO: Der ehrliche Jago!
Michael, gut Nacht! Morgen in aller Frühe
Wolln wir uns sprechen. – Komm, du meine Liebe!
Auf den Erwerb der Frucht folgt das Genießen:
Der Vorteil mag jetzt dir und mir ersprießen. –
Gut Nacht!

Othello, Desdemona und Gefolge gehen ab. Jago tritt an

CASSIO: Grüß dich, Jago! Wir müssen auf die Wache.

JAGO: Jetzt noch nicht, Leutnant, es ist noch nicht zehn Uhr. Unser General hat uns aus Liebe zu seiner Desdemona so früh den Laufpaß gegeben. Dafür wollen wir ihn nicht tadeln. Er hat noch keine Nacht mit ihr verbracht, und sie wäre gut genug für Jupiter.

CASSIO: Sie ist eine ganz hervorragende Dame.

JAGO: Und feurig auch, da möcht ich darauf wetten.

CASSIO: Ja, ja, sie ist wirklich ein blühendes, liebenswürdiges Geschöpf.

JAGO: Was für ein Auge! Mir scheint, das ist so eine richtige Aufforderung zum Tanz.

CASSIO: Ein einladendes Auge, und recht sittsam, finde ich.

JAGO: Und wenn sie spricht, ist das nicht ein Schlachtruf der Liebe?

CASSIO: Sie ist wirklich die Vollkommenheit selbst.

Jago: Na schön, Glück und Segen ihren Bettüchern! Kommt, Leutnant, ich hab eine Kanne Wein, und da draußen sind ein paar tapfere junge Herren von hier, die mit uns auf das Wohl des schwarzen Othello anstoßen wollen.

Cassio: Nicht heute abend, lieber Jago! Ich hab einen sehr schwachen und unglücklichen Kopf, was das Trinken betrifft. Ich wünschte, die gute Sitte würde einen anderen Brauch gastlicher Unterhaltung erfinden.

Jago: Ach, aber das sind doch unsere Freunde! Nur *einen* Becher; ich will für Euch trinken.

Cassio: Ich habe heute abend nur einen Becher getrunken, und der war vorsichtshalber schon verdünnt. Und seht, was der in meinem Kopf schon für eine Revolution erregt hat. Diese Schwäche ist mein Unglück, und ich wage es nicht, mich noch auf diese Probe einzulassen.

Jago: Ach, Mensch, heut nacht ist ja ein Fest! Die jungen Herrn wünschen es.

Cassio: Wo sind sie?

Jago: Hier vor der Tür! Ich bitt Euch, laßt sie ein.

Cassio: Das will ich tun; und doch, ich tus nur ungern. *Ab*

Jago: Wenn ich ihm nur ein Glas aufschwatzen kann,
Zu dem, was er heut abend schon zuvor trank,
Wird er voll Zank und Wut wie meiner Frau
Ihr Schoßhündchen. Der arme Narr, Rodrigo,
Den Liebe umgedreht hat wie 'nen Handschuh,
Hat mehr als einen Humpen schon heut nacht
Geleert auf Desdemona; der muß wachen.
Drei junge Zyprioten, rasche Burschen,
Im Punkt der Ehre kühn und leicht zu reizen,
Ganz Söhne dieser kriegerischen Insel,
Bracht ich mit vollen Bechern schon in Fahrt,
Und die sind auch auf Wache. Nun, da bring ich
Freund Cassio wohl soweit, etwas zu tun,
Was alle hier empört. – Da sind sie schon. –
Wenn nur was wird aus dem, was ich ersann,
Dann kommt mein Boot mit vollen Segeln an.

Cassio, Montano und drei Herren treten auf

Cassio: Bei Gott, die haben mir wirklich schon einen verpaßt.

MONTANO: Meiner Treu, höchstens einen ganz kleinen. Nicht mehr als eine Flasche, so wahr ich ein Soldat bin.

JAGO: Wein her, he! *(singt)* Prost! Der Becher klingt, klingt, klingt!

Prost! Der Becher klingt!
Ein Soldat ist nur ein Mann,
Leben ist nur eine Spann',
Drum, Soldaten, trinkt! Wein her, Jungen!

CASSIO: Bei Gott, ein ausgezeichnetes Lied!

JAGO: Das hab ich in England gelernt, dort findet wirklich jeder Becher seinen Zecher. Was euch ein Däne ist, ein Deutscher und ein dickbäuchiger Holländer – was zum Trinken her! – gegen den Engländer sind sie euch nichts.

CASSIO: Der Engländer, ist denn das so ein Kenner im Trinken?

JAGO Also, der trinkt euch einen Dänen mit Leichtigkeit unter den Tisch; den Schwaben unterzukriegen, das kostet ihn keinen Schweiß, und der Holländer muß sich bei ihm schon übergeben, eh noch der nächste Humpen gefüllt werden kann.

CASSIO: Aufs Wohl unseres Generals!

MONTANO: Ich halte mit, Leutnant! ich tu Euch Bescheid!

JAGO: O, mein liebes England! *(singt)*

König Stephan war ein würdiger Herr.
Seine Hosen kosteten eine Kron',
Er fand, daß das *sechs* Pence zu teuer wär,
Und nannte den Schneider Hundesohn.
An Ehren war ihm keiner gleich,
Und du bist nur ein niedrer Mann:
Der Stolz ruiniert ein Königreich,
Drum zieh dein' alten Mantel an! Wein her, he!

CASSIO: Bei Gott, das Lied ist noch schöner als das andere!

JAGO: Wollt Ihrs noch einmal hören?

CASSIO: Nein. Denn ich halte den, der so was tut, für unwürdig seiner Stellung. Nun ja, Gott ist über uns allen, und es gibt Seelen, die selig werden müssen, und es gibt auch Seelen, die nicht selig werden müssen.

JAGO: Das ist wahr, lieber Leutnant!

CASSIO: Was mich betrifft, ohne dem General oder irgendeinem Mann von Stand zu nahe treten zu wollen, ich hoffe, selig zu werden.

JAGO: Das hoff ich auch, Leutnant.

CASSIO: Ja, aber gestattet: nicht vor mir! Der Leutnant muß vor dem Fähnrich selig werden. Doch genug davon, gehen wir auf unsere Posten: Der Herrgott verzeih uns unsere Sünden! Meine Herren, kümmern wir uns um unseren Dienst! Glaubt ja nicht, meine Herren, daß ich betrunken bin. Das da ist mein Fähnrich. Das ist meine rechte Hand, und das ist meine linke Hand. Ich bin also nicht betrunken. Ich kann ganz gut stehen und auch ganz gut sprechen.

ALLE: Ganz ausgezeichnet!

CASSIO: Nun gut, so müßt ihr auch nicht denken, daß ich betrunken bin. *Ab*

MONTANO: Auf die Terrasse, Herrn, die Wachen stellen!

JAGO: Da habt ihr ihn gesehn, der uns voranging.
Ein Krieger, der selbst Cäsar beistehn könnte
Mit Rat und Tat; doch seht sein Laster: das ist
Die Nachtgleiche von seiner großen Tugend
Und grad so lang wie sie. Schade um ihn!
Ich fürchte, das Vertraun, das ihm Othello
Erweist, wird irgendwann durch diese Schwäche
Die Insel hier erschüttern.

MONTANO: Ist er oft so?

JAGO: Das ist immer das Vorspiel, eh er einschläft.
Sonst wacht er zweimal vierundzwanzig Stunden,
Wenn ihn der Wein nicht einlullt.

MONTANO: Dann wärs gut,
Den General davon zu unterrichten.
Er siehts vielleicht nicht, oder seine Großmut
Merkt nur die guten Eigenschaften Cassios
Und übersieht die schlechten. Stimmt das nicht? *Rodrigo tritt auf*

JAGO *(leise zu Rodrigo)*: Nun, Rodrigo?
Dem Leutnant nach, ganz wie vereinbart. Los! *Rodrigo ab*

MONTANO: Bedauerlich ist, daß der edle Mohr
Das Amt seines eigenen Stellvertreters
Einem vertraut mit einer solchen Schwäche. –
’s wär eine gute Tat, dem Mohren das
Zu sagen.

JAGO: Nein, nicht ich! Nicht um die Insel,
So schön sie ist! Ich liebe Cassio und *(Hilferufe von draußen)*

Tät alles, ihn zu heilen. Horcht! Was ist das? *Cassio tritt auf*

CASSIO *(treibt Rodrigo vor sich her)*: Gotts Blut! Du Schurke! Schuft!

MONTANO: Was gibt es, Leutnant?

CASSIO: Ein Lump! Mich meine Pflicht lehren! Aber ich prügle diesen Lumpen in eine Korbflasche hinein!

RODRIGO: Mich prügeln?

CASSIO: Schuft, du sprichst noch?! *Schlägt Rodrigo*

MONTANO: Guter Leutnant!
Ich bitt Euch Herr! doch keine Tätlichkeiten!

CASSIO: Herr, laßt mich gehn, sonst schlag ich Euch ins Maul.

MONTANO: Kommt, kommt, Ihr seid betrunken.

CASSIO: Ich betrunken?! *Sie fechten*

JAGO *(leise)*: Fort, sag ich, geh hinaus! Ruf »Meuterei«!
(Rodrigo ab. Jago laut)
Nein, guter Leutnant! Gottes Will'n, ihr Herren!
Hilfe! He! – Leutnant, Herr! – Montano! – Herr! –
Hilfe, ihr Herrn! Ha! eine schöne Wache! *(Eine Glocke läutet)*
Wer läutet denn da Sturm? – He, Diablo! – Soll denn
Die Stadt in Aufruhr kommen? Gottes Willen!
Leutnant, hört auf! Ihr kommt in ewige Schande!

OTHELLO *(tritt mit einigen Herren in Waffen ein)*: Was ist hier los?

MONTANO: Gotts Wunden! Ich verblute!
Ich bin verletzt, zum Tod!

OTHELLO: Wenn Euch das Leben lieb ist,
Hört auf!

JAGO: Hört auf! Hört auf, ihr Herrn! – Montano! –
vergeßt Ihr Euren Rang, Verstand und Pflicht?
Schämt Euch! Hört auf! Hier spricht der General!

OTHELLO: Was soll das heißen? He! Wie kommt denn das?
Sind wir denn Türken worden, daß wir selbst uns
Tun, was der Herrgott nicht den Türken tun ließ?
Schämt euch als Christen solchen heidnischen Streits!
Wer sich noch rührt als Werkzeug seiner Wut, der
Nimmt seine Seele leicht! Der stirbt daran!
Schluß mit dem Sturmgeläut! Das schreckt die Insel
Aus ihrer Ruh. – Was gibt es denn, ihr Herrn?
Du, ehrlicher Jago, totenblaß vor Kummer,
Sag, wer begann das? Liebst du mich, so sprich!

Jago: Ich weiß nicht, Freunde alle grade noch,
Gut und vertraut wie Bräutigam und Braut,
Wenn sie sich auskleiden vorm Bett; und plötzlich,
Als hätt ein Unstern alle toll gemacht,
Mit blanken Schwertern aufeinander los
In blutigem Kampf! Ich weiß gar nicht zu sagen,
Wie dieser jämmerliche Streit begann.
Ich wollt, ich hätt im Kampf ruhmvoll verloren
Meine zwei Beine, die mich hertrugen!
Othello: Michael, wie kams, daß Ihr Euch so vergaßt?
Cassio: Verzeiht mir, bitte Euch, ich kann nicht sprechen.
Othello: Werter Montano, Ihr wart immer höflich.
Zurückhaltung und Würde Eurer Jugend
Rühmt alle Welt, und Euer Ruf ist trefflich
In weiser Richter Mund: Was ist geschehen,
Daß Ihr so Euern guten Namen preisgebt
Und Euere Beliebtheit, daß man Euch
Nächtlichen Raufbold nennt? Erklärt mir das.
Montano: Edler Othello, ich bin schwer verwundet.
Solls Jago, Euer Offizier, Euch sagen,
Daß ich den Atem schone, weils mich angreift. –
Was *ich* weiß, weiß auch er. Doch weiß ich nicht,
Was ich heut abend falsch tat oder sagte,
Wenns kein Verbrechen ist, daß wir uns wehren,
Und keine Sünd', uns zu verteidigen,
Wenn die Gewalt uns anfällt.
Othello: Nun, beim Himmel!
Schon spricht mein Blut lauter als die Vernunft,
Und Leidenschaft schwärzt schon mein besseres Urteil
Und will mich leiten. – Herrgott! Wenn ich wild werd
Oder auch nur den Arm heb, fällt der beste
Von euch durch meinen Tadel! – Laßt mich wissen,
Wie diese Schlägerei begann, durch wen?
Und der, der dieser Schandtat überführt ist,
Und wär er von Geburt mein Zwillingsbruder,
Verliert mich! Was: in einer Stadt im Krieg,
Noch wild, der Leute Herzen voll von Furcht noch,
Auf eigne Faust so unter sich zu raufen,

Bei Nacht, im Schloß, und noch dazu auf Wache?
's ist unerhört! – Jago, wer fing das an?
MONTANO *(zu Jago)*: Wenn du parteiisch oder dienstbefreundet
Weniger als die Wahrheit oder mehr sagst,
Dann bist du kein Soldat!
JAGO: Komm mir nicht so! – Denn
Ausschneiden ließ ich lieber mir die Zunge,
Als daß sie spräche gegen Michael Cassio.
Und doch, ich sag mir, daß ihm meine Wahrheit
Nicht schaden kann: So war es, General.
Montano und ich sprachen grad miteinander,
Da stürzt ein Mann herein und schreit um Hilfe,
Und Cassio hinter ihm mit blankem Degen,
Und will ihn treffen: Dieser edle Herr hier
Tritt Cassio in den Weg, will ihn beruhigen;
Ich selbst lief diesem schreienden Mann nach, daß nicht
Sein Klagen (wie's dann prompt geschah) die Stadt
In Schrecken bringe; aber er, viel schneller,
Entwischt mir; und ich kam zurück, noch eher,
Weil ich Geklirr und Fall von Schwertern hörte
Und Cassios laute Flüche, die bis heute
Ich nie von ihm gehört hab. Als ich kam –
Das war gleich drauf – fand ich sie dicht beisammen
Auf Hieb und Stoß, ganz wie sie's wieder waren,
Als Ihr sie selber trenntet.
Mehr von der Sache kann ich nicht berichten,
Doch Menschen sind nur Menschen; auch der beste
Vergißt sich irgendwann. Und wenn auch Cassio
Ihm etwas wehtat, wie man in der Wut
Den besten Freund schlägt, glaub ich sicher, Cassio
Wurde gekränkt von dem, der floh, und konnt'
Es nicht ertragen.
OTHELLO: Ja, ich weiß schon, Jago:
Aus Lieb und Redlichkeit stellst du es milder
Für Cassio dar. – Cassio, ich mag dich, aber
Mein Offizier bist du nicht mehr. – Da, seht;
Desdemona mit Gefolge
Auch meine Liebste ist dadurch erwacht! – Ich

Mach draus ein Beispiel.

DESDEMONA: Teurer! was geschah?

OTHELLO: Schon alles gut, mein Liebchen, komm zu Bett!

(zu Montano)

Herr, Euren Wunden will ich selbst ein Arzt sein.
Führt ihn nach Haus. *Montano wird weggeführt*
Jago, sieh dich vorsorglich in der Stadt um,
Beruhige, die von diesem Lärm erregt sind.
Komm, Desdemona! – 's ist Soldatenlos,
Daß Kampf uns weckt aus süßen Schlummers Schoß.

Alle ab, außer Jago und Cassio

JAGO: Sagt, seid Ihr verwundet, Leutnant?

CASSIO: Ja, daß kein Wundarzt mir mehr helfen kann.

JAGO: Gott, da sei der Himmel vor!

CASSIO: Mein guter Ruf, mein guter Ruf! Ja, ich habe meinen guten Ruf verloren! Ich habe mein unsterblich Teil verloren, und was übrigbleibt, ist tierisch. Mein guter Ruf, Jago! mein guter Ruf!

JAGO: So wahr ich ein ehrlicher Mann bin, ich glaubte, Ihr wäret wirklich verwundet worden; und das ist mehr, als wenn bloß der Ruf verwundet wird. Der Ruf ist nichtig und höchst trügerisch, der kommt von außen her. Oft ganz ohne Verdienst gewonnen und ebenso unverdient verloren: Ihr habt überhaupt keinen guten Ruf verloren, außer wenn Ihr Euch selbst in Verruf bringt, daß Ihr ihn verloren habt. Ach, Mann! es gibt doch Wege, den General wieder zu gewinnen. Er hat Euch jetzt nur in seinem Zorn abgesetzt, und außerdem strafte er Euch mehr aus Staatsgründen als aus böser Absicht, wie wenn einer seinen Hund schlägt, der gar nichts angestellt hat, um einen Löwen damit abzuschrecken. Bemüht Euch nur wieder um seine Gunst, und er ist Euer.

CASSIO: Ich will mich lieber um seine Verachtung bemühen, als einen so guten Kommandanten mit einem so leichtfertigen, trunkenen und unzuverlässigen Offizier dranzukriegen! Mich betrinken? Schreien wie ein Papagei? Streit suchen? Mich wichtig machen? Fluchen und sinnlose Reden mit dem eigenen Schatten führen? – O du unsichtbarer Geist des Weines, wenn du keinen Namen hast, bei dem man dich kennt, so wollen wir dich Teufel nennen!

JAGO: Wer war das, den Ihr mit dem Degen verfolgt habt? Was hatte er Euch getan?

CASSIO: Ich weiß es nicht.

JAGO: Ist's möglich?

CASSIO: Ich hab noch eine ganze Menge im Kopf, aber nichts deutlich. Es gab einen Streit, aber ich weiß nicht, warum. O, daß die Menschen einen Feind in den Mund nehmen, damit er ihnen das Gehirn wegstiehlt! Daß wir uns mit Freude, Vergnügen, Frohlocken und Beifall in Tiere verwandeln!

JAGO: Ja, aber nun seid Ihr doch ganz wohlauf. Wie habt Ihr Euch so erholt?

CASSIO: Dem Teufel Trunkenheit beliebte es, dem Teufel Zorn Platz zu machen: eine Schwäche zeigt mir eine andere, um mich offen dahin zu bringen, mich selbst zu verachten.

JAGO: Kommt, Ihr seid ein zu strenger Moralist! Wie Zeit, Ort und Zustand dieser Insel nun einmal sind, hätt ich von Herzen gewünscht, das wäre nicht geschehn. Aber da es ist, wie es ist, so sucht es wieder zu Eurem eigenen Guten einzurichten.

CASSIO: Ich will ihn bitten, mir meine Stellung zurückzugeben: er wird mir sagen, ich bin ein Säufer. Hätt ich so viele Münder wie die Hydra, so eine Antwort würde sie alle verstopfen. Erst ein vernünftiger Mensch sein, gleich darauf ein Narr, und auf einmal ein Tier! O, seltsam: Jedes Glas zuviel ist ohne Segen, und sein Inhalt ist der Teufel.

JAGO: Kommt, kommt! guter Wein ist ein guter dienstbarer Geist, solange wir guten Gebrauch davon machen. Wettert nicht mehr dagegen. Und, guter Leutnant, ich denke doch, Ihr denkt, ich liebe Euch.

CASSIO: Ich habe gute Beweise dafür, Herr!... Ich und betrunken!

JAGO: Ihr, wie jeder andere Mensch, könnt schon einmal betrunken sein, Ich sag Euch, was Ihr tun sollt: Unseres Generals Frau ist jetzt der General. Ich darf das insofern sagen, weil er sich doch nun ganz und gar der Betrachtung, Erwägung und Ergründung all ihrer Reize und Schönheiten ergeben hat. Beichtet ihr alles, frei heraus, dringt in sie, daß sie Euch wieder zu Eurem Rang verhelfen soll. Sie ist so großzügig, so gütig, von so teilnahmsvoller, gesegneter Denkart, daß sie es in ihrer Güte für ein Laster hält, nicht noch mehr zu tun als man von ihr verlangt. Diese Schlägerei, die da zwischen Euch und ihrem Gatten steht, – bittet sie, diesen Bruch zu schienen, und ich wette mein gutes Glück gegen alles, was Ihr wollt, die Liebe zwischen Euch und ihm soll stärker zusammenwachsen, als sie vorher war.

CASSIO: Ihr ratet mir gut.

JAGO: Ich sag Euch das aus aufrichtiger Liebe und ehrlichem guten Willen.

CASSIO: Das glaub ich gern. – Gleich am Morgen will ich die tugendhafte Desdemona anflehen, für mich zu sprechen. Ich verzweifle an meinem Glück, wenn es mich hier im Stich läßt.

JAGO Da habt Ihr recht. Gute Nacht, Leutnant! ich muß zur Wache.

CASSIO: Gute Nacht, ehrlicher Jago! *Ab*

JAGO: Wer ist das, der noch sagt, ich spiel den Schurken,
Wenn doch mein Rat umsonst ist, frei und ehrlich,
Einleuchtend, in der Tat der rechte Weg,
Den Mohren umzustimmen? Denn sehr leicht ist
Das Mitleid Desdemonas zu erregen
Mit jeder ehrlichen Bitte, denn sie ist ja
Großzügig wie die freien Elemente.
Und ihr ists leicht, den Mohren zu gewinnen,
Und wärs auch, seiner Taufe abzuschwören
Mitsamt allen Symbolen der Erlösung.
Sein Herz liegt so in ihrer Liebe Fesseln:
Sie kann geschehn und ungeschehen machen,
Was sie nur will, ganz so wie ihre Lust
Mit seiner schwachen Kraft die Göttin spielt.
Wie bin ich dann ein Schuft, da ich doch Cassio
Auf diesen graden Weg zu seinem Glück
Geschickt habe? O, Göttlichkeit der Hölle!
Wenn Teufel sich mit ihren schwärzesten Sünden
Schmücken, so scheinen sie zuerst ganz himmlisch
Wie ich jetzt: Während dieser ehrliche Narr
Zu Desdemona fleht, sein Glück zu heilen,
Und sie zum Mohren kräftig für ihn spricht,
Will ich ihm Gift ins Ohr träufeln, sie wünsche
Ihn nur zurück zu ihrer Liebeslust.
Je mehr sie für ihn eintritt, desto mehr
Verliert sie selbst dann das Vertraun des Mohren!
Zu schwarzem Pech mach ich so ihre Tugend
Und knüpf ein Netz aus ihrer eignen Güte,
Sie alle zu umgarnen! – Ah, Rodrigo!

RODRIGO *(tritt auf)*: Ich laufe hier der Jagd nach, aber nicht wie ein

Jagdhund, sondern nur wie einer, der von hinten kläfft. Mein Geld ist fast vertan, heut nacht bin ich gründlich verprügelt worden. Ich denke, das Ende wird sein, daß ich mir schmerzlich soviel Erfahrung erworben haben werde, wie das eben ausmacht, und ohne Geld, aber mit etwas mehr Verstand nach Venedig zurückfahren werde.

JAGO: Wie arm die, denens an Geduld fehlt, sind!
Wann heilten Wunden je, wenn nicht allmählich?
Du weißt, uns dient nur List, nicht Hexerei,
Und List muß auf die günstige Stunde warten.
Gehts denn nicht gut? Cassio schlug *dich*, und *du* hast
Dank diesem kleinen Schmerz Cassio gestürzt.
Zwar, manches reift schön ohne Sonnenschein,
Doch Früchte müssen blühn erst, eh sie reifen.
Geduld, nur kurz noch! – Herrgott! 's ist schon Morgen!
Vergnügen und Geschäft verkürzt die Stunden. –
Zieh dich zurück jetzt, geh in dein Quartier!
Fort, sag ich, du sollst bald mehr von mir hören!
Nein, geh jetzt! – *(Rodrigo ab)* Einiges ist jetzt zu tun:
Emilia muß bei Desdemona sprechen
Für Cassio. Dazu überrede *ich* sie.
Ich aber nehm den Mohren mir beiseite
Und richt es ein, daß er zu Desdemona
Grad dann kommt, wenn er dort den Cassio findet,
Wie er sein Weib bestürmt. – Ja, so ists klug.
Die List erträgt nicht Lauheit, noch Verzug. *Ab*

Dritter Akt

1. Szene

Vor dem Schloß.
Cassio, Clown und Musikanten treten auf

CASSIO: Ihr Herrn, hier spielt mir, und ich wills euch lohnen,
Kurz nur, dem General zum Morgengruß. *Sie spielen*

CLOWN: Ach, ihr Herren, sind denn eure Instrumente in Neapel gewesen, daß sie so durch die Nase sprechen?

Erster Musikant: Ha? Wie meint Ihr das?
Clown: Sagt bitte, sind das die, die man Blasinstrumente nennt?
Erster Musikant: Ja, Herr.
Clown: Ach, da hängt aber ein Schwanz dran!
Erster Musikant: Woran hängt einer, Herr?
Clown: Meiner Treu, Herr, an manchem Blasinstrument, das ich kenne. Aber, meine Herren, da habt ihr Geld, und der General mag eure Musik so gerne, daß er euch bittet, um aller Liebe willen, kein Geräusch mehr damit zu machen.
Erster Musikant: Schön, Herr, das wollen wir auch nicht.
Clown: Wenn ihr eine Musik habt, die man nicht hören kann, dann macht nur weiter; aber wenn es heißt, Musik zu *hören,* daran liegt dem General nicht viel.
Erster Musikant: So eine haben wir nicht, Herr.
Clown: Dann steckt eure Pfeifen in den Sack, denn ich will fort.
Geht! verschwindet! *Musiker ab*
Cassio: Hörst du, Freund, ein ehrliches Wort?
Clown: Nein, ich höre kein ehrliches Wort, ich höre nur Euch, Freund.
Cassio: Bitte laß deine Spitzfindigkeiten. Hier ist ein kleines Goldstück für dich. Wenn die Dame, die der Gattin des Generals Gesellschaft leistet, aufsteht, dann sag ihr, ein gewisser Cassio bittet sie um die Gunst einer kleinen Unterredung… Willst du das tun?
Clown: Sie steht schon auf, Herr, ich will ihr das sagen: vielleicht, daß sie drauf steht. *Jago tritt auf*
Cassio: Tu's, guter Freund… *Clown ab*
Jago, Ihr kommt grad recht.
Jago: Ihr seid gar nicht im Bett gewesen?
Cassio: Nein.
Der Tag brach an, grad ehe wir uns trennten.
Jago, ich war so frei,
Da drinnen Eure Frau bitten zu lassen,
Mir bei der tugendhaften Desdemona
Gehör zu schaffen.
Jago: Ich schick sie Euch her,
Und ich will sehn, daß ich den Mohren weghol
Aus Eurem Weg, so daß Ihr desto freier
Mit ihr drin sprechen könnt.
Cassio: Dank Euch aus tiefster Seel'! Selbst in Florenz *Jago ab*

Fand ich nie gütigre, treuere Freunde. *Emilia tritt auf*

EMILIA: Gut Morgen, guter Leutnant! Euer Fall
Betrübt mich; doch das wird bald alles gut sein.
Der General besprichts mit seiner Frau und
Sie spricht zu Euren Gunsten, drauf sagt er, der,
Den Ihr verwundet habt, sei hier in Zypern
Hoch angesehen und verschwägert, so daß
Er Euch aus Klugheit fallen lassen mußte.
Doch er versichert, daß er Euch sehr liebt
Und deshalb keinen Anwalt als sein Herz braucht,
Den ersten guten Grund beim Schopf zu packen,
Euch wieder einzusetzen.

CASSIO: Dennoch fleh ich,
Wenn es Euch statthaft scheint und wenn Ihrs könnt,
Helft mir zu einer kurzen Unterredung
Allein mit Desdemona.

EMILIA: Bitte, kommt nur!
Ich führ Euch ein, dann habt Ihr Zeit und könnt
Euer Herz ausschütten.

CASSIO: Allerbesten Dank!

2. Szene

Vor dem Schloß.
Othello tritt auf, mit Jago und anderen Herren

OTHELLO: Jago, die Briefe da gebt dem Piloten,
Und er soll mich auch dem Senat empfehlen.
Gut. – Nun will ich die Festung inspizieren;
Dort kommt wieder zu mir.

JAGO: Ja, gnädiger Herr.

OTHELLO: Gehn wir, Herrn, die Befestigungen ansehn?

DIE HERREN: Wies unserm General beliebt. *Alle ab*

3. Szene

Vor dem Schloß.
Desdemona, Cassio und Emilia treten auf

DESDEMONA: Sei sicher, guter Cassio, ich will alles,
Was ich nur kann, zu deinen Gunsten tun.
EMILIA: Tuts, gnädige Frau! Ich weiß, auch meinen Mann kränkts,
Als wär ers selbst.
DESDEMONA: Das ist ein ehrlicher Mensch! –
Nein, Cassio, zweifelt nicht, ich werde sicher
Meinen Gemahl und Euch wieder zu Freunden
Machen, wie vorher.
CASSIO: Gütigste gnädige Frau,
Was auch aus Michael Cassio werde, nie wird
Er etwas sein als Euer treuer Diener!
DESDEMONA: Dank, Cassio! Daß Ihr meinen Herrn liebt, weiß ich.
Ihr kennt ihn ja schon lang; und, seid ganz sicher,
Sein Fremdtun gegen Euch wird nur soweit gehn,
Wie Staatsklugheit ihn zwingt.
CASSIO: Doch, gnädige Frau,
Die könnte ihn vielleicht so lange zwingen,
Oder die Kost der Klugheit könnt' so schmal sein,
Daß sie sich nur durch Zufall manchmal fortpflanzt.
Wenn ich dann fern bin und mein Platz besetzt ist,
Vergißt mein General meine Lieb und meinen Dienst.
DESDEMONA: Das glaub ich nicht! Hier vor Emilia geb ich
Mein Wort, du wirst zurückberufen! Glaub mir:
Wenn ich Freundschaft gelobe, will ichs halten
Zum letzten Punkt. Mein Herr soll nie ruhn, ohne
Daß ich ihm zurede, seine Geduld
Damit belaste, bis ich ihn soweit hab!
Sein Bett soll eine Schule sein, sein Tisch
Ein Beichtstuhl! Alles, was er tut, vermisch ich
Mit Cassios Ansuchen. Drum, Cassio, Mut!
Denn deine Fürsprech'rin will eher sterben
Als deine Sache fallen lassen. *Othello und Jago treten auf*
EMILIA: Madame, hier kommt mein Herr.
CASSIO: Madame, ich gehe.
DESDEMONA: Ach, bleibt und hört mich sprechen!

CASSIO: Nein, Madame.
Nicht jetzt. Ich bin viel zu befangen. Das wär
Nicht gut für meine Sache.
DESDEMONA: Wie Ihr wollt. *Cassio ab*
JAGO: Oho! – Das mag ich nicht.
OTHELLO: Was sagst du da?
JAGO: Nichts, Herr, oder selbst wenn: – ich weiß nicht, was.
OTHELLO: War das nicht Cassio, der von meiner Frau ging?
JAGO: Cassio, Herr? – Nein, das kann nicht sein, daß *er*
So fortschleicht wie ein Dieb, den man ertappt hat,
Wenn er Euch kommen sieht.
OTHELLO: Ich glaub, er wars.
DESDEMONA: Wie gehts, mein Herr?
Ich sprach eben mit einem Bittsteller,
Einem, den Eure Ungnade ganz krank macht.
OTHELLO: Wen meinst du da?
DESDEMONA: Ach, Cassio, Deinen Leutnant, teurer Mann!
Wenn ich noch Macht hab, an dein Herz zu rühren,
So söhne dich gleich wieder mit ihm aus.
Wenn er dich nicht aus tiefstem Herzen liebt,
Nicht nur aus Schwachheit irrte, ohne Absicht,
Will ich kein ehrliches Gesicht erkennen! –
Bitt dich, ruf ihn zurück.
OTHELLO: Ging er grad jetzt?
DESDEMONA: Ja, so geknickt, daß er von seinem Kummer
Mir etwas ließ; ich leide mit an ihm.
Du, Guter, Liebster du! ruf ihn zurück!
OTHELLO: Nicht jetzt, mein Lieb, nicht jetzt, ein andermal.
DESDEMONA: Doch bald?
OTHELLO: Beschleunigt, Lieb, durch deine Bitte.
DESDEMONA: Heut nacht, beim Abendbrot?
OTHELLO : Nein, nicht heut nacht.
DESDEMONA: Morgen zu Mittag dann?
OTHELLO: Ich esse morgen
Nicht hier, ich treffe auf der Zitadelle
Die Kapitäne.
DESDEMONA: Also morgen abend?
Oder am Dienstagmorgen, oder Mittag?

Am Dienstagabend oder Mittwochmorgen?
Ich bitt dich, nenn die Zeit, doch laß sie nicht
Mehr als drei Tage sein: Glaub mir, es reut ihn.
Und doch ist sein Vergehn, bei Licht betrachtet,
(Außer, wies heißt, daß man im Krieg Exempel
Grad an den Besten statuiert) kaum mehr
Als man unter vier Augen rügt. Wann kommt er?
Sag mir's, Othello, denn ich frage mich,
Was könntest *du* von *mir* verlangen, das ich
Verweigern würde, oder das mich so
Ratlos dastehen ließ? – Was? Michael Cassio?
Der kam mit dir, als du um mich noch warbst!
Oft, wenn ich kritisch von dir sprach, trat er
So feurig für dich ein. – Und nun, wie schwer wirds,
Ihn wieder herzubringen. Heilige Jungfrau!
Ich könnt…

OTHELLO: Nicht weiter, bitte! Laß ihn kommen,
Sobald er will. Ich kann dir nichts verweigern.

DESDEMONA: Das ist doch keine Gnade! Das ist ganz,
Als bäte ich dich, Handschuhe zu tragen,
Dich warm zu halten, oder gut zu essen;
Als flehte ich dich an, doch für dich selber
Etwas zu tun! – Nein, wenn ich Bitten hätte,
Um wirklich deine Liebe zu erproben,
Dann müßten sie gewichtig sein und schwierig,
Gefährlich zu erfüll'n!

OTHELLO: Ich schlage dir nichts ab.
Doch dafür bitte, tu mir eins zuliebe;
Laß mich jetzt nur für kurze Zeit allein.

DESDEMONA: Soll ichs verweigern? Nein. – Leb wohl, mein Herr.

OTHELLO: Du, Desdemona, auch! Ich komm bald zu dir.

DESDEMONA: Emilia, komm! *(zu Othello)* Ganz, wie es dir beliebt,
Wie du auch seist, ich bleibe dir gehorsam.

Desdemona und Emilia ab

OTHELLO: Mein bester Schatz! Ich will verdammt sein, wenn ich
Dich je nicht lieb! Und *wenn* ich dich nicht liebe,
So ist das Chaos wieder da!

JAGO: Mein Herr, –

OTHELLO: Was sagst du, Jago?
JAGO: Wußte Michael Cassio,
Als Ihr um Eure Gattin warbt, davon?
OTHELLO: Von Anfang bis zum Ende. – Warum fragst du?
JAGO: Nur um einen Gedanken zu befriedigen. –
Nichts schlechtes sonst.
OTHELLO: Was dachtest du denn, Jago?
JAGO: Ich dachte nicht, er habe sie gekannt.
OTHELLO: O ja, und er war sehr oft unser Bote.
JAGO: Wirklich?
OTHELLO: Ja, wirklich. – Findest du was dran?
Ist er nicht ehrlich?
JAGO: Ehrlich, Herr?
OTHELLO: Ja, ehrlich.
JAGO: Ich weiß nichts schlechtes, Herr.
OTHELLO: Was denkst du?
JAGO: Denkst, Herr?
OTHELLO: Denkst, Herr?! Beim Himmel, er ist rein mein Echo!
Als säß in seinem Kopf ein Ungeheuer,
Zu schrecklich, es zu zeigen! – Etwas meinst du!
Du sagtest erst vorhin, das magst du nicht,
Als Cassio meine Frau verließ. Was war das?
Und als ich sagte, er war eingeweiht
In meine ganze Werbung, riefst du »wirklich«
Und zogst die Augen hoch, die Stirn in Falten,
Als säße insgeheim in deinem Kopf
Ein greulicher Gedanke. Liebst du mich,
So laß michs wissen!
JAGO: Herr, Ihr wißt, ich lieb Euch.
OTHELLO: Ich glaubs. Und weil ich weiß, du bist voll Liebe
Und Ehrlichkeit und wägst dein Wort, bevor du
Es sprichst, schreckt mich dein Stocken nur noch mehr.
Bei falschen Schurken sind das einfach Kniffe,
Jedoch ein Ehrenmann verrät sein Herz so,
Ganz unwillkürlich.
JAGO: Aber Michael Cassio? –
Ich kanns beschwören: Ich denke, er ist ehrlich.
OTHELLO: Das denk ich auch.

JAGO: Gut wärs, wenn Menschen wären,
So wie sie scheinen. Oder die so nicht sind,
Die sollens auch nicht scheinen.
OTHELLO: Ja, gewiß,
Die Menschen sollten sein, so wie sie scheinen.
JAGO: Nun ja, dann denke ich, Cassio ist ehrlich.
OTHELLO: Nein, da steckt was dahinter!
Ich bitt dich, sag mir, was du wirklich denkst,
Was dir im Kopf herumgeht! Leih dem ärgsten
Gedanken auch das ärgste Wort.
JAGO: Verzeiht, Herr!
Zwar schulde ich Euch jede Art von Dienst,
Jedoch nicht das, wovon selbst Sklaven frei sind. –
Sagen, was ich mir denk? – Und wie, wenn das
Niedrig und falsch wär? – Wo steht der Palast,
In den zuweilen nicht auch Häßliches eindringt?
Wer hat ein Herz, so rein, daß nicht drin manchmal
Unsauberer Argwohn mit zu Rat sitzt unter
Den richtigen Gedanken?
OTHELLO: Jago, du übst Verrat an deinem Freund hier,
Wenn du vermutest, daß man ihn betrügt
Und es ihm doch nicht sagst.
JAGO: Ich fleh Euch an!
Was ich vermute, kann ganz ungerecht sein,
Denn ich gesteh, das ist bei mir ein Fluch,
Daß ich nach Bösem Ausschau halt, und daß
Mein Argwohn Fehler sieht, die gar nicht da sind.
Laßt Eure Weisheit nicht von einem stören,
Der darin unverläßlich ist wie ich;
Und laßt nicht *meine* Hirngespinste *Euch*
Um Eure Ruhe bringen. Denn das wäre
Nicht gut für Euch und auch nicht gut für mich,
Für meine Mannheit, Ehrlichkeit und Klugheit –
Nein! »Sagen, was ich denke!«
OTHELLO: Gottes Wunden!
JAGO: Der gute Name ist Männern und Fraun
Teuer, mein Herr, das Kronjuwel der Seelen:
Der meine Börse stiehlt, stiehlt Schund, stiehlt etwas,

Stiehlt nichts: das war erst mein, nun sein, und war
Schon Tausenden ein Sklave; aber der mir
Den guten Namen stiehlt, der raubt mir das,
Was ihn nicht reich, mich aber wahrhaft arm macht.

OTHELLO: Bei Gott, ich will jetzt wissen, was du denkst!

JAGO: Ihr könnts nicht, selbst wenn Eure Hand mein Herz hielt!
Ihr sollts auch nicht solangs in *meiner* Hut ist.
Schützt Euch vor Eifersucht!
Sie ist das grünäugige Ungeheuer,
Das unser Fleisch verhöhnt, eh es uns frißt.
Selig der Hahnrei, der sein Schicksal kennt und
Nicht liebt, die ihn betrügt; doch, ach, wie qualvoll
Zählt die Minuten der Verdammnis der,
Der liebt, doch zweifelt, argwöhnt und doch immer
Noch voll von starker Liebe ist!

OTHELLO: O Unglück!

JAGO: Arm und zufrieden ist reich – und reich genug!
Doch aller Reichtum ist arm wie der Winter
Für den, der immer fürchtet, er wird arm sein.
O Gott! bewahr die Seelen all der Meinen
Vor Eifersucht!

OTHELLO: Was sagst du! Denkst du, *ich* wollt
Jemals auf Eifersucht mein Leben aufbaun
Und jede Phase des launischen Monds verfolgen
Mit immer neuem Mißtraun? Nein: nur einmal
Zu zweifeln ist mir einmal schon Entschluß. –
Tausch mich für eine Ziege ein, wenn ich
Die Tatkraft meiner Seele solchen windig
Von Fliegenkot bedeckten Zweifeln widme,
Wie du drauf anspielst. Eifersüchtig bin ich
Nicht, wenn man sagt, mein Weib ist schön und speist
Gern gut und liebt Gesellschaft und ist frei
In ihren Reden, singt spielt, tanzt auch gut. –
Wo Tugend ist, ist das noch weitre Tugend! –
Noch packst mich wegen meiner eignen Schwächen
Die mindeste Furcht, noch zweifle ich an ihr. –
Sie hatte Augen und nahm *mich*. Nein, Jago,
Ich *sehe*, eh ich zweifle. *Wenn* ich zweifle,

Beweis ichs erst. Und ists bewiesen: Aus.
Dann Schluß zugleich mit Eifersucht und Liebe.
JAGO: Das freut mich, denn nun hab ich Grund, Euch offner
Zu zeigen meine Lieb und meinen Eifer.
Wie Ihrs verlangt, so nehmt es von mir auf:
Ich spreche noch nicht von Beweisen, aber
Habt acht auf Eure Frau, wenn Cassio da ist.
So: wachen Auges, doch nicht eifersüchtig,
Doch auch nicht sorglos. Mir wärs leid, wenn Eure
Freie und offne edle Art dank *Eurer*
Großzügigkeit mißbraucht wird. Habt ein Aug drauf!
Ich kenn die Schwächen unsres Lands: Die Damen,
Die lassen in Venedig *Gott* die Streiche
Sehn, die sie ihrem *Gatten* nie geständen.
Und ihr Gewissen sorgt nicht, daß sie etwas
Ungeschehn lassen, nein, nur ungesehn!
OTHELLO: Du meinst das wirklich?
JAGO: Sie täuschte ihren Vater, als sie Euch nahm;
Und als sie tat, als zittre sie vor Euch,
War sie schon ganz verliebt.
OTHELLO: Das stimmt.
JAGO: Nun, also:
So jung schon konnte sie sich so verstellen,
Daß sie die Augen ihres Vaters ganz
Vernagelt hat gleich wie mit Eichenbrettern …
Er hielts für Hexerei … Doch ich bin sehr
Zu tadeln, bitt ergebenst um Verzeihung,
Daß ich Euch zu sehr lieb.
OTHELLO: Ich steh für immer
In deiner Schuld!
JAGO: Doch Euch hat das betrübt?
OTHELLO: Nein, gar nicht … gar nicht.
JAGO: Ach, ich fürchte, doch.
Ich hoffe, Ihr bedenkt, daß ich nur Euch
Zuliebe sprach. Doch seh ich, Euch nimmts mit.
Drum will ich bitten, zwingt nicht meine Rede,
Noch tiefer und noch weiter auszuholen
Als zum Verdacht.

Othello: Ich wills nicht.
Jago: Wolltet Ihrs,
Mein Herr, so wäre mein Erfolg so grausig,
Daß ich dran gar nicht denken will, denn Cassio
Ist ja mein treuer Freund. – Ich sehe, Herr,
Ihr seid bewegt?
Othello: Nein, gar nicht sehr bewegt.
Ich denke doch, daß Desdemona treu ist.
Jago: Lang leb sie so, und lange mögt Ihr leben
In diesem Glauben!
Othello: Und doch irrt Natur…
Jago: Ja, das ists, wenn ich offen sein darf: daß sie
Soviel Heiratsanträge abgelehnt hat,
Wo alles stimmte, Herkunft, Farbe, Stand,
Wonach doch die Natur stets sichtbar strebt. –
Pfui! Riecht nicht derlei ganz nach geilem Willen,
Böser Verdrehtheit, unnatürlichen Lüsten!?
Verzeiht mir: Nein, ich wende diesen Satz nicht
Speziell auf sie an, auch wenn ich befürchte,
Ihr Trieb könnt Euch, gegen ihr bessres Wissen,
Vergleichen mit den Söhnen ihres Landes
Und ihre Wahl bereun.
Othello: Leb wohl! und falls dir
Mehr einfällt, sag mir mehr. Und deine Frau soll
Die Augen offenhalten. – Geh jetzt, Jago.
Jago *(im Weggehen)*: Mein Herr, ich gehe.
Othello: Was nahm ich je ein Weib? Der ehrliche Mensch da
Sieht und weiß mehr, viel mehr, als er enthüllt.
Jago *(kommt zurück)*: Herr, eins wollt ich noch untertänigst bitten:
Geht dem nicht weiter nach. Kommt Zeit, kommt Rat:
Cassio verdient wohl seinen Rang zurück,
Er war gewiß der Mann, ihn auszufüllen. –
Doch wenn es Euch beliebt, ihn noch ein wenig
Warten zu lassen, könnt Ihr dadurch sehn,
Wie er ist und seine Methoden sind.
Gebt acht, ob Eure Dame seine Rückkehr
Vielleicht zu eifrig oder heftig fordert.
Aus derlei sieht man viel. Doch bis dahin

Haltet *mich* lieber für zu argwöhnisch
(Denn ich hab guten Grund, das selbst zu glauben)
Und sie für schuldlos, bitt ich Euer Gnaden!
OTHELLO: Fürcht nichts; ich hab mich in der Hand.
JAGO: Dann nochmals –
Gnädiger Herr, ich geh. *Geht ab*
OTHELLO: Ein Mensch, so ehrlich wie nur einer, und
Ein Menschenkenner, weise und erfahren.
Ja, ja. – Doch find ich dich verwildert, Falke,
So geb ich dir den Abschiedspfiff und werf dich
Dem Wind hin! dann jag du dir selbst dein Futter,
Ob auch dein Fußriemen verwachsen ist
Mit jeder einzelnen Faser meines Herzens! –
Vielleicht doch, weil ich schwarz bin und nicht so
Schön reden kann wie diese Stutzer, oder
Weil schon mein Leben abwärts geht, ins Tal
Der Jahre – wenn auch noch nicht sehr. – Ists drum, daß
Sie geht und mich betrügt und ich nur dadurch
Mich trösten kann, daß ich sie jetzt verabscheu?
O Fluch der Eh, daß wir die zarten *Dinger*
Zwar unser nennen können, aber ihre
Gelüste nicht! Wär ich doch eine Kröte
Und lebte nur vom Dunst eines Verlieses,
Als, wo ich liebe, einen Winkel nur
Für andere zu lassen! Doch das ist ja
Der Fluch der Großen, weniger Glück zu haben
Als selbst die Niedern. Das ist Schicksal und
Genauso unentrinnbar wie der Tod:
Diese gehörnte Pest ist uns bestimmt,
Schon bei unsrer Geburt! Ah! – Desdemona! –
Sie falsch? Nein, dann höhnt sich der Himmel selbst!
Ich glaub es nicht. *Desdemona tritt auf, gefolgt von Emilia*
DESDEMONA: Wie gehts, liebster Othello?
Dein Gastmahl und die Edlen dieser Insel,
Die du heut einludst, warten schon auf dich.
OTHELLO: ’s ist meine Schuld.
DESDEMONA: Warum sprichst du so matt? Ist dir nicht gut?
OTHELLO: Ich habe Kopfschmerzen; da, in der Stirn.

DESDEMONA: Das kommt vom langen Wachen; wird schon besser.
Ich leg dir 'nen Verband an; eine Stunde,
So ist es wieder gut.
OTHELLO: Dein Tüchlein ist zu schmal.
Sie läßt ihr Tastentuch fallen
Laß nur und komm. Ich geh mit dir hinein.
DESDEMONA: Das tut mir aber leid, daß dir nicht gut ist. *Beide ab*
EMILIA: Wie gut! jetzt hab ich dieses Tuch gefunden!
Der Mohr gab ihrs als erstes Liebespfand.
Mein wunderlicher Mann hat hundertmal mich
Umschmeichelt, daß ich es ihr stehlen soll.
Aber sie liebt es so. – Und auch weil *er* sie
Beschworen hat, sie solle ja drauf achten, –
Daß sie es immer bei sich trägt, es küßt
Und zu ihm spricht; ich laß es nachsticken
Und geb es Jago. – Was er damit tun will?
Ich weiß nicht, doch er bat so flehentlich. *Jago tritt auf*
JAGO: Was machst du denn? Was treibst du hier allein?
EMILIA: Schimpf doch nicht gleich, ich hab für dich ein Ding …
JAGO: Ein Ding für mich? Das ist ein Ding für viele!
EMILIA: Wie meinst du das?
JAGO: Ein dummes Weib zu haben.
EMILIA: Ah, ist das alles? Und was gibst du mir jetzt
Für dieses Taschentuch?
JAGO: Was für ein Taschentuch?
EMILIA Was für ein Taschentuch?
Des Mohren erste Gabe an Desdemona.
So oft hast du verlangt, ich soll es stehlen!
JAGO: Und stahlst dus ihr?
EMILIA: Nein, meiner Treu! Sie selbst –
Sie hat es aus Zerstreutheit fallen lassen.
Ich war zum Glück grad da, so hob ichs auf.
Schau: hier ists.
JAGO: *Doch* ein braves Weib! Gib her!
EMILIA: Was willst du damit, daß du mich so batst, es
Für dich zu stehlen?
JAGO *(nimmt es ihr weg)*: Ach, was geht das *dich* an!
EMILIA: Wenns nicht was Wichtiges ist, gibs mir zurück!

Die Arme wird ganz aus dem Häuschen kommen,
Wenn es ihr fehlt.
JAGO: Du halt dich da nur draußen.
Ich brauchs. Geh, laß mich. *Emilia ab*
Ich will das Taschentuch in Cassios Kammer
Verlieren, daß ers findet. Kleinigkeiten,
Leicht wie die Luft, sind für die Eifersucht
Beweise, glaubhaft wie das Evangelium.
Das wirkt vielleicht. Der Mohr wird schon ganz anders
Dank meinem Gift. Gefährliche Hirngespinste
Sind von Natur aus giftig, nur im Anfang
Noch fast geschmacklos; doch wenn sie ein wenig
Aufs Blut gewirkt haben, dann brennen sie
Wie Schwefelminen! *(Othello kommt näher.)* Ah, das sagt ich ja:
Da kommt er. Weder Mohn noch Mandragora
Noch alle Schlummertränke dieser Welt
Schenken dir je wieder den süßen Schlaf,
Den du bis gestern hattest.
OTHELLO: Was? Mir untreu?
JAGO: Was habt Ihr, General? Nichts mehr davon!
OTHELLO: Fort! Auf die Folter hast du mich gespannt!
Ich schwör es: lieber ganz betrogen werden
Als *halb* es wissen!
JAGO: Edler Herr, was gibt es?
OTHELLO: Was wußte ich von ihren heimlichen Stunden?
Ich sahs nicht, dacht es nicht, mir tats nicht weh,
Ich schlief die Nacht drauf ruhig, war frei und froh.
Ich fand nicht Cassios Kuß an ihrem Munde.
Wenn der Beraubte nicht den Raub vermißt,
So sagts ihm nicht, dann ist er nicht beraubt!
JAGO: O Herr!
OTHELLO: Wie glücklich wär ich doch gewesen,
Hätt auch das ganze Lager bis hinab
Zum Hilfstrupp ihren süßen Leib genossen,
Wenn ich's nur nicht gewußt hätt! Nun, auf immer
Leb wohl, du innre Ruh! Leb wohl, mein Friede!
Lebt wohl, ihr Helmfedern, ihr großen Kriege,
Die aus dem Ehrgeiz Tugend machen. – Ach,

Leb wohl, wieherndes Roß, schrille Trompete,
Trommel, die aufrührt, ohrzerreißende Pfeife,
Du königlich Panier und aller Adel,
Stolz, Prunk und Rüstung des ruhmreichen Krieges!
Und ihr, des Tods Maschinen, deren Schlünde
Des ewigen Jupiter großen Donner fälschen,
Lebt wohl: Othellos Handwerkskunst ist hin!
JAGO: Ists möglich, Herr?!
OTHELLO: Du, Schuft, bring mir *Beweise*,
Daß meine Liebe eine Hure ist!
Du: *sichere* Beweise, augenfällig!
Sonst wärs, bei der Unsterblichkeit der Seele,
Besser für dich, du wärst als Hund geboren,
Als daß du meinem Zorn, den du erweckt hast,
Zum Ziel wirst!
JAGO: Also so weit ists gekommen!
OTHELLO: Laß mich es sehn! Wenn nicht, beweis es so,
Daß der Beweis kein einziges Häkchen hat,
An dem ein Zweifel hängt, sonst wehe dir!
JAGO: Mein edler Herr!…
OTHELLO: Und wenn du sie verleumdest und mich folterst,
Dann bete nie mehr und laß alle Reue!
Auf Greuel häufe Greuel, vollbringe Taten
Um die der Himmel weint, die Erde staunt,
Denn nichts mehr Größres kannst du zur Verdammnis
Hinzutun, als du tatst.
JAGO: Helf mir der Himmel!
Gnädiger Herr, seid Ihr ein Mensch, habt Ihr
Ein Herz und Hirn? Gott helf Euch! Nehmt mein Amt mir!
Ich armer Narr, der meine Ehrlichkeit
Zum Laster machte! O du grausige Welt,
Merks: Ehrlich sein und grad, das ist nicht sicher!
Dank für die Lehr! Keinen will *ich* mehr lieben,
Denn Liebe wird als Kränkung angeschrieben.
OTHELLO: Nein, bleib! Du *sollst* ehrlich sein!
JAGO: *Klug* sollt ich sein, Ehrlichkeit ist ein Narr,
Verliert, was sie erstrebt.
OTHELLO: Bei dieser Welt:

Ich glaub, mein Weib ist ehrlich, – und ich glaub,
Sie ist es nicht. Ich glaub, du bist gerecht,
Und glaub, du bist es nicht! Ich will *Beweise*!
Mein Name, der so rein wie das Gesicht
Der Diana war, ist jetzt beschmutzt und schwarz
Wie mein Gesicht: Gibts Stricke oder Messer,
Gift oder Feuer, Wasser zum Ertrinken,
So leid ichs nicht! Ich will Gewißheit haben!

JAGO: Ich seh, Herr, Leidenschaft ists, die Euch auffrißt.
Wirklich, mich reut es, daß ich zu Euch sprach.
Gewißheit wollt Ihr haben?

OTHELLO: Will? Nein: werde!

JAGO: Ihr könnts. Doch was, Herr? Was gibt Euch Gewißheit?
Wollt Ihr als Zuschauer den Mund aufsperrn und
Sehn, wie er sie besteigt?

OTHELLO: Tod und Verdammnis!

JAGO: Schwer und ermüdend wärs, glaub ich, die beiden
So weit zu bringen, das vor andrer Augen
Als ihren eigenen zu treiben und sich
So zu verdammen. Doch dann: was und wie?
Was soll ich sagen? Wo ist die Gewißheit?
Es ist unmöglich, daß Ihr selbst es seht,
Und wärn sie geil wie Ziegen, heiß wie Affen,
Scharf wie die Wölfe in der Brunst und dumm
Und plump wie ungebildete Säufer. Dennoch:
Wenn triftige belastende Beweise,
Die stracks zum Tor der Wahrheit führen, Euch
Gewißheit geben, dann könnt ihr sie haben.

OTHELLO: Gib mir einen Beweis für ihre Untreu!

JAGO: Ich tu das ungern, doch ich bin nun einmal
In dieser Sache schon so weit gegangen,
Von dummer Ehrlichkeit und Lieb' verlockt,
Daß ich nun weiter muß: Ich brachte unlängst
Die Nacht auf Cassios Bett zu; ich hatt' Zahnweh,
Daß ich nicht schlafen konnt.
's gibt Menschen von so wenig innerem Halt,
Daß sie im Schlaf ausplaudern, was sie drückt.
So einer ist auch Cassio:

Ich hört, ihn sagen: »Süße Desdemona!
Vorsicht! laß unsre Liebe uns verbergen!«
Und dann, Herr, packt er meine Hand und drückt' sie
Rief, »Süße, du!« und küßte mich so heiß,
Als riß' er Küsse samt den Wurzeln aus
Von meinen Lippen; dann legt' er sein Bein
Auf meine Hüfte, seufzte, küßt' und rief dann:
»Verfluchtes Los, daß dich dem Mohren gab!«

OTHELLO: O, furchtbar, furchtbar!

JAGO: Das war nur sein Traum.

OTHELLO: Doch weists auf eine Tat hin, die vorausging.

JAGO: Zu denken gibts, auch wenn es nur ein Traum war;
Und anderen Beweisen könnt es Kraft leihn,
Die sonst zu schwach sind.

OTHELLO: Ich reiß sie in Stücke!

JAGO: Nein, doch seid klug. Ob was geschah, – wer weiß?
Sie kann noch immer treu sein. Sagt mir eins nur:
Saht Ihr manchmal in Eurer Gattin Hand
Ein Taschentuch mit eingestickten Erdbeer'n?

OTHELLO: Das gab ich ihr; es war mein erstes Geschenk.

JAGO: Das weiß ich nicht, doch so ein Taschentuch –
Gewiß wars ihres – sah ich heut bei Cassio.
Er wischte sich den Bart damit.

OTHELLO: Wenns *das* wär! –

JAGO: Wenns das wär, oder eines von den ihren,
Sprächs gegen sie, – ein weiterer Beweis.

OTHELLO: O, hätt der Schuft doch vierzigtausend Leben
Eins ist zu arm, zu schwach für meine Rache.
Nun seh ich, es ist wahr. – Jago, sieh her:
So blas ich meine ganze dumme Liebe
Zum Himmel! – ist schon fort.
Steig, Rache schwarz, aus deinem hohlen Kerker!
Gib, Liebe, deine Kron' und deinen Thron
Im Herzen preis dem Haß! – An deinem Schmerz
Brich, Herz; er kommt von giftigen Schlangenbissen! *Er kniet*

JAGO: Faßt Euch doch, bitte.

OTHELLO: Nein! Blut, Jago! Blut!

JAGO: Geduld, sag ich, vielleicht denkt Ihr noch anders.

OTHELLO: Nie, Jago! Wie das Schwarze Meer, das eiskalt
Dahinfließt unterm Zwange seiner Strömung,
Niemals die Ebbe spürt, nur weiterfließt
Zu der Propontis hin, zum Hellespont
Solln meine blutigen Gedanken stürmen.
Nie rückwärtsblicken, nie verebben mehr
Zu demütiger Liebe, bis die große,
Die allumfassende Rache sie verschlingt!
Ich schwörs bei dieses Himmels hartem Marmor
Als feierlichen Eid!
JAGO *(kniet nieder)*: Steht noch nicht auf! –
Seid Zeugen, ewig brennende Lichter oben,
Ihr Elemente, die uns rings umschließen,
Seid Zeugen, daß hier Jago seinen Geist,
Sein Herz und seine Hand nun ganz dem Kampf weiht
Gegen das Unrecht, das Othello litt!
Er soll befehlen, und ihm zu gehorchen,
Soll mir Gewissenssache sein, wie blutig
Die Tat auch sei! *Sie stehen auf*
OTHELLO: Ich grüße deine Liebe
Nicht mit unnützem Dank, sondern ich *nehm* sie,
Und ich hab auf der Stelle für dich Arbeit:
Binnen drei Tagen laß mich von dir hören,
Daß Cassio nicht mehr lebt.
JAGO: Mein Freund ist tot! – Ihr wollts, so ists geschehn.
Doch *sie* laßt leben.
OTHELLO: Oh, zur Hölle sie,
Die geile Stute, nur zur Hölle! – Komm,
Ich will mir heimlich jetzt ein rasches Gift
Zum Tod der schönen Teufelin verschaffen.
Mein Leutnant bist jetzt du.
JAGO: Euer auf ewig! *Beide ab*

4. Szene

Vor dem Schloß.
Desdemona, Emilia und Clown

DESDEMONA Wißt Ihr, Freund, wo der Leutnant Cassio im Quartier liegt?

CLOWN: Üch wage nücht zu sagen, daß er ürgendwo lügt.

DESDEMONA: Wie meinst du das?

CLOWN: Er ist ein Soldat. Und wenn man sagt, ein Soldat lügt, so heißt das, man wird erstochen.

DESDEMONA: Hör auf! Wo hält er sich auf?

CLOWN: Euch sagen, wo er sich aufhalte, das heißt: Euch sagen, wo ich lüge.

DESDEMONA: Kann man daraus klug werden?

CLOWN: Ich weiß nicht, wo er sich aufhält. Und sich damit aufzuhalten, zu sagen, er lügt da oder er lügt dort, wäre eine Lüge, die man selber im Hals hätte.

DESDEMONA: Kannst du ihn ausfindig machen, es dir sagen lassen?

CLOWN: Ich will alle Welt seinetwegen katechisieren, das heißt Fragen stellen und entsprechend antworten.

DESDEMONA: Such ihn auf, bitte ihn herzukommen! Sage, ich habe meinen Herrn günstig für ihn gestimmt und ich hoffe, alles wird gut sein.

CLOWN: Das liegt im Bereich des Menschenmöglichen, und deshalb will ichs zu tun versuchen. *Geht ab*

DESDEMONA: Wo konnt ich nur das Taschentuch verlieren,
Emilia?

EMILIA: Gnädige Frau, ich weiß nicht.

DESDEMONA: Glaub mir,
Lieber verlör ich meine Börse voller
Crusadoes. Nur ein Glück, mein edler Mohr ist
Großzügig und nicht niedrig wie Geschöpfe
Voll Eifersucht, sonst reichte das, um Schlechtes
Zu denken.

EMILIA: Ist er denn nicht eifersüchtig?

DESDEMONA: Wer? Er? Ich glaub, die Sonne, dort wo er
Geboren ist, trieb ihm das alles aus.

EMILIA: Da kommt er! *Othello kommt*

DESDEMONA: Jetzt laß ich ihn nicht mehr los. –

Ruf Cassio zu ihm her. – Teurer! wie gehts dir?
OTHELLO: Gut, meine liebe Frau! *(beiseite)* Schwer, sich verstellen!
Und dir, Desdemona?
DESDEMONA: Gut, lieber Mann.
OTHELLO: Gib mir die Hand. – Die Hand ist feucht, mein Lieb.
DESDEMONA: Sie kennt kein Alter noch und auch kein Leid.
OTHELLO: Das deutet auf ein sehr freigebiges Herz. –
Heiß, heiß und feucht; hier diese deine Hand
Braucht Einschränkung, braucht Fasten und Gebet,
Braucht viel Kasteiung, fromme Andachtsübung,
Denn da sitzt so ein junger, hitziger Teufel,
Der leicht sich auflehnt. – 's ist 'ne gute Hand,
Die gerne schenkt.
DESDEMONA: So kannst du sie wohl nennen,
Denn diese Hand wars, die mein Herz verschenkte.
OTHELLO: Großzügige Hand! Früher schenkten Herzen Hände,
Jetzt, Hand aufs Herz, liegt alles auf der Hand.
DESDEMONA: Ich weiß nicht, was du meinst. – Komm: dein Versprechen!
OTHELLO: Welches Versprechen, Schatz?
DESDEMONA: Ich ließ den Cassio holen, dich zu sprechen.
OTHELLO: Mich plagt ein böser, hartnäckiger Schnupfen.
Leih mir dein Taschentuch.
DESDEMONA: Hier, lieber Mann.
OTHELLO: Das ich dir gab.
DESDEMONA: Ich hab es nicht bei mir.
OTHELLO: Nein?
DESDEMONA: Meiner Treu nicht.
OTHELLO: Schlimm: Dies Taschentuch
Gab einst eine Ägyptrin meiner Mutter,
'ne Zauberin, fast Gedankenleserin.
Sie sagte ihr, solange sie das Tuch
Behalte, werde es sie reizvoll machen
Und werde meinen Vater ganz und gar
Der Liebe zu ihr unterwerfen, aber
Falls sies verliere oder es verschenke,
Würde sich meines Vaters Aug mit Abscheu
Wenden von ihr, und er würde gleich sinnen
Auf andre Fraun. Sie gab mirs, als sie starb,

Und hieß mich, wenn mein Schicksal mir ein Weib
Zuführen sollt, es der dann geben. Gut,
Das hab ich auch getan. Du hüt es nun
Wie deinen Augapfel. Es zu verlieren
Oder verschenken wäre so verderblich,
Wie nichts sonst sein könnt.

DESDEMONA: Ist so etwas möglich?

OTHELLO: ’s ist wahr. Ein Zauber steckt in dem Gewebe,
Eine Sibylle, die zweihundertmal
Der Sonne Jahreslauf gesehn hat, stickte
Das Muster in prophetischer Verzückung.
Die Seide stammt von heiligen Raupen und ist
Gefärbt in Mumiensaft, den Magier ziehn
Aus Jungfraunherzen.

DESDEMONA: Wirklich?

OTHELLO: Ja. Drum hüt es!

DESDEMONA: Dann wollte Gott, daß ich es nie gesehn hätt!

OTHELLO: Warum?

DESDEMONA: Was fährst du auf und sprichst so unbeherrscht?

OTHELLO: Ist es verloren? Fort? Sprich! Ist es weg?

DESDEMONA: Der Himmel sei uns gnädig!

OTHELLO: Das sagst *du*?

DESDEMONA: Verloren ist es nicht. Doch selbst, wenns wäre?

OTHELLO: Was?!

DESDEMONA: Ich sag, verloren ist es nicht.

OTHELLO: So hol es!
Laß mich es sehn!

DESDEMONA: Ja, ja, das kann ich, Herr,
Doch wills jetzt nicht. Das ist ein Kniff, um mich
Von meiner Bitte für Cassio abzulenken:
Setz ihn doch wieder ein!

OTHELLO: Hol mir das Taschentuch; ich ahn nichts Gutes!

DESDEMONA: Komm, komm! du findest nie ’nen tüchtigern Mann.

OTHELLO: Das Taschentuch!

DESDEMONA: Bitte, sprich jetzt von Cassio!

OTHELLO: Das Taschentuch!

DESDEMONA: Ein Mann, der immer nur
Sein ganzes Glück auf deine Liebe setzte,

Mit dir Gefahren teilte …

OTHELLO: Das Taschentuch!

DESDEMONA: Wirklich, du bist zu tadeln!

OTHELLO: Gottes Wunden!! *Geht ab*

EMILIA: Ist er nicht eifersüchtig?

DESDEMONA: Nie noch hab ich
Ihn so gesehn. Wirklich, es muß ein Wunder
In diesem Taschentuch sein, und ich bin
Ganz unglücklich, daß es verloren ist.

EMILIA: Nicht einmal ein, zwei Jahre sind genug,
Daß sich ein Mann uns so zeigt, wie er ist.
Sie alle sind nur Magen, wir nur Essen.
Sie essen uns ganz hungrig, aber dann, wenn
Sie voll sind, dann kommen wir ihnen hoch.

Jago und Cassio treten auf

Ach seht, da kommen Cassio und mein Mann.

JAGO: Es gibt sonst keinen Weg: Sie ists, die's tun muß.
Und seht, wie gut! Geht hin und dringt in sie.

DESDEMONA: Wie gehts, mein bester Cassio? was gibts Neues?

CASSIO: Madame, dasselbe noch: Ich fleh Euch an,
Helft mir durch Euren segensreichen Einfluß,
Daß ich wiederum leben kann und wieder
Mich seiner Lieb erfreu, den ich verehre
Von ganzem Herzen! Doch die Sache drängt.
Wenn mein Vergehn von so tödlicher Art ist,
Daß weder meine früheren Dienste, noch
Mein jetziger Kummer, noch mein guter Vorsatz
Mir wieder seine Lieb verschaffen können,
So ist es mir schon Wohltat, das zu wissen.
Dann füge ich mich notgedrungen drein
Und will in irgendeiner andern Laufbahn
Mein Glück versuchen.

DESDEMONA: Ach, mein bester Cassio!
Jetzt finden meine Bitten kein Gehör:
Mein Herr ist nicht er selbst. Ich könnt ihn gar nicht
Erkennen, wenn sein Aussehn so verändert
Wie seine Art wär. Alle Heiligen solln mir
Helfen, so wahr ich zu ihm für Euch sprach

Nach meinen besten Kräften, und ich wurde
Nur seines Unmuts Zielscheibe, weil ich
Frei zu ihm sprach: Ihr müßt Euch noch gedulden.
Was *ich* kann, will ich tun; und ich will *mehr* tun,
Als ich aus Eignem wagen würde. Laßt Euch
Das jetzt genügen.

JAGO: Ist mein Herr denn zornig?

EMILIA: Gerade jetzt erst ist er fortgegangen,
Und wirklich, er war seltsam aufgebracht.

JAGO: Er zornig? Kann er das? Ich sah ihn, als
Ihm die Kanone seine Schlachtreihn in
Die Luft gesprengt hat, als sie, wie der Teufel,
Ihm seinen eignen Bruder aus dem Arm riß. –
Und *er* kann zornig sein? Dahinter steckt was.
Ich such ihn auf; sein Zorn muß etwas heißen.

DESDEMONA: Ja, bitt Euch, tut das! Sicher Staatsgeschäfte; *Jago geht*
Venedig, oder sonst eine Intrige,
Die man ihm hier auf Zypern hinterbrachte,
Hat seinen klaren Sinn getrübt. Wenns so ist,
Schlägt sich der Menschen Geist mit niedren Dingen,
Obwohl es größre gibt. –
Ja, *das* ists: Wenn uns nur der Finger wehtut,
Verbreitet er in unseren heilen Gliedern
Das gleiche Schmerzgefühl. Nein, denk daran,
Menschen sind keine Götter. Nun, man soll
Von ihnen drum nicht Zärtlichkeit erwarten,
Wies für die Brautzeit paßt: Wirklich, Emilia,
Ich hab – ganz gegen alles Kriegsrecht – seine
Schroffheit schon angeklagt in meinem Herzen,
Doch nun find ich, mein Zeuge war bestochen,
Und er ist fälschlich angeklagt.

EMILIA: Gott gebe,
Daß es sich nur um Staatsgeschäfte handelt
Und nicht um eifersüchtige Hirngespinste,
Die Euch betreffen.

DESDEMONA: Mich? das wäre furchtbar!
Ich gab ihm niemals Grund!

EMILIA: Doch Eifersucht hört nicht auf solche Antwort.

Zur Eifersucht braucht einer keinen Grund,
Er ist nur eifersüchtig, weil ers ist.
Die Eifersucht, die ist ein Ungeheuer,
Aus sich gezeugt und aus sich selbst geboren.

DESDEMONA: Der Himmel halt' dies Ungeheuer fern von
Othellos Denken!

EMILIA: Amen, gnädige Frau!

DESDEMONA: Ich geh ihm nach! Cassio, bleibt in der Nähe.
Find ich ihn guter Laune, sprech ich von Euch
Und tue, was ich kann, um Euch zu nützen.

CASSIO: Ich danke Euch ergebenst, gnädige Frau.

Desdemona und Emilia ab. Bianca tritt auf

BIANCA: Grüß dich, mein Cassio!

CASSIO: Du bist nicht zu Hause?
Wie gehts dir, meine allerschönste Bianca? –
Gerade wollte ich zu dir, mein Lieb.

BIANCA: Und ich wollt grad in dein Quartier gehn, Cassio.
Was? Eine Woche her? Sieben Tag und Nächte?
Achtmal zwanzig Stunden und acht; und Stunden,
In denen der fehlt, den man liebt! die sind
Viel länger als die Uhr, zwanzigmal achtmal länger! –
Langweilige Rechnerei!

CASSIO: Verzeih mir, Bianca!
Die ganze Zeit bedrückten mich Gedanken
So schwer wie Blei, jedoch wenns besser geht,
Hol ich das nach. – O Bianca, liebe! stick mir
(gibt ihr Desdemonas Taschentuch)
Das Muster nach von diesem Tuch!

BIANCA: O Cassio!
Wo hast dus her? Von einer neuen Liebsten?
Jetzt weiß ich, warum du nicht bei mir warst!
So ist es *so* weit?

CASSIO: Laß doch, Mädchen! Wirf
Deine Verdächtigungen gleich zum Teufel,
Von dem du sie doch herhast! Eifersüchtig,
Daß ichs von einer Liebsten hab als Pfand! –
Nein, nein, Bianca, ich schwörs!

BIANCA: Dann, wem gehört es?

CASSIO: Ich weiß nicht, Lieb. Ich fands in meiner Kammer.
Ich mag die Stickerei; eh mans verlangt,
Was sehr wahrscheinlich ist, kopiers mir. Stick mir's nach. –
Nimm es und tus. Doch jetzt laß mich allein.
BIANCA: Allein? Warum?
CASSIO: Ich wart hier auf den General und glaube,
Es schickt sich nicht, ich möcht es drum auch nicht,
Daß er mich sieht mit einer Frau.
BIANCA: Warum nicht?
Ich bitte dich?
CASSIO: Nicht, weil ich dich nicht liebe!
BIANCA: Doch, weil du mich nicht liebst! Ich bitte dich,
Bring mich doch noch ein Stückchen Wegs und sag mir,
Ob ich dich bald am Abend sehen werde?
CASSIO: Ich kann dich nur ein kleines Stück weit bringen,
Ich muß hier warten. Doch ich seh dich bald.
BIANCA: Nun, also gut, ich *muß* mich ja drein fügen. *Beide ab*

Vierter Akt

1. Szene

Vor dem Schloß.
Othello und Jago treten auf

JAGO: Ihr glaubt also?...
OTHELLO: Was glaub ich, Jago?
JAGO: Was? An heimliche Küsse.
OTHELLO: Ein verbotner Kuß.
JAGO: Oder zwar nackt mit ihrem Freund im Bett
'ne Stunde oder mehr, doch ohne böse Absicht?
OTHELLO: Nackt im Bett, Jago, ohne böse Absicht?
Das ist doch Heuchelei gegen den Teufel!
Die keusch sein wolln und *das* tun, deren Keuschheit
Versucht der Teufel, und sie selbst den Himmel!
JAGO: Wenn sie nichts sonst tun, kann mans hingehn lassen;
Doch wenn ich meiner Frau ein Taschentuch geb –
OTHELLO: Was dann?

JAGO: Nun, dann ists ihres, Herr; als ihres
Kann sie es, denk ich, einem jeden schenken.
OTHELLO: Sie ist auch ihrer Ehre Hüterin;
Darf sie auch die verschenken?
JAGO: Die Ehre ist ein unsichtbares Ding,
Das häufig die haben, die sie nicht haben.
Jedoch das Taschentuch …
OTHELLO: Bei Gott, das hätt ich wirklich gern vergessen:
Du sagtest (Ja! Es kreist um mein Gehirn,
Wie Raben um ein Haus, in dem die Pest herrscht,
Als Unheilsboten), er hat mein Taschentuch?
JAGO: Nun, und was weiter?
OTHELLO: ’s ist nicht gut.
JAGO: Wenn ich
Gesagt hätte, ich sah ihn Euch betrügen,
Oder daß ich ihn hörte. – Solche Schufte,
Die, wenn sie durch ihr eignes, stürmisches Werben
Oder durch die Vernarrtheit der Geliebten
Am Ziel sind und befriedigt, könnens oft ja
Nicht lassen, sich zu brüsten …
OTHELLO: Hat er etwas
Gesagt?
JAGO: Ja, Herr; jedoch nicht mehr, seid sicher,
Als er abschwören wird.
OTHELLO: Gesagt? Und was?
JAGO: Daß er was tat … Ich weiß nicht, *was* er tat.
OTHELLO: Doch was?
JAGO: Liegen.
OTHELLO: Bei ihr?
JAGO: Bei ihr, auf ihr. Ganz wie es Euch gefällt.
OTHELLO: Bei ihr liegen, auf ihr liegen? – Wir sagen ›auf ihr liegen‹, wenn wir ihre Keuschheit Lügen strafen. ›Bei ihr liegen‹, – bei Christi Wunden! – das ist zuviel! Taschentuch – Geständnisse – Taschentuch! Ein Geständnis ablegen und dann gehenkt werden für seine Mühe! Erst gehenkt werden und dann das Geständnis; ich zittere bei dem Gedanken. Die Natur würde sich nicht auf eine solche Leidenschaft einlassen, die alles verdunkelt, ohne Gründe dafür zu haben. Es sind nicht die Worte, die mich so durchrütteln. Pah!

Nasen, Ohren und Lippen? Ists möglich – Gestehen? – Taschentuch? – O Teufel!! *Er fällt um*

JAGO: Wirk weiter, meine Medizin, wirk weiter!
So werden leichtgläubige Narrn gefangen,
Und viele würdige, keusche Damen werden
Ganz schuldlos so geschmäht. – Herr! Faßt Euch, Herr!
Mein Herr, hört Ihr? Othello! *Cassio tritt auf*
Wie geht es, Cassio?

CASSIO: Was ist denn los?

JAGO: Da liegt mein Herr: die hinfallende Krankheit!
Das ist sein zweiter Anfall, einer gestern.

CASSIO: Reibt ihm die Schläfen ein!

JAGO: Nein, nur Geduld.
Die Lethargie braucht ruhigen Verlauf,
Sonst kriegt er Schaum vorn Mund und bricht gleich drauf
In wildes Rasen aus. Sieh, er bewegt sich. –
Bitte, zieh dich nur kurze Zeit zurück.
Er wird gleich aufwachen. Wenn er dann fort ist,
Muß ich mit dir in wichtiger Sache sprechen. *Cassio ab*
Wie ist Euch, General? Der Kopf verletzt?

OTHELLO: Spottest du mich?

JAGO: Ich spotten? Euch? Beim Himmel!
Ich wollt, Ihr trügt Euer Schicksal wie ein Mann!

OTHELLO: Ein Mann, der Hörner trägt, der ist ein Untier
Und ein Stück Vieh.

JAGO: Da gibt es manches Vieh hier
In dieser großen Stadt, und manches höfliche Untier.

OTHELLO: Hat er gestanden?

JAGO: Herr, seid doch ein Mann! Denkt:
Ein jeder bärtige Mensch, der auch das Joch trägt,
Kann mit Euch ziehn: Millionen leben heut, die
In einem Bett nachts liegen, das nicht rein ist,
Und würden schwören, es sei ihrs allein.
Ihr seid da besser drann, denn *das* ist ja die
Bosheit der Hölle und der Hohn des Erzfeinds:
Ein schlechtes Weib küssen im Bett und glauben,
Man wäre ihrer sicher, sie wär keusch.
Nein, ich will *wissen*: Weiß ich, was ich bin,

Dann weiß ich auch, was *sie* sein wird.

OTHELLO: Ach, du
Bist klug! Ja, sicher.

JAGO: Bleibt ein wenig abseits
Und faßt Euch in die Schranken der Geduld:
Als Ihr hier lagt zuvor, vom Schmerz besessen
– Leidenschaft, unwert eines Manns wie Ihr –
Kam Cassio; ich wurde ihn los und fand
Gute Entschuldigungen für Euren Zustand.
Er wird gleich wieder kommen, mich zu sprechen,
Denn er versprachs. – Legt Euch nur auf die Lauer
Und merkt den Hohn, den Spott, die Schadenfreude,
Die sein Gesicht erfüllt, denn ich will ihn
Veranlassen, mir nochmals zu erzählen,
Wo, wie, wie oft, wie lange schon und wann er
Euere Frau hatte und haben wird.
Doch halt, *beobachtet* nur seine Gesten
Und bleibt nur ja geduldig, sonst muß ich
Sagen, Ihr seid noch ganz und gar besessen
Und gar kein rechter Mann.

OTHELLO: Du, Jago! hörst du?
Meine Geduld wird äußerst schlau sein, aber –
Hörst du? – auch äußerst blutig.

JAGO: Recht so, aber
Alles zu seiner Zeit. Doch nun versteckt Euch.

Othello zieht sich zurück

Und nun will ich Cassio nach Bianca fragen,
'ne Hausfrau, die da ihre Gunst verkauft
Für Brot und schöne Kleider, ein Geschöpf,
Vernarrt in Cassio. 's ist das Pech der Dirnen,
Daß ihnen viele auf den Leim gehn, aber
Einem gehn sie dann selber auf den Leim. *Cassio kommt*
Er, wenn er von ihr hört, kann gar nicht anders,
Er muß laut lachen: Ah, da kommt er schon.
Wenn er dann lächelt, wird Othello rasend,
Und seine ganz naive Eifersucht
Muß dann des armen Cassio Lächeln, Gesten
Und leichtes Wesen völlig mißverstehn. –

Leutnant! Wie gehts?
CASSIO: Noch schlechter, weil jetzt Ihr mir
Den Titel gebt, dessen Verlust mich tötet.
JAGO: Setzt Desdemona zu und kriegt ihn wieder! –
Ja, könnte Bianca ihn Euch wieder schaffen,
Wie schnell wärt Ihr am Ziel!
CASSIO: Das arme Luder!
OTHELLO: Wie er schon lacht!
JAGO: Noch nie sah ich ein Weib, das so verliebt war.
CASSIO: Das arme Ding! Ich glaub, sie liebt mich wirklich.
OTHELLO: Jetzt leugnet ers noch schwach und lacht es weg.
JAGO: Hört Ihr mich, Cassio?
OTHELLO: Jetzt setzt er ihm zu,
Noch mehr zu sagen. Weiter! gut gemacht!
JAGO: Sie sagt allen, Ihr werdet heiraten.
Wollt Ihr das tun?
CASSIO: Haha!
OTHELLO: Du triumphierst schon!
Du kalter Römer?! Was, du triumphierst schon?
CASSIO: Ich heiraten? Sie? So ein leichtes Ding?
Ich bitt Euch, traut doch etwas meinem Kopfe!
Haltet mich nicht für närrisch! Hahaha!
OTHELLO: Ja, ja! Wer siegt, der lacht.
JAGO: Wirklich: es heißt, Ihr wollt sie heiraten.
OTHELLO: Sagt man das wirklich?
JAGO: Sonst will ich ein Schuft sein!
OTHELLO: Hast du mich also ausgestochen? Schön!
CASSIO: Das hat nur der kleine Affe herumerzählt. Sie redet sich ein, ich werde sie heiraten; aber nur, weil sie mich liebt und eitel ist, nicht weil ich ihr's versprochen habe.
OTHELLO: Jago gibt mir ein Zeichen; nun fängts an.
CASSIO: Sie war gerade erst hier. Überall läuft sie mir nach. Unlängst erst stand ich am Meeresufer und sprach mit einigen Venezianern, da kommt die Puppe auf mich zu und, bei dieser meiner Hand da, sie fällt mir um den Hals, so:
OTHELLO: Ah, daß sie ruft »O geliebter Cassio!« Das muß seine Geste bedeuten.
CASSIO: Hängt so an mir, küßt, weint und zieht mich so!

Hahahaha!

OTHELLO: Nun schildert er, wie sie ihn mit sich fortzog –
Und in mein Bett! – Ich sehe deine Nase,
Aber noch nicht den Hund, dem ich sie hinwerf!

CASSIO: Nun ja, ich werd mich von ihr trennen müssen.

Bianca tritt auf

JAGO: Gott schütz mich! Seht, da kommt sie!

CASSIO: So eine richtige Meerkatze! Wenn auch eine parfümierte! –
Was soll das eigentlich, daß du mir so nachläufst?

BIANCA: Sollen der Teufel und seine Großmutter dir nachlaufen! Was soll das eigentlich, daß du mir da vorhin dieses Taschentuch gegeben hast? Ich war schön dumm, es zu nehmen! Ich soll das ganze Muster nachsticken? Das sieht mir auch ganz danach aus, daß dus in deiner Kammer findest und nicht einmal weißt, wer es dagelassen hat! Das ist ein Liebespfand von irgendeinem Luder, und ich solls nachsticken! Da, gib das deinem Steckenpferd! Ganz gleich, woher dus hast, ich stick das Zeug nicht nach!

CASSIO: Was ist denn, liebe Bianca! Geh, was ist denn?

OTHELLO: Beim Himmel! das ist doch mein Taschentuch!

BIANCA: Und wenn du heut zu mir zum Abendbrot kommen willst, dann kannst du kommen! – Und wenn du nicht willst, dann komm, wenns dir das nächste Mal paßt. *Ab*

JAGO: Ihr nach, ihr nach!

CASSIO: Ja, ja; ich muß, sonst keift sie auf der Straße.

JAGO: Eßt Ihr dort Abendbrot?

CASSIO: Ja, ich glaub schon.

JAGO: Nun, vielleicht seh ich Euch dort, denn ich möchte Euch gerne sprechen.

CASSIO: Kommt bitte! ja?

JAGO: Jetzt lauft ihr nach! Kein Wort mehr. *Cassio ab*

OTHELLO *(tritt vor)*: Wie soll ich ihn ums Leben bringen, Jago?

JAGO: Ihr hörtet ihn zu seiner Schandtat lachen?

OTHELLO: O Jago!

JAGO: Und habt Ihr auch das Taschentuch gesehn?

OTHELLO: Wars meins?

JAGO: Eures, bei dieser Hand! Und sehen zu müssen, wie er die törichte Frau, – Eure Gattin, einschätzt! Sie hat es ihm gegeben, und er hat es seiner Hure gegeben.

OTHELLO: Neun Jahre lang möchte ich ihn langsam töten! – Ein schönes Weib, ein großartiges Weib, ein süßes Weib!

JAGO: Nein, das müßt Ihr vergessen.

OTHELLO: Und faulen soll sie, und verderben, und zur Hölle fahren heut nacht, denn sie soll nicht leben bleiben! Nein, mein Herz ist zu Stein geworden. Ich schlage drauf, und es tut meiner Hand weh. Oh, die ganze Welt hat kein süßeres Geschöpf! Sie könnte bei einem Kaiser liegen und ihm Befehle erteilen.

JAGO: Nein, daran müßt Ihr nicht denken.

OTHELLO: Hol sie der Henker, ich sage doch nur, wie sie ist: So fein und geschickt mit der Nadel, wunderbar musikalisch. Oh, sie könnte einem Bären die Wildheit aus dem Leibe singen! So klug und geistvoll und einfallsreich.

JAGO: Drum ist sie desto schlimmer!

OTHELLO: Tausendmal! tausendmal! – und dann von so zärtlicher Gemütsart.

JAGO: Ja, zu zärtlich!

OTHELLO: Ja, das stimmt schon. Und doch, wie schade drum, Jago! O Jago! wie schade drum, Jago!

JAGO: Wenn Ihr so vernarrt in ihre Sündhaftigkeit seid, so gebt ihr einen Freibrief, es weiter zu treiben. Denn wenns nicht Euch das Herz herausreißt, dann kommt es keinem zu nahe.

OTHELLO: Ich will sie in Stücke hacken!... *Mir* Hörner aufsetzen!

JAGO: Gewiß, das ist häßlich von ihr.

OTHELLO: Mit meinem eigenen Leutnant!

JAGO: Das ist noch häßlicher.

OTHELLO: Verschaff mir Gift, Jago, heut nacht! Ich will nicht mit ihr argumentieren, sonst macht ihr Körper und ihre Schönheit meinen Vorsatz wieder zunichte. Heut nacht, Jago!

JAGO: Tut es nicht mit Gift. Erwürgt sie in ihrem Bett, in demselben Bett, das sie befleckt hat.

OTHELLO: Gut; die Gerechtigkeit daran gefällt mir. Gut.

JAGO: Und Cassio, – den laßt mich zur Ruh bestatten!
Zu Mitternacht hört Ihr mehr.

OTHELLO: Gut. – *(Trompete von draußen)*
Was soll die Trompete?

Lodovico, Desdemona und Gefolge treten auf

JAGO: Was? aus Venedig! Das ist Lodovico.

Er kommt vom Dogen. Seht, Euer Weib ist bei ihm.
LODOVICO: Gott schütz den großen General!
OTHELLO: Der Eure!
LODOVICO: Der Doge grüßt Euch und der Senat Venedigs!
Gibt ihm einen Brief
OTHELLO: Ich küß dieses Behältnis ihres Willens! *Öffnet und liest*
DESDEMONA: Was Neues, lieber Vetter Lodovico?
JAGO: Es freut mich sehr, Euch hier zu sehn, Signor!
Willkommen in Zypern!
LODOVICO: Ich danke Euch. Wie geht es Leutnant Cassio?
JAGO: Er lebt, Herr.
DESDEMONA: Vetter, er und mein Gemahl
Zerfielen leider. Doch Ihr macht das gut! –
OTHELLO: Bist du dessen so sicher?
DESDEMONA: Mein Gemahl?
OTHELLO *(liest)*: »Dies tut nun ohne Fehl, so wahr Ihr selber…«
LODOVICO: Er sagte nichts. Er liest nur laut den Brief.
Sind sie entzweit, der General und Cassio?
DESDEMONA: Zum Unglück ja. Ich möchte alles tun,
Das gutzumachen, denn ich liebe Cassio.
OTHELLO: Feuer und Schwefel!
DESDEMONA: Bitte?
OTHELLO: Bist du klug?!
DESDEMONA: Wie, ist er zornig?
LODOVICO: ’s ist vielleicht der Brief.
Denn meines Wissens ruft man ihn zurück.
Und man setzt Cassio ein an seiner Stelle.
DESDEMONA: Das freut mich aber!
OTHELLO: Wirklich?
DESDEMONA: Mein Gemahl?
OTHELLO: Mich freuts, dich toll zu sehn.
DESDEMONA: Liebster Othello?
OTHELLO: Du Teufel! *(schlägt sie)*
DESDEMONA: Das habe ich nicht verdient.
LODOVICO: Herr! –
Das würde man nicht glauben in Venedig,
Auch wenn ich schwör, ich sahs. Ein starkes Stück.
Bittet ihrs ab! sie weint.

OTHELLO: O Teufel, Teufel!
Wenn diese Erde schwanger werden könnte
Von Weibertränen, kröch aus jedem Tropfen,
Den sie vergießt, sofort ein Krokodil! –
Mir aus den Augen!
DESDEMONA: Ich bleib nicht, wenns Euch stört. *Sie geht*
LODOVICO: Wirklich, eine fügsame Dame! –
Ich fleh Euch an, mein Herr, ruft sie zurück.
OTHELLO: Frau!
DESDEMONA: Mein Gemahl?
OTHELLO: Was wollt ihr mit ihr, Herr?
LODOVICO: Wer? Ich, mein Herr?
OTHELLO: Ja, *Ihr* wolltet, ich brächte sie zur Umkehr.
Herr, sie kann umkehrn, alles! Umkehrn und doch
Fortsetzen ihren Weg, und wieder umkehrn!
Und sie kann weinen, Herr, ja, weinen; und sie
Ist fügsam, wie Ihr sagt, fügsam! sehr fügsam!
Setz du nur deinen Weg in Tränen fort! –
Was dies betrifft, Herr – Gutgemaltes Leid! –
Mir gibt man hier den Auftrag:... Mach dich fort! –
Ich schick dann gleich nach dir... Herr, ich gehorche
Und kehr heim nach Venedig... Fort, verschwinde!
Desdemona ab
Cassio soll mein Kommando haben. Und, Herr,
Wollt Ihr heut abend, bitt ich, mit mir speisen?
Willkommen, Herr, auf Zypern! – Böcke! Affen! *Ab*
LODOVICO: Ist das der edle Mohr, den der Senat nennt
Sein Ein und Alles? das der edle Sinn,
Den keine Leidenschaft erschüttern kann,
An dessen innerer Kraft der Schlag des Schicksals,
Der Pfeil des Zufalls ohne Schaden abprallt?
JAGO: Er hat sich sehr geändert.
LODOVICO: Ist sein Geist
In Ordnung? Ist er nicht im Kopf verstört?
JAGO: Er ist der, der er ist. Mir ziemt kein Urteil.
Was er sein *könnt'*, und ob er das nicht ist.
Wollt Gott, er wär es!
LODOVICO: Seine Frau zu schlagen!

JAGO: Gewiß, das war nicht gut, doch wüßt ich nur, daß
Der Schlag das Ärgste wär!
LODOVICO: Ist er oft so?
Oder brachte der Brief ihn außer sich,
Daß er sich so verging?
JAGO: Ach leider, leider! –
Nicht ehrlich wärs von mir, zu sagen, was ich
Schon sah und weiß. Behaltet ihn im Auge!
Dann wird ihn, was er selber tut, so zeichnen,
Daß ich nichts sagen muß: Jedoch bleibt wachsam
Und achtet, was er tut.
LODOVICO: Es tut mir leid,
Daß ich mich so getäuscht habe in ihm. *Sie gehen ab*

2. Szene

Ein Zimmer im Schloß. Othello und Emilia treten auf

OTHELLO: So habt Ihr nichts gesehn?
EMILIA: Auch nichts gehört und nie Verdacht geschöpft.
OTHELLO: Und doch saht Ihr Cassio und sie beisammen?
EMILIA: Aber ich sah nichts Böses dran, ich hört' auch
Jede einzelne Silbe aus ihrem Mund.
OTHELLO: Was, flüsterten sie niemals?
EMILIA: Nein, mein Herr.
OTHELLO: Und schickten dich auch niemals fort?
EMILIA: Nein, niemals.
OTHELLO: Um ihren Fächer, ihre Handschuh, ihre
Maske, oder was immer?
EMILIA: Nein, Herr.
OTHELLO: Seltsam.
EMILIA: Ich bürge Euch, mein Herr, für ihre Treue,
Bei meinem Seelenheil! und denkt Ihr anders,
Scheucht den Gedanken fort, er macht Euch Schande!
Hat Euch ein Tropf das in den Kopf gesetzt,
Vergelt es Gott ihm mit dem Fluch der Schlange!
Denn wenn nicht *sie* gut ist und rein und treu,

Ist kein Mann glücklich, denn das reinste Weib
Ist falsch dann wie Verleumdung!

OTHELLO: Heiß sie kommen.
Du geh! *Emilia geht*
Sie sagt das; doch 'ne Kupplerin
Sagt sowas auch. Das ist 'ne schlaue Hure,
Ein festverschlossnes Fach geheimer Laster,
Und kniet und betet doch! Ich hab sies tun sehn.

Desdemona und Emilia treten auf

DESDEMONA: Mein Herr, was wünscht Ihr?

OTHELLO: Bitte, Täubchen, komm nur!

DESDEMONA: Was wollt Ihr?

OTHELLO: Laß mich deine Augen sehn … Blick
Mir ins Gesicht!

DESDEMONA: Was für ein fürchterlicher
Wahnsinn ist das?

OTHELLO *(zu Emilia)*: Du, Weib, zeig deine Künste!
Das Pärchen laß allein und mach die Tür zu!
Räuspre dich oder huste, wenn wer kommt.
Tu deine Kupplerpflicht! Nein, mach dich fort! *Emilia ab*

DESDEMONA: Auf meinen Knien, was meinst du?! Ich versteh nur,
Daß Raserei in deinen Worten liegt,
Doch nicht die Worte.

OTHELLO: Warum nicht? Was bist du?

DESDEMONA: Dein Weib bin ich; dein treues, liebendes Weib!

OTHELLO: Komm, schwörs, verdamm dich selbst!
Sonst, weil du bist wie eine aus dem Himmel,
Fürchten sogar die Teufel, dich zu greifen;
Deshalb verdamm dich doppelt jetzt und schwöre,
Du bist mir treu.

DESDEMONA: Der Himmel weiß, ich bins.

OTHELLO: Er weiß, du bist mir untreu wie die Hölle!

DESDEMONA: Wem, Herr? Mit wem? Wie sollt ich untreu sein?

OTHELLO: O Desdemona! fort von mir! Fort! Fort!

DESDEMONA: Oh, dieser Unglückstag! Und warum weinst du?
Bin ich, mein Herr, der Anlaß dieser Tränen?
Glaubst du vielleicht, mein Vater steckt dahinter,
Daß du zurückberufen wirst? Glaub nicht,

Daß ich dran schuld bin. Ist er *dir* verloren,
Ist ers auch *mir*.

OTHELLO: Hätt es nur Gott gefallen,
Mit Krankheit mich zu strafen! hätt er allen
Aussatz und Schimpf aufs Haupt mir regnen lassen,
Bis an die Lippen mich getaucht in Armut,
Mich in Gefangenschaft geraten lassen
Samt allen meinen Hoffnungen! – ich hätte
In irgendeinem Winkel meiner Seele
Doch einen Tropfen von Geduld gefunden!
Doch nein, mich so zu einer festen Ziffer
Im Zifferblatt zu machen, daß die Zeit
Mich höhnt mit ihrem langsam stillen Zeiger...
Ach! ach! – Doch könnt ich auch noch *das* gut tragen!
Doch da, wo ich mein Herz verspart hab, und nun
Entweder *da* leben muß, oder gar nicht,
Von diesem Quell, aus dem ein Strom *entspringt*
Oder *vertrocknet*, fortgetrieben sein,
Oder als Sumpf ihn teil'n mit eklen Kröten,
Die sich begatten und vermehren drin!
Da wechsle deine Farbe, du Geduld!
Du junger Cherub mit den Rosenlippen! –
Hier drin sieh grimmig wie die Hölle aus!

DESDEMONA: Ich hoff, mein edler Herr weiß, daß ich treu bin.

OTHELLO: Ja, wie die Fliegen im Sommer auf der Fleischbank,
Die sich, kaum daß sie kriechen, auch schon paaren! –
Du schwarzes Unkraut, was bist du so schön?
Du riechst so süß, daß sich der Sinn nach dir
Verzehrt! – Ich wollt, du wärest nie geboren!

DESDEMONA: Mein Gott, was hab ich unbewußt begangen?

OTHELLO: War dieses schöne Blatt, dies herrliche Buch,
Gemacht, zu schreiben »Hure«?... Was begangen?
Begangen? Oh, du Weg für jedermann!
Zu Schmiedeöfen macht' ich meine Wangen,
Die alles Schamgefühl zu Asche brennten,
Wenn ich von deinen Taten sprách. – Begangen!
Der Himmel hält die Nase zu, der Mond drückt
Ein Auge zu; der leichtfertige Wind,

Der alles küßt, was er nur trifft, verstummt,
Verkriecht sich in die tiefsten Erdenlöcher
Und will es gar nicht hören... »Was begangen?« –
Schamlose Dirne!

DESDEMONA: Bei Gott, du tust mir Unrecht!

OTHELLO: Bist du keine Dirne?

DESDEMONA: Mein Herr, so wahr ich eine Christin bin:
Wenn Dirne nicht heißt, dies Gefäß bewahren
Für meinen Herrn vor jeglicher verhaßten,
Eklen und ungesetzlichen Berührung,
So bin ich keine.

OTHELLO: Was? und keine Hure?

DESDEMONA: Bei meiner Seligkeit, nein! *Emilia tritt auf*

OTHELLO: Nein?

DESDEMONA: Gott, verzeih's!

OTHELLO: Ach, dann entschuldige mich, ich hielt dich nämlich
Für jene schlaue Hure aus Venedig,
Die den Othello heiratete. – Ihr da!
Die grad das Gegenteil Sankt Peters tut,
Ihr Pförtnerin am Höllentor! Ja, Ihr!
Wir sind schon fertig! Da, nehmt Euer Geld!
Bitt Euch, schließt ab und haltet reinen Mund. *Othello ab*

EMILIA: Ach, was hat er sich in den Kopf gesetzt! –
Madame, oh, liebe gnädige Frau, wie ist Euch?

DESDEMONA: Wirklich, wie halb im Schlaf.

EMILIA: Sagt doch, Madame, was ist mit meinem Herrn los?

DESDEMONA: Mit wem?

EMILIA: Mit meinem Herrn.

DESDEMONA: Wer ist dein Herr?

EMILIA: Der auch der Eure ist, gnädige Frau!

DESDEMONA: Ich hab keinen. – Sprich nicht zu mir, Emilia. –
Ich kann nicht weinen, auch nicht Antwort geben,
Denn das müßten nur Tränen sein. Leg, bitte,
Unsre Hochzeitsbettücher auf mein Bett
Heut nacht – Vergiß nicht. – Jetzt ruf deinen Mann her.

EMILIA: Wie sie verändert ist! *Emilia ab*

DESDEMONA: Ganz recht, daß mir das zustößt. Wirklich gut;
Was hab ich denn getan, daß er auch nur zum

Leisesten Mißtraun Anlaß finden konnte?

Jago und Emilia treten auf

JAGO: Was wünscht Ihr, gnädige Frau? Wie geht es Euch?

DESDEMONA: Ich kanns nicht sagen. Die, die Kinder lehren,
Die tun das sanft, mit leichten Aufgaben;
So hätt er mich ausschimpfen können. Wirklich,
Im Schimpfen bin ich noch ein Kind.

JAGO: Madame,
Was habt Ihr?

EMILIA: Denk, Jago: unser Herr nannte sie Hure
Und schimpfte sie mit so furchtbaren Namen,
Daß es ein treues Herz nicht tragen kann.

DESDEMONA: Soll ich so heißen, Jago?

JAGO: Wie, Madame?

DESDEMONA: So wie sie sagte, daß mein Herr mich nannte.

EMILIA: Er nannt' sie Hure! Kein betrunkner Bettler
Hätte sein Weibsbild je so nennen können.

JAGO: Warum hat er das denn getan?

DESDEMONA: Ich weiß nicht.
Ich bin ganz sicher, daß ich keine bin.

JAGO: Weint nicht. Nein, weint nicht! So ein Unglückstag!

EMILIA: Schlug sie so viele edle Anträge aus,
Ließ ihren Vater und ließ Land und Freunde,
Damit man sie jetzt Hure nennt? Zum Weinen!

DESDEMONA: Das ist mein Unglück.

JAGO: Gott verwünsch ihn dafür!
Was überfiel ihn bloß?

DESDEMONA: Das weiß nur Gott.

EMILIA Ich will doch hängen, wenn nicht so ein Schuft,
So ein einschmeichelnder, rühriger Schurke,
Ein schwänzelnder, scharwenzelnder Knecht, der dadurch
Ein Amt ergattern will, diese Verleumdung
Geplant hat! Ja, sonst will ich hängen.

JAGO: Pfui!
So einen gibts gar nicht! Das ist unmöglich!

DESDEMONA: Wenns das ist, so verzeih der Himmel ihm!

EMILIA: Verzeih ein Strick ihm, freß der Teufel seine Knochen!
Sie Hure schimpfen? – Wer verkehrt mir ihr?

Wo? wann? und wie? welche Wahrscheinlichkeit?
Den Mohren täuscht ein Ausbund von Betrüger,
Ein niederträchtiger Schuft, ein schäbiger Lump!
O Gott! Daß du solch Pack entlarvtest und
In jede ehrliche Hand 'ne Geißel gäbest,
Daß man den Schurken nackt quer durch die Welt peitscht,
Von Ost nach West!

JAGO: Schrei's nicht so laut hinaus.

EMILIA: Pfui über ihn! So ein Geselle wars auch,
Der dir den Kopf verdreht hat, daß du mich
Verdächtigt hast mit diesem Mohren!

JAGO: Du
bist eine Närrin! Geh schon!

DESDEMONA: Guter Jago,
Wie stimm ich meinen Herren wieder um?
Geht hin zu ihm, Freund, denn, beim Licht des Himmels,
Ich weiß nicht, wie ich ihn verlor. Hier knie ich:
Wenn ich mich je verging an seiner Liebe
In Taten, Wünschen oder in Gedanken,
Wenn je mein Aug, Ohr, einer meiner Sinne
Sich je erfreute an irgendeinem andern,
Oder auch wenn ich bisher oder jetzt ihn,
Oder in Zukunft (auch wenn er mich fortstößt
Zu bettelhafter Scheidung) nicht heiß liebe,
Verlaß mich jeder Trost! Härte kann wehtun,
Und seine Härte könnt mein *Leben* enden,
Doch meine Liebe nie beflecken. – »Hure«
Kann ich kaum sagen; schon das Wort ist furchtbar.
Und tun, was diesen Titel mir verdiente? –
Nicht um den Firlefanz der ganzen Welt!

JAGO: Oh, bitte, faßt Euch, 's ist nur seine Laune.
Die Staatsaffären haben ihn gekränkt,
Und er schilt Euch drum.

DESDEMONA: Wenns nicht andres wäre!…

JAGO: Es ist nur das, ich bürg Euch. *(Trompetenstoß)* Hört wie diese
Trompete Euch zum Abendessen ruft.
Die Herrn Gesandten aus Venedig warten.
Weint nicht, und geht; es wird noch alles gut.

Desdemona und Emilia ab. Rodrigo tritt auf

Was gibts, Rodrigo?

RODRIGO: Ich finde, du verfährst mit mir nicht redlich.

JAGO: Wieso denn nicht?

RODRIGO: Jeden Tag fertigst du mich mit neuen Ausflüchten ab, Jago, und mir scheint, du hältst mich von allem, was mich wirklich trösten könnte, eher fern, als meinen Hoffnungen auch nur den geringsten Vorschub zu leisten. Nein, ich wills wirklich nicht länger ertragen, und ich will mich auch nicht überreden lassen, das friedfertig einzustecken, was ich törichterweise schon erduldet *habe*.

JAGO: Wollt Ihr mich anhören, Rodrigo?

RODRIGO: Meiner Treu, ich hab schon zu viel gehört, denn Eure Worte und Eure Taten haben keinerlei Verwandtschaft miteinander.

JAGO: Ihr macht mir ganz ungerechte Vorwürfe.

RODRIGO: Nichts als die Wahrheit. Ich habe mein ganzes Geld durchgebracht. Der Schmuck, den Ihr von mir hattet, um ihn Desdemona zu geben – die Hälfte davon hätte schon eine Nonne verführt!
Ihr habt mir gesagt, sie hat ihn angenommen. Ihr habt mich hingehalten und auf ihre baldige Gegenleistung und Erhörung vertröstet. Aber die find ich nicht.

JAGO: Gut, nur weiter! Sehr gut.

RODRIGO: Sehr gut, nur weiter? Ich kann nicht weiter, Mann! Es ist *nicht* sehr gut! Bei dieser meiner Hand, ich sage, es ist sehr schäbig und ich beginne mich dabei betrogen zu fühlen!

JAGO: Sehr gut.

RODRIGO: Nein, es ist nicht sehr gut. Ich werde Desdemona alles sagen. Wenn sie mir meinen Schmuck zurückgibt, so will ich meine Werbung aufgeben und meine unerlaubten Anträge bereuen. Wenn nicht, dann sei sicher, ich werde Genugtuung von dir fordern!

JAGO: Ein gewichtiges Wort.

RODRIGO: Nicht ein Wort mehr, als ich wirklich tun will.

JAGO: Ah! Jetzt sehe ich, daß du wirklich Entschlußkraft hast. Von nun an habe ich eine bessere Meinung von dir als je zuvor. Gib mir die Hand. Rodrigo! Du hast gegen mich sehr einleuchtende Einwände vorgebracht; und doch, ich schwörs, ich habe in deiner Sache sehr gerade gehandelt.

RODRIGO: So schiens mir nicht.

JAGO: Zugegeben, es *schien* wirklich nicht so, und dein Verdacht ist nicht ohne Scharfsinn und Urteilskraft. Aber, Rodrigo, wenn du wirklich das Zeug dazu in dir hast, was zu glauben ich jetzt mehr Grund habe als je zuvor; ich meine Entschlossenheit, Mut und Tapferkeit, so zeig es heute nacht. Wenn du dann nicht morgen nacht Desdemona genießen wirst, so schaff mich durch einen Hinterhalt aus der Welt und schmiede Anschläge auf mein Leben!

RODRIGO: Nun, ja. Aber ist es vernünftig und durchführbar?

JAGO: Freund, es ist ein ausdrücklicher Befehl aus Venedig gekommen, Cassio an Othellos Stelle einzusetzen.

RODRIGO: Ist das wahr? Aber dann kehren ja Othello und Desdemona wieder nach Venedig zurück?

JAGO: Nein, nein. Er geht nach Mauretanien, ins Mohrenland, und nimmt die schöne Desdemona mit fort, außer sein Aufenthalt hier wird durch irgendeinen Zufall verzögert, und da könnte nichts so entscheidend sein wie die Beseitigung Cassios.

RODRIGO: Wie meinst du das? Cassio beseitigen?

JAGO: Nun, daß man ihn unfähig macht, Othellos Stelle einzunehmen, indem man ihm den Schädel einschlägt.

RODRIGO: Und du willst, daß ich das tun soll.

JAGO: Ja, und wenn du dich traust, deinen Vorteil und dein Recht wahrzunehmen: Er wird heute abend bei einer Dirne essen. Und dort will ich ihn aufsuchen. Er weiß noch nichts davon, daß er wieder zu Glück und Ehren gekommen ist. Wenn du ihm auflauern willst, wenn er dort weggeht, – und ich wills so einrichten, daß er das zwischen Mitternacht und ein Uhr tut – dann ist er in deiner Gewalt. Ich halt mich in der Nähe, um deinen Anschlag zu unterstützen, und er soll zwischen uns fallen. Komm, steh nicht so erstaunt da, sondern geh mit mir. Ich will dir so deutlich zeigen, wie notwendig sein Tod ist, daß du dich verpflichtet fühlen sollst, ihm dazu zu verhelfen. Jetzt ists hohe Zeit zum Abendessen, und die Nacht vergeht ungenutzt: Los!

RODRIGO: Ich will aber die Gründe noch genauer hören.

JAGO: Du wirst zufrieden sein. *Beide ab*

3. Szene

Ein anderes Zimmer im Schloß. Othello, Lodovico, Desdemona, Emilia und Gefolge

LODOVICO: Ich bitt Euch, Herr, bemüht Euch doch nicht weiter.
OTHELLO: Gestattet mir, das Ausgehn tut mir gut.
LODOVICO: Madame, gut Nacht, und meinen besten Dank!
DESDEMONA: Euer Gnaden sind willkommen.
OTHELLO: Wollt Ihr zu Fuß gehn, Herr? – O Desdemona…
DESDEMONA: Mein Gemahl?
OTHELLO: Du geh zu Bett, ich werde gleich zurück sein.
Schick deine Frau da fort, tu das bestimmt.
DESDEMONA: Ja, mein Gemahl. *Othello, Lodovico und Gefolge ab*
EMILIA: Wie gehts jetzt? Er sieht sanfter aus als vorhin.
DESDEMONA: Er hat gesagt, er wird sofort zurück sein.
Er hieß mich jetzt zu Bette gehen und
Sagte, ich soll dich fortschicken.
EMILIA: Mich fort?
DESDEMONA: Das sagt er; drum, liebe Emilia, gib mir
Mein Nachtgewand, und dann Adieu.
Wir dürfen jetzt nichts tun, was ihm mißfällt.
EMILIA: Ich wollte, Ihr hättet ihn nie gesehen!
DESDEMONA: Das wollt ich nicht. Ich lieb ihn, wie er ist,
Selbst seine Schroffheit, Drohungen, harten Worte –
Bitte mach mir das auf – sind voller Kraft und Schönheit.
EMILIA: Ich habe die Tücher auf das Bett gelegt,
Wie Ihrs mir auftrugt.
DESDEMONA: 's ist alles eins. — O Gott, was sind wir töricht! –
Und wenn ich vor dir sterb, dann hüll mich, bitte
In eins von diesen Tüchern da.
EMILIA: Kommt, kommt!
Was Ihr nur schwatzt!
DESDEMONA: In meiner Mutter Dienst war
Ein Mädchen Barbara, die war verliebt.
Der, den sie liebte, war ein Wildling und
Verließ sie, und da sang sie immer »Weide«.
Ein altes Lied, doch paßte es auf sie.
Sie sangs noch, als sie starb; mir geht das Lied
Nicht aus dem Kopf heut nacht… Ich muß dazusehn,

Daß ich den Kopf nicht hängen laß und sing wie
Die arme Barbara. – Bitte, beeil dich.

EMILIA: Soll ich jetzt Euer Nachthemd holen?

DESDEMONA: Nein.
Mach mir das auf hier. – Dieser Lodovico
Ist doch ein rechter Mann.

EMILIA: Ein wirklich schöner Mann!

DESDEMONA: Er spricht auch gut.

EMILIA: Ich kenne eine Dame in Venedig, die wäre barfuß nach Palästina gepilgert, um nur einmal seine Lippen zu berühren.

DESDEMONA *(singt)*: Die Anne saß klagend unterm Feigenbaum früh.
Singt alle: Eine grün' Weide!
Die Hand auf dem Herzen, den Kopf auf dem Knie.
Singt: Weide, Weide, Weide.
Der Bach rauscht' und stimmt' in ihr Klagen mit ein.
Singt: Weide, Weide, Weide.
Ihre bitteren Tränen erweichten den Stein.
Nein; die leg beiseite.
Singt: Weide, Weide, Weide.
Beeil dich, er wird gleich kommen.
Singt alle: Grün' Weide, mein Kranz muß die sein.
Und flucht er, ich lieb ihn doch so, wie er ist.
Nein. Das kommt nicht als nächstes. Horch, wer klopft da?

EMILIA: Das ist der Wind.

DESDEMONA *(singt)*: Ich nannt mein Lieb untreu; was sagte er dann?
Singt: Weide, Weide, Weide.
»Ja, auch du liegst ja oft bei 'nem anderen Mann…«
Jetzt geh nur. Gute Nacht! – Mich juckt mein Auge.
Bedeutet das nicht Tränen?

EMILIA: Nichts bedeutets!

DESDEMONA: Ich habe das sagen hören. – Oh, die Männer!
Die Männer! – Hand aufs Herz, Emilia, sag mir –
Gibts wirklich Fraun, glaubst du, die ihren Mann so
Betrügen?

EMILIA: Manche sicher, keine Frage.

DESDEMONA: Tätest du sowas – um die ganze Welt?

EMILIA: Ach!… Ihr denn nicht?

DESDEMONA: Nein, nie! Beim Licht des Himmels!

EMILIA: Nein, nein, auch ich täts nie beim Licht des Himmels,
Ich könnts ja grad so gut im Dunkeln tun.
DESDEMONA: Tätest du sowas? – um die ganze Welt?
EMILIA: Die Welt ist riesig groß. Das wäre schon
Für eine kleine Sünd, ein großer Lohn.
DESDEMONA: Im Ernst: ich glaube nicht, du tätest's je.
EMILIA: Im Ernst, ich glaube, ich täte es; und wenn ichs getan hätt, würde ichs dann wieder ungetan machen. Freilich, ich tät so etwas nicht für einen Fingerring oder für ein Stück Batist, oder für Mäntel und Unterröcke oder Hauben oder irgendwelchen Kleinkram, – aber für die ganze Welt!? – Ja, welche Frau würde ihrem Mann nicht Hörner aufsetzen, um ihm eine Kaiserkrone aufsetzen zu können? Dafür würde ich das Fegefeuer in Kauf nehmen!
DESDEMONA: Ich wollt' verdammt sein, wenn ich sowas täte,
Ein solches Unrecht!
EMILIA: Ach, das Unrecht ist doch nur ein Unrecht in der Welt, und wenn Ihr als Lohn für Eure Mühe die ganze Welt kriegt, dann ist es ein Unrecht in Eurer eigenen Welt, und dann könnt Ihr es doch schnell wieder gutmachen.
DESDEMONA: Ich glaub, es gibt doch keine solche Frau.
EMILIA: Ja doch, dutzendweise! und darüber hinaus noch genug, um
Die Welt zu füllen, um die sie gespielt haben. –
Doch denk ich, ihre Männer haben Schuld,
Wenn Frauen fallen. Sei es, daß die Männer
Nur nachlässig noch ihre Pflicht erfüllen
Und Schätze, die uns zukommen, vergießen
Da oder dort in einem fremden Schoß.
Oder sie werden quenglig, eifersüchtig
Und sperrn uns ein fast, oder schlagen uns,
Oder sie halten uns zu kurz mit Geld.
Was solls? Auch *wir* haben Galle im Leib:
Zwar kennen wir Geduld, jedoch auch Rache. –
Die Männer sollns nur wissen, ihre Fraun
Haben genau so Sinne wie sie selber:
Sie riechen, sehn und haben einen Gaumen.
Für Süßes und für Saures, ganz wie Männer.
Wie ists, wenn sie Abwechslung von uns suchen
Bei andern? Macht es Spaß? Ich glaube, ja.

Kommt das von Trieben? Ich glaub, davon kommt es.
Ists Schwachheit, die so irrt? Ich glaub auch das.
Und haben wir nicht Triebe und Begierden
Nach unserm Spaß, und Schwachheit, ganz wie Männer?
Drum solln sie gut zu uns sein und bedenken:
Was *sie* uns tun, das lehrt uns sie zu kränken.

DESDEMONA: Gut Nacht, gut Nacht! Mag mich der Himmel lehren,
Wenns schlecht steht, gut zu sein, nicht Schlechtes zu vermehren.
Beide ab

Fünfter Akt

1. Szene

Straße.
Jago und Rodrigo treten auf

JAGO: Steh hier hinter der Bude, denn er kommt gleich.
Halt deinen guten Stahl bereit, stoß zu!
Schnell, schnell, und keine Angst, ich will dich decken.
Es geht ums Ganze jetzt, so oder so,
Für oder gegen uns! Bedenke das,
Und sei ganz fest entschlossen.

RODRIGO: Aber du bleib
Hier in der Nähe, falls es mir mißlingt.

JAGO: Hier neben dir. Sei kühn! Nimm deine Waffe! *Zieht sich zurück*

RODRIGO: Ich bin nicht sehr erpicht auf diese Tat,
Obwohl er mir triftige Gründe angab. –
Nur *ein* Mann weniger. – Komm, mein Schwert! Er stirbt.

JAGO: Ich hab dieses junge Geschwür nun bis
Aufs Blut gerieben! Endlich wird er zornig!
Ob *er* jetzt Cassio umbringt, Cassio *ihn*,
Oder die zwei einander? – Ich gewinne
Auf jeden Fall: Denn lebt Rodrigo, will er
Von mir Ersatz fürs Gold und für den Schmuck,
Den ich von ihm erschwindelt hab, als Gaben
Für Desdemona: Nein, das *darf* nicht sein. –
Wenn Cassio siegt, der hat in seinem Leben

Von Tag zu Tag eine Art Schönheit, die
Mich häßlich macht: Und außerdem, der Mohr könnt
Sprechen zu ihm, von mir; das wär gefährlich.
Nein, er muß sterben. – Da, ich hör ihn kommen. *Cassio tritt auf*

RODRIGO: Ich kenne seinen Gang. – Schurke! Du stirbst!
Fällt Cassio an

CASSIO: Der Stich war wirklich bös gemeint! jedoch
Mein Rock ist fester, als du dachtest; jetzt will
Ich deinen prüfen. *Sie fechten, er verwundet Rodrigo*

RODRIGO: Ach! mit mir ists aus!
Jago sticht Cassio von hinten ins Bein und geht ab

CASSIO: Sie stechen mich zum Krüppel!! Licht! He! Mörder!
Fällt. Othello tritt auf

OTHELLO: Die Stimme Cassios! Jago hält sein Wort.

RODRIGO: Oh, Schurke, der ich bin!

OTHELLO: Jawohl, das bist du!

CASSIO: Oh, Hilfe! he! Bringt Licht her! – Einen Arzt!

OTHELLO: O tapfrer Jago, ehrlich und gerecht!
Du fühlst so tief das Unrecht, das dein Freund litt,
Du lehrst mich jetzt... Püppchen, dein Schatz liegt tot!
Und *dein* Schicksal naht schnell! Ich komme, Dirne!
Mein Herz weiß nicht mehr, was dein Aug ihm tut,
Und dein beflecktes Bett befleckt bald Blut. *Ab*
Lodovico und Gratiano treten auf

CASSIO: He! Wachen! Kommt denn niemand! Hilfe! Mörder!

GRATIANO: Ein Unglück, sicher! Dieser Schrei ist furchtbar.

CASSIO: Oh, Hilfe!

LODOVICO: Horch!

RODRIGO: Der niederträchtige Schuft!

LODOVICO: Zwei stöhnen, oder drei; die Nacht ist dunkel.
Das kann Verstellung sein, mir scheints nicht sicher
Dort hinzugehen, wenn nicht *mehr* uns helfen.

RODRIGO: Keiner kommt her. So werde ich verbluten!

LODOVICO: Horch! *Jago kommt mit einem Licht*

GRATIANO: Da kommt ein Mann im Hemd mit Licht und Waffen.

JAGO: Wer ist das dort? Wer ist das, der da Mord schreit?

LODOVICO: Ich weiß nicht.

JAGO: Habt Ihr keinen Schrei gehört?

CASSIO: Hier, hier! Um Himmels willen, helft!
JAGO: Was gibt es?
GRATIANO: Das ist Othellos Fähnrich, glaube ich.
LODOVICO: Das ist er, ja. Ein tapferer Geselle.
JAGO: Wer seid ihr hier, daß ihr so kläglich schreit?
CASSIO: Jago! Oh, ich bin hin, von Schurkenhand!
Komm, hilf mir doch!
JAGO: Mein Leutnant! Oh, was waren das für Schurken!?
CASSIO: Einer von ihnen, glaub ich, ist ganz nahe,
Und der kann nicht mehr fort.
JAGO: O feige Schurken! *(Dann zu Lodovico und Gratiano)*
Ihr dort! Wer seid ihr? Kommt und leistet Hilfe!
RODRIGO: Oh, helft mir hier!
CASSIO: Das ist einer von ihnen!
JAGO: Du Mordbube! Du Schuft! *Ersticht Rodrigo*
RODRIGO: Jago! – Du, Teufel!
Du unmenschlicher Hund, du … Oh! Oh! Oh!
JAGO: Im Dunkeln ihn ermorden! Blutige Diebe!
Wo sind sie nur? Wie still die Stadt ist! He!
Mord! Mord! – und was seid *ihr*? gut oder böse?
LODOVICO: Wie Ihr uns findet, so sollt Ihr uns nennen.
JAGO: Signor Lodovico?
LODOVICO: Ja, Freund.
JAGO: Herr, verzeiht!
Cassio liegt hier, verletzt von Schurken.
GRATIANO: Cassio!
JAGO: Bruder, wie stehts?
CASSIO: Mein Bein ist ganz entzwei.
JAGO: Um Himmels willen, nein! Gebt Licht, ihr Herren,
Damit ich ihn mit meinem Hemd verbinde. *Bianca tritt auf*
BIANCA: Was ist hier los? Wer ist es, der geschrien hat?
JAGO: Wer ist es, der geschrien hat?
BIANCA: Liebster Cassio!
Mein teurer, süßer Cassio! Cassio! Cassio!
JAGO: Du Dirne, du! – Cassio, hast du Verdacht,
Wer die sein könnten, die dich überfielen?
CASSIO: Nein.
GRATIANO: Mich schmerzts, Euch so zu sehn. Ich suchte Euch.

JAGO: Leiht mir ein Knieband! So: Jetzt eine Sänfte,
Daß man ihn trägt, behutsam.
BIANCA: Ach! er fällt
In Ohnmacht! Cassio! Cassio, du! O Cassio!
JAGO: Die Dirne, meine Herrn, scheint mir verdächtig,
Daß sie dran teilhat: Nur Geduld, Freund Cassio! –
Gebt mir ein Licht. Und ist uns *der* bekannt?
O weh! Mein Freund! Das ist mein lieber Landsmann:
Rodrigo? Nein – Ja, doch! Mein Gott! – Rodrigo!?
GRATIANO: Was, aus Venedig?
JAGO: Ja, Herr. Kennt Ihr ihn?
GRATIANO: Ob ich ihn kenne? Ja.
JAGO: Signor Gratiano!
Verzeiht, mein Herr! Hier dieses blutige Unheil
Muß meinen Mangel an Höflichkeit entschuldigen,
Daß ich Euch gar nicht sah.
GRATIANO: Es freut mich, Euch zu sehn.
JAGO: Cassio, wie gehts? Eine Sänfte! Eine Sänfte!
GRATIANO: Rodrigo!
JAGO: Ja, *das ist er*! *(Eine Sänfte wird gebracht)* Ah, endlich, eine Sänfte!
Tragt ihn behutsam weg, ich hol Othellos Arzt. *(zu Bianca)*
Was Euch betrifft, Mamsell, spart Euch die Mühe! –
Cassio! Der Mann, der hier erschlagen liegt, war
Mein teurer Freund. Hattet ihr beide Streit?
CASSIO: Nicht den geringsten, und ich kenn den Mann nicht.
JAGO *(zu Bianca)*: Was? Ihr seht blaß aus! – Tragt ihn in ein Haus.
Cassio und Rodrigo werden fortgetragen
Halt, junge Dame! Ihr seid blaß, Mamsell?
Seht, sie verdreht die Augen. – Nein, bleib da!
Wir hören bald noch mehr von dir! Bewacht sie!
Ich bitt Euch, meine Herren, seht sie an.
Ja, seht nur her: Hier kommt die Schuld zu Wort
Und spricht, auch wenn die Zunge ihr verdorrt. *Emilia tritt auf*
EMILIA: Um Himmels willn, was gibts denn, Mann? Was gibts denn?
JAGO: Cassio wurde im Dunkeln überfallen
Hier von Rodrigo und Schurken die entflohn sind.
Er ist fast tot, und Rodrigo ist tot.
EMILIA: Ach, edle Herren! Ach, der gute Cassio!

JAGO: Das ist die Frucht der Hurerei. – Emilia,
Bitte, frag Cassio, wo er heut zur Nacht aß. *(zu Bianca)*:
Was? Fangt Ihr da zu zittern an?
BIANCA: Er aß
In meinem Haus, doch zittere ich nicht darum.
JAGO: Ach, wirklich? tat er das? Ich nehm dich fest:
Du kommst mit mir!
EMILIA: Pfui über dich, du Hure!
BIANCA: Ich bin nicht eine Hure, sondern bin
So ehrenhaft wie Ihr, die mich beschimpft.
EMILIA: Wie ich? Pfui über dich!
JAGO: Ihr guten Herrn,
Gehn wir und sehn wir nach dem armen Cassio,
Wie er verbunden wird. – Kommt mit, Mamsell!
Ihr müßt uns dann noch einiges erzählen.
Emilia, du lauf auf die Zitadelle
Und sage unserm Herrn und seiner Gattin,
Was da geschah. Geh schon! *(für sich)* Das ist die Nacht,
Die jetzt mein Glück oder mein Unglück macht. *Alle ab*

2. Szene

Schlafzimmer im Schloß.
Desdemona schläft im Bett, Othello tritt mit Licht auf

OTHELLO: Es ist die Schuld, es ist die Schuld, mein Herz.
– Laßt sie mich euch nicht nennen, keusche Sterne! –
Die Schuld! Doch will ich nicht ihr Blut vergießen,
Noch ihre Haut, weißer als Schnee, ihr ritzen,
Die glatt ist wie ein Alabasterbild.
Doch sterben muß sie, sonst betrügt sie andre.
Lösch aus das Licht, und dann lösch aus das Licht!
Wenn ich dich auslösch, kleiner, flammender Diener,
Kann ich dein frühres Licht stets neu entfachen,
Wenn es mich reut; doch wenn ich deins erst auslösch,
Du wunderbarstes Bildwerk der Natur,
Weiß ich nicht, wo ist der Prometheusfunke,
Der *dein* Licht wiederbringt. Ist deine Rose

Gepflückt, kann ich sie nicht mehr wachsen machen,
Dann muß sie welken: Duft mir noch am Zweig! *Er küßt sie*
Du Dufthauch, der fast die Gerechtigkeit
Bestrickt, daß sie ihr Schwert zerbricht! – Noch *einen*:
Noch einen! *So* sei, wenn du tot bist, und
Ich will dich töten und noch nachher lieben!
Noch einen letzten: Nie noch war so süß
So tödlich. Ich muß weinen. Aber das sind
Grausame Tränen. Dieser Schmerz ist himmlisch:
Dort, wo er liebt, dort straft er. – Sie erwacht.

DESDEMONA: Othello? Wer ist da?
OTHELLO: Ich, Desdemona.
DESDEMONA: Wollt Ihr zu Bette kommen, mein Gemahl?
OTHELLO: Hast du zur Nacht gebetet, Desdemona?
DESDEMONA: Ja, mein Gemahl.
OTHELLO: Entsinnst du dich irgendeines Verbrechens,
Das noch der Gnade des Himmels nicht versöhnt ist,
So bitt jetzt gleich um sie.
DESDEMONA: Ach, mein Gemahl! was wollt Ihr damit sagen?
OTHELLO: Nun, tu es, und machs kurz. Ich geh beiseite.
Ich möcht nicht deinen Geist in Sünden töten.
Nein, Gott verhüts, nie töt ich deine Seele!
DESDEMONA: Sprecht Ihr vom Töten?
OTHELLO: Ja, ich tus.
DESDEMONA: Dann, Himmel,
Erbarm dich mein!
OTHELLO: Amen, von ganzem Herzen!
DESDEMONA: Wenn du das sagst, so hoffe ich, du wirst mich
Nicht töten.
OTHELLO: Hm!
DESDEMONA: Doch ich hab Angst vor dir,
Denn du bist tödlich, wenn dein Aug so rollt.
Warum ich Angst haben soll, weiß ich nicht, denn
Ich weiß von keiner Schuld; doch fühl ich, ich hab Angst.
OTHELLO: Denke an deine Sünden!
DESDEMONA: Die sind nur
Liebe zu dir!
OTHELLO: Und dafür stirbst du jetzt.

DESDEMONA: Um Liebe töten, das ist unnatürlich.
Oh, Gott! was nagst du so die Unterlippe?
Du bebst vor blutigem Zorn. Doch diese Zeichen
Ich hoff, ich hoff, gelten nicht mir.
OTHELLO: Schweig still!
DESDEMONA: Ich will es, doch was gibts?
OTHELLO: Das Taschentuch, das ich so liebt' und dir gab,
Du gabst es Cassio!
DESDEMONA: Nein! Bei meinem Leben
Und meiner Seele! Schick nach ihm und frag ihn!
OTHELLO: Hüte dich, teure Seele, hüte dich vor
Meineid! Du liegst auf deinem Sterbebett.
DESDEMONA: Ja, *ein*mal sterb ich hier. Doch noch nicht jetzt!
OTHELLO: Doch, jetzt.
Darum bekenn aufrichtig deine Sünde,
Denn jeden Punkt mit einem Eid verleugnen
Stößt nicht die Überzeugung um, die mich
Beschwert und stöhnen macht. Du mußt jetzt sterben.
DESDEMONA: Dann, Gott, erbarm dich meiner!
OTHELLO: Amen, sag ich.
DESDEMONA: Auch du erbarm dich meiner! Nie im Leben
Tat ich dir was zuleid!... Nie liebt' ich Cassio,
Außer ganz allgemein, wie es der Himmel
Verlangt; ich gab ihm nie ein Liebespfand.
OTHELLO: Himmel! Ich sah mein Tuch in seiner Hand!
Meineidiges Weib, du machst mein Herz zu Stein,
Und zwingst mich, Mord zu nennen, was ich tun will,
Und was ich für ein *Opfer* hielt. – Ich sah
Das Taschentuch.
DESDEMONA: Dann hat er es gefunden.
Ich habs ihm nie gegeben. Laß ihn holen,
Er solls gestehn.
OTHELLO: Er hat es schon gestanden.
DESDEMONA: Was, mein Gemahl?
OTHELLO: Daß er – bei dir war.
DESDEMONA: Wie?
Nicht unerlaubt!
OTHELLO: Ja.

Desdemona: Er wird das nicht sagen!
Othello: Nein, *sein* Mund ist gestopft. – Der ehrliche Jago
Hat schon dafür gesorgt.
Desdemona: Oh, meine Angst!
So ist er tot?
Othello: Wär jedes Haar an ihm ein
Leben gewesen, meine große Rache
Hätt sie verschlungen, alle!
Desdemona: Gott! Er ist
Zu Unrecht umgebracht! Ich bin verloren.
Othello: Dirne! du weinst um ihn vor meinen Augen?
Desdemona: Verstoß mich, mein Gemahl, doch töt mich nicht!
Othello: Nieder, du Dirne!
Desdemona: Töt mich erst morgen! Laß heut nacht mich leben!
Othello: Nein. Wehr dich nicht!!…
Desdemona: Nur eine halbe Stunde!
Daß ich noch beten kann!… *Er erwürgt sie*
Othello: Es ist zu spät.
Desdemona: O Herr! Herr! Herr!
Emilia *(draußen)*:
Mein Herr, mein Herr! Hört Ihr? Mein Herr! Mein Herr!
Othello: Was? Stimmen? Noch nicht tot? Noch nicht ganz tot?
Ich, der ich grausam bin, bin doch barmherzig.
Ich will dir deine Qual nicht noch verlängern.
So… So…
Emilia *(draußen)*: Was gibt's? Mein Herr! Mein Herr!
Othello: Wer ist das?
Emilia *(draußen)*: O, bester Herr! Nur auf ein Wort mit Euch!
Othello: Ach ja: Emilia. Gleich! – Jetzt ist sie tot. –
Wahrscheinlich kommt sie Cassios Tod mir melden.
Noch ein Geräusch da? Was? Nein, nichts bewegt sich.
Still wie das Grab. Soll sie herein? – Wärs gut?
Rührt sie sich wieder? Nein. Was ist das Beste?
Kommt sie herein, will sie gewiß mein Weib. –
Mein Weib? mein Weib! mein Weib! – Ich hab kein Weib.
O, unerträglich! O, furchtbare Stunde!
Jetzt, glaub ich, müßte große Finsternis sein
Von Sonn und Mond, daß der entsetzte Erdball

Erbebend aufklafft.
EMILIA *(draußen)*:
Ich fleh Euch an, mein Herr! darf ich Euch sprechen? …
OTHELLO: Ah, ich vergaß dich. Komm herein, Emilia.
Still … Gleich … Ich zieh nur noch den Vorhang zu.
Wo bist du? *Schließt die Tür auf, Emilia kommt herein*
Nun, was hast du mir zu sagen?
EMILIA: O guter Herr: Schreckliche Morde gibts!
OTHELLO: Wie, jetzt?
EMILIA: Ja, jetzt, mein Herr!
OTHELLO: Das ist die Schuld des Mondes, wenn er abirrt.
Er kommt der Erde näher, als er sonst ist,
Und macht die Menschen toll.
EMILIA: Herr! Cassio hat
'nen jungen Herrn erstochen, aus Venedig,
Namens Rodrigo.
OTHELLO: Was? Rodrigo tot? –
Und Cassio tot?
EMILIA: Nein, Cassio ist nicht tot.
OTHELLO: Cassio nicht tot? Dann klingt der Mord verstimmt,
Und bitter wird die süße Rache.
DESDEMONA: – Ach!
Schuldlos! Schuldlos ermordet!
EMILIA: Herr, wer schreit da?
OTHELLO: Da? Wer?
EMILIA: Himmel! Das war die Stimme meiner Herrin.
Zu Hilfe! Hilfe! Herrin, sprecht noch *ein*mal!
Sprecht, süße Desdemona! Herrin, sprecht!
DESDEMONA: Ich sterbe unschuldig.
EMILIA: O Gott! Wer hat
Die Tat getan?
DESDEMONA: Niemand, ich selbst. Leb wohl.
Empfiehl mich meinem gütigen Herrn! Leb wohl! *Sie stirbt*
OTHELLO: Wie? Wie kann sie ermordet sein?
EMILIA: Wer weiß?
OTHELLO: Du selbst hörtest sie sagen, ich wars nicht.
EMILIA: Das sagte sie. Ich muß die Wahrheit melden.
OTHELLO: Sie ging als Lügnerin ins Höllenfeuer,

Denn ich hab sie getötet!

EMILIA: Desto mehr
Ist sie ein Engel, Ihr ein schwarzer Teufel!

OTHELLO: Sie hat gesündigt! Sie war eine Hure!

EMILIA: Du sagst ihr Lügen nach! Du bist ein Teufel!

OTHELLO: Sie war so unbeständig wie das Wasser!

EMILIA: Und du bist wild wie Feuer, daß du sagst, sie
War unbeständig: Sie war himmlisch treu!

OTHELLO: Cassio hat sie gehabt! Frag deinen Mann.
Ich wär verdammt tiefer als alle Höllen,
Wenn ich dies Äußerste getan hätt ohne
Gerechten Grund. Dein Mann wußte das alles.

EMILIA: Mein Mann?

OTHELLO: Dein Mann.

EMILIA: Daß sie die Ehe brach?

OTHELLO: Mit Cassio, ja. Denn wär sie treu gewesen,
So hätt der Herrgott eine zweite Welt mir
Aus *einem* reinen Goldgranat machen können,
Und ich hätt sie dafür nicht hergegeben!

EMILIA: Mein Mann?

OTHELLO: Ja. Er hat mirs zuerst gesagt.
Er ist ein Ehrenmann und haßt den Schleim, der
An schmutzigen Taten klebt.

EMILIA: Mein Mann?

OTHELLO: Was brauchts
Die Wiederholung, Weib? Dein Mann, ich sag dirs.

EMILIA: O Herrin! Schurkerei treibt Spott mit Liebe!
Mein Mann sagt, sie war untreu?

OTHELLO: Ja. Er sagts, Weib.
Dein Mann, sag ich: Verstehst du nicht das Wort?
Mein Freund, dein Mann, der brave, ehrliche Jago.

EMILIA: Wenn er das sagt, soll seine giftige Seele
Stückweise langsam faulen! – Denn er lügt!
Sie liebte zu sehr ihr Scheusal von Gatten.

OTHELLO: Was?!

EMILIA: Tu dein Ärgstes! Deine Tat verdient
Nicht mehr den Himmel, als du *sie* verdient hast.

OTHELLO: Du schweig lieber!

EMILIA: Du hast nicht halb die Macht,
Mir was zu tun, wie ich zu leiden. – Tropf, du!
Du Narr, hirnlos wie Dreck! Was du getan hast!…
Ich mach mir nichts aus deinem Schwert: *Dich* soll man
Erkennen! wenns mich zwanzig Leben kostet!
Helft! Helft! Oh, helft! Der Mohr hat meine Herrin
Ermordet! Mord! Mord! Mord!

Montano, Gratiano, Jago und andere kommen herein

MONTANO: Was geht hier vor? Was gibt es, General?
EMILIA: Du, Jago? Gut machst du's, daß andre Männer
Jetzt ihre Morde *dir* aufhalsen müssen!
ALLE: Was geht hier vor?
EMILIA: Wenn du ein Mann bist, antwort diesem Schurken! –
Er sagt, du hast gesagt, sie war ihm untreu. –
Ich weiß, du hast das nicht gesagt. Du bist
Nicht so ein Schuft. Sprich! denn mein Herz ist voll.
JAGO: Ich sagte ihm, was ich dachte, und nicht mehr
Als er selbst richtig fand und wahr.
EMILIA: Doch hast du
Ihm je gesagt, sie sei ihm untreu?
JAGO: Ja.
EMILIA: Du hast gelogen, höllisch und abscheulich!
Bei meiner Seel': Lüge, verdammte Lüge!
Sie untreu, hast du ihm gesagt, mit Cassio?
JAGO: Ja, Weib, mit Cassio. Geh, halt deinen Mund!
EMILIA: Ich *will* den Mund nicht halten! Ich muß sprechen:
Die Herrin liegt ermordet hier im Bett.
ALLE: Da sei der Himmel vor!
EMILIA: Und angestiftet hat den Mord dein Reden!
OTHELLO: Nein, starrt nicht, meine Herren. Es ist wahr.
GRATIANO: Seltsame Wahrheit!
MONTANO: Fürchterliche Untat!
EMILIA: O Schurkenstreich! Schurkenstreich! Schurkenstreich!
Jetzt komm ich drauf! ich riech es: Schurkenstreich!
Ich dacht es damals schon! Ich bring mich um
Vor Kummer! Schurkenstreich! O Schurkenstreich!
JAGO: Wie? Bist du toll?! Ich sag dir, geh nach Haus!
EMILIA: Ihr guten Herren, laßt mich sprechen. Es ist

Recht, daß ich ihm gehorche, doch nicht jetzt.
Vielleicht, Jago, werd ich nie mehr nach Haus gehn.

OTHELLO: Oh! Oh! Oh! *Wirft sich aufs Bett*

EMILIA: Ja, leg dich nur hin und brülle!
Du hast die süßeste Unschuld getötet,
Die je ein Aug aufschlug!

OTHELLO *(erhebt sich)*: Nein! Sie war schuldig!
Vetter, ich kannt Euch kaum. – Eure Kusine,
Da liegt sie, deren Atem diese Hände
Grade erstickten. Grauenhaft, ich weiß,
Und furchtbar ist es.

GRATIANO: Arme Desdemona!
Gut, daß dein Vater tot ist. Deine Heirat
War für ihn tödlich. Einzig dieser Kummer
Schnitt seines alten Lebens Faden ab. –
Lebt' er noch, hätt ihn dieser Anblick hier
Ganz außer sich gebracht; verstoßen hätt er
Von seiner Seite seinen Engel und
Der Hölle sich ergeben!

OTHELLO: Mich jammerts. Aber Jago weiß, daß sie
Mit Cassio tausendfach das Schändliche
Begangen hat. Cassio hat es gestanden,
Und sie hat seine Liebestaten ihm
Mit einem Pfand belohnt, das ich zuerst ihr
Gegeben hab. Ich sahs in seiner Hand.
Es war ein Taschentuch, ein altes Erbstück.
Mein Vater gab es meiner Mutter.

EMILIA: Gott!! –
O Gott im Himmel!

JAGO: Gottes Wunden! Schweig, Weib!

EMILIA: Es muß heraus, es muß! Ich schweigen? Nein, Freund!
Ich sprech frei wie die Luft, mag auch der Himmel
Samt allen Menschen und samt allen Teufeln
Pfui schreien über mich; ich will *doch* sprechen!

JAGO: Sei klug! troll dich nach Haus!

EMILIA: Ich will nicht.
Jago versucht Emilia zu erstechen

GRATIANO: Pfui!

Dein Schwert gegen ein Weib?

EMILIA: Du dummer Mohr! Das Taschentuch, von dem du
Gesprochen hast, das fand ich hier durch Zufall
Und gab es meinem Mann, denn der hat oft mich
Gebeten, stürmischer als so ein Tuch
Verdiente, daß ichs für ihn stehlen sollte.

JAGO: Schuftige Hure!

EMILIA: *Sie* gabs Cassio?! Nein!
O Gott! *Ich* fand es und gabs meinem Mann.

JAGO: Du lügst, du Dreck!

EMILIA: Bei Gott, ich sag die Wahrheit. *(zu Othello)*
Du blutiger Tropf! Was soll auch so ein Narr
Mit einer Frau, die so gut war wie sie?

OTHELLO: Hat denn der Himmel keine Blitze mehr
Als nur zum Donnern!? – Heuchlerischer Schurke!!

Er geht auf Jago los. Jago ersticht Emilia und läuft davon

GRATIANO: Die Frau fällt um! Er hat sein Weib erstochen!

EMILIA: Ja, ja. Oh, legt mich neben meine Herrin!

GRATIANO: Und er ist fort, und seine Frau getötet.

MONTANO: Ein ausgemachter Schuft! Nehmt diesen Degen,
Den ich dem Mohren abgenommen habe.
Kommt und bewacht die Tür von draußen. Laßt ihn
Nicht fort; tötet ihn eher. Ich will erst noch
Dem Schuft nach, dem Mordbuben, dem verdammten.

Montano und Gratiano ab

OTHELLO: Auch ich bin nicht so tapfer, daß nicht jeder
Winzige Knirps mein Schwert mir nehmen könnte! –
Doch was soll Ehre länger leben als
Die Ehrlichkeit? Laßt fahren hin!

EMILIA: Wie ging
Dein Lied doch, Herrin? Horch, kannst du mich hören?
Ich will den Schwan spielen und singend sterben: *(singt)*
»Weide, Weide, Weide«
Mohr, sie war keusch, und sie hat dich geliebt,
Grausamer Mohr! So will ich selig werden,
Wie ich die Wahrheit sag. – Und was ich denk,
Das habe ich gesagt. – Ich sterbe, sterbe. *Sie stirbt*

OTHELLO: Ich hab noch eine Waffe hier im Zimmer.

Ein spanisches Schwert, im eisigen Bach gehärtet.
Ja, hier ist es: Vetter! ich muß hier durch!

GRATIANO *(draußen)*: Wenn dus versuchst, wirst du es teuer büßen.
Du hast kein Schwert, du mußt dich unterwerfen.

OTHELLO: So komm doch hier herein und sprich mit mir,
Sonst fall ich dich auch unbewaffnet an!

GRATIANO *(tritt ein)*: Was gibt es hier?

OTHELLO: Sieh her: Ich hab ein Schwert!
Ein besseres hing niemals noch zur Seite
Eines Soldaten. Einst kannt' ich den Tag,
Da dieser Arm und dieses gute Schwert
Mir meinen Weg bahnten durch mehr an Feinden
Als Zwanzig deinesgleichen! – Doch was prahl ich?
Wer kann sein Schicksal lenken? Nun ists anders,
Fürchtet Euch nicht, auch wenn Ihr hier mein Schwert seht.
Hier ist mein Reiseziel, mein Ankerplatz
Und meines letzten Segels fernste Bake. –
Weicht Ihr zurück? Ihr bangt umsonst! Zückt nur
Ein Schilfrohr jetzt gegen Othellos Brust,
Und er gibt nach. Wo sollt Othello hingehn?
Und wie siehst du nun aus, unglückliches Mädchen?
Weiß wie dein Hemd. Wenn wir uns treffen werden
Vor dem Gericht, wird dies dein Aussehn meine
Seele vom Himmel schmettern, und die Teufel
Werden sie packen! Kalt, oh, kalt, mein Mädchen!
Wie deine Keuschheit. – Oh, verfluchter Knecht!
Peitscht mich, ihr Teufel!
Fort vom Besitz dieses himmlischen Anblicks
Blast in den Wind mich! röstet mich in Schwefel!
Wascht mich in tiefen Schlünden flüssigen Feuers!
O Desdemona! Desdemona tot!
Oh! Oh! *Lodovico, Montano, Offiziere mit Jago als Gefangenem und Cassio in einer Sänfte*

LODOVICO: Wo ist der voreilige Unglücksmann?

OTHELLO: Der, der Othello war? Hier.

LODOVICO: Und wo ist
Diese Giftschlange? Führt den Schurken vor!

OTHELLO: Ich blick auf seinen Fuß, doch das ist Sage. –

Bist du ein Teufel, kann ich dich nicht töten! *Verwundet Jago*
LODOVICO: Nehmt ihm das Schwert!
JAGO: Ich blut', doch bin nicht tot, Herr.
OTHELLO: Das tut mir auch nicht leid. Du sollst nur leben,
Denn, wie ich fühle, ist der Tod ein Glück.
LODOVICO: Oh, du, Othello, der du einst so gut warst,
Gefallen in den Stricken dieses Schurken,
Wie soll man dich nur nennen?
OTHELLO: Wies grad kommt.
'nen ehrenhaften Mörder, wenn Ihr wollt.
Denn nichts tat ich aus Haß: alles um Ehre.
LODOVICO: Der Schuft hier hat zum Teil gestanden. Habt
Ihr zugestimmt, daß Cassio sterben solle?
OTHELLO: Ja.
CASSIO: Ach, lieber General, ich gab Euch nie Grund!
OTHELLO: Das glaub ich jetzt und bitt Euch um Verzeihung. –
Bitte wollt Ihr von diesem halben Teufel
Erfragen, was sein Grund war, daß er so
Umstrickt hat meinen Leib und meine Seele?
JAGO: Von mir erfragt nichts. Was Ihr wißt, das wißt Ihr.
Von nun an spreche ich kein einziges Wort.
LODOVICO: Was, kein Gebet?
GRATIANO: Die Folter macht Euch reden!
OTHELLO: Gut; so tust du das Beste.
LODOVICO: Ihr sollt verstehen, Herr, was hier geschah;
Ihr wißt das wohl noch nicht: Hier ist ein Brief,
Welchen man in Rodrigos Tasche fand
Nach seinem Tod, und hier ist noch ein zweiter.
Im einen steht, daß Cassio sterben müsse,
Und töten sollte ihn Rodrigo.
OTHELLO *(zu Jago)*: Schurke!
CASSIO: Heidnisch und abgefeimt!
LODOVICO: Und hier ein zweiter Brief voll Klagen, auch
Aus seiner Tasche; und es scheint, den wollte
Rodrigo dem verdammten Schurken senden,
Nur kam wahrscheinlich Jago grade recht
Und hat ihn noch beschwichtigt.
OTHELLO: Bösewicht! –

Cassio, wie kamt Ihr zu dem Taschentuch
Von meiner Frau?

CASSIO: Ich fands in meiner Kammer.
Er selbst hat grad zuvor gestanden, daß ers
Dort fallen ließ, zu seinem eignen Zweck,
Den er erreicht hat.

OTHELLO: Oh, ich Narr, Narr, Narr!

CASSIO: Rodrigo wirft in seinem Brief auch Jago
Noch vor, ihn auf der Wache gegen mich
Gehetzt zu haben, was zum Anlaß meiner
Entlassung wurde. Und vorhin, nachdem er
Schon lange tot schien, kam er nochmals zu sich
Und sagte, Jago habe ihn zuerst
Gehetzt auf andre und zuletzt erstochen.

LODOVICO *(zu Othello)*:
Ihr müßt jetzt fort von hier und müßt mit uns gehn. –
Ihr seid der Macht und des Befehls enthoben,
Und Cassio herrscht auf Zypern. – Dieser Schuft hier:
Wenns eine ausgesuchte Folter gibt, ihn
Bitter zu quälen, daß es lange dauert,
Soll er sie leiden. – Doch Ihr bleibt in Haft,
Bis der Senat Venedigs die Geschichte
Von Eurer Schuld erfährt. Kommt, führt ihn ab.

OTHELLO: Geduld. Noch ein, zwei Worte:
Ich hab Venedig treu gedient; man weiß das.
Nichts mehr davon. In Euren Briefen, bitt ich,
Wenn Ihr die Unglückstaten hier beschreibt –
So, wie sie sind, daß nichts beschönigt bleibt,
Und nichts noch mehr geschwärzt wird, – müßt Ihr sprechen
Von einem, der nicht *klug* liebte, doch *sehr*,
Nicht leicht mißtraute, aber dann, erregt,
Zu rasen anfing, einem, dessen Hand
Dem dummen Inder gleich, die Perle wegwarf,
Die viel mehr wert war als sein ganzer Stamm, –
Von einem, aus dessen gesenkten Augen,
Wenn sie auch ungewohnt sind, so zu schmelzen,
Die Tränen fließen, schnell wie von den Bäumen
Arabiens ihr heilkräftig Harz; das schreibt.

Und setzt hinzu, daß ich einst in Aleppo
Einen boshaften Türken mit hohem Turban,
Der einen Venezianer schlug und der den
Senat beschimpfte – der beschnittne Hund!
Am Halse packte und ihn totstach, so! *Ersticht sich*

LODOVICO: O blutiger Schlußpunkt!

GRATIANO: Jedes Wort verloren.

OTHELLO: Ich küßte dich, eh ich dich tötete. –
Kein Weg als der, den ich jetzt nehmen muß:
Ich töt mich selbst und sterb mit einem Kuß.
Fällt zu Desdemona auf das Bett und stirbt

CASSIO: Ich wußte nicht, daß er bewaffnet war.
Doch das hab ich befürchtet, denn er hatte
Ein großes Herz.

LODOVICO *(zu Jago)*: Du aber, Bluthund du!
Grausamer als der Schmerz, das Meer, der Hunger,
Sieh auf die traurige Last dieses Bettes.
Das ist dein Werk, des Anblick uns vergiftet. –
Verhüllt sie. Ihr, Gratiano, steht dem Haus vor.
Nehmt den Besitz des Mohren in Beschlag,
Denn Ihr beerbt ihn. – Ihr, Herr Gouverneur,
Habt diesen Höllenschurken zu bestrafen.
Setzt Zeit, Ort, Folter fest – und macht sie hart.
Ich geh an Bord und melde dem Senat
Mit schwerem Herzen diese schwere Tat.